Doris Knecht
Die Nachricht

»Die Verunsicherung, die einhergeht mit anonymen Bedrohungen, ist der eine Strang dieses spannenden und virtuos erzählten Romans. Der andere dreht sich um die Verliebtheit, in die die Frau überraschend hineinschliddert, die sie heimsucht wie eine Krankheit, denn was heiter und vielversprechend beginnt, erweist sich bald als eine seelische Achterbahnfahrt der grausamen Art.« Manuela Reichart, *Deutschlandfunk Kultur*

»Erschreckend plausibel und mit traurigem Unterton. Auch im 21. Jahrhundert und nach #MeToo ist es für eine Frau nicht immer leicht, Gehör und Vertrauen zu bekommen, selbst von ihrer engsten Umgebung.« Dina Netz, *WDR 5 ›Bücher‹*

»Doris Knecht rückt ein brisantes Thema in den Fokus und lotet einmal mehr die menschlichen Abgründe aus.« Sophie Weilandt, *ORF*

»Der Roman hinterlässt einen starken Eindruck.« Cornelia Geißler, *Frankfurter Rundschau*

*Doris Knecht*, 1966 in Vorarlberg geboren, lebt mit Familie und Freunden in Wien und im Waldviertel. Ihr erster Roman, ›Gruber geht‹ (2011), war für den Deutschen Buchpreis nominiert und wurde fürs Kino verfilmt. Für ihren Roman ›Besser‹ erhielt sie 2013 den Literaturpreis der Stiftung Ravensburger, 2018 wurde ihr der Buchpreis der Wiener Wirtschaft überreicht. Sie veröffentlichte außerdem die Romane ›Wald‹ (2015), ›Alles über Beziehungen‹ (2017) und ›weg‹ (2019).

# DORIS
# KNECHT

ROMAN

# DIE
# NACHRICHT

dtv

2023 dtv Verlagsgesellschaft mbH & Co. KG, München
Lizenzausgabe mit Genehmigung der
Carl Hanser Verlag GmbH & Co. KG, München
© 2021 Hanser Berlin in der
Carl Hanser Verlag GmbH & Co. KG, München
© Doris Knecht
Umschlaggestaltung: dtv nach einem Entwurf von
Anzinger und Rasp, München
Umschlagbild: ›Slab City II‹ von Alex Katz/
© VG Bild-Kunst, Bonn 2022
Satz: C.H.Beck.Media.Solutions, Nördlingen
Satz nach einer Vorlage von Sandra Hacke, Dachau
Druck und Bindung: Druckerei C.H.Beck, Nördlingen
Printed in Germany · ISBN 978-3-423-14860-3

# ERSTE NACHRICHT

**DIE ERSTE NACHRICHT** kam an einem Sonntag im September. Ich saß auf der Bank im Schatten hinter dem Haus und rauchte eine Zigarette, Laptop auf den Knien, und ich ahnte nicht, dass das der Moment war, in dem sich meine Verhältnisse verschoben, erneut, ganz leicht nur. Wolf saß neben mir, schaute in sein Handy und rauchte nicht. Er hasste das Rauchen, seit er vor ein paar Monaten damit aufgehört hatte, und versuchte jetzt, jeden zu missionieren, der es immer noch tat. Normalerweise vermied ich es in seiner Gegenwart, aber ich hatte mich den ganzen Nachmittag auf diese Zigarette gefreut und versuchte jetzt, sie mir schmecken zu lassen, mit zügig nachlassendem Erfolg.

Die Nachricht wartete im Postfach meines Facebook-Accounts, dem offiziellen. Ich habe zwei Accounts, einen unter meinem Namen und einen privaten unter einem Namen, den nur meine Freunde kennen. Ich erinnere mich an gelbes Herbstlicht, an laue Luft und an die Farbe des Himmels über mir: ein grünliches, warmes Blau, verschmiert von zerlaufenden Kondensstreifen. Wolf und ich waren den ganzen Tag am Berg gewesen, jetzt waren wir zurück zu Hause, zufrieden erschöpft, wir tranken Wein nebeneinander auf der Bank an der Hauswand, und ich spürte, dass ich lieber allein gewesen wäre. Ich hätte lieber allein geraucht, ungestört meine Mails gelesen, Instagram und Twitter und die News durchgesehen.

Die Nachricht kam von einer Person ohne Gesicht und mit dem Namen Ernst Breuer. Erst wollte ich sie einfach ungeöffnet wegdrücken, aber dann besiegte mich die Neugier. Gerade als ich die Nachricht anklickte, machte Wolf eine Handbewegung, ein ganz leichtes Wegwedeln des Rauchs meiner Zigarette.

Ich stand auf und sagte: »Soll ich mich woanders hinsetzen?«

»Aber nein, alles gut«, sagte Wolf mit so einem zart gequälten Dulder-Ausdruck im Gesicht, und ich setzte mich doch auf die andere Seite der Bank, mit meinem Weinglas in der einen und dem MacBook in der anderen Hand, zwischen den Lippen die Zigarette, die mir nicht mehr schmeckte. Ich hätte sie einfach ausdrücken können, aber es war meine Lunge, meine Luft, mein Leben.

Die Nachricht des Gesichtslosen enthielt nur einen Satz: *Weisst du eigentlich von der Affaire deines prächtigen Ehemannes?*

»Trump, der Idiot«, sagte Wolf, »fängt noch den Dritten Weltkrieg an.« Er hatte Sonnenbrand auf Stirn und Glatze. Ich fand kurz nicht die richtige Reaktion auf das, was er gesagt hatte, die Information steckte halb verarbeitet in meinem Gehirn, überdeckt von einem feinkörnigen, hellgrauen Rauschen, aber Wolf brauchte gar keine Reaktion.

»Ich habe Hunger«, sagte er, »soll ich uns was zu essen bestellen?«

»Okay«, sagte ich.

»Pizza oder Sushi?«, sagte Wolf. »Oder lieber indisch?«

»Egal«, sagte ich und drückte jedes Wort durch das Rauschen heraus.

»Dann Sushi«, sagte Wolf, »bestellst du?«

Wolf hatte doch eben gesagt, er wolle bestellen, aber bitte. Ich schloss die Nachricht und versuchte, das Hellgrau in meinem Kopf leiser zu drehen. Ich sagte: »Warte, ich frag noch Sophie, ob sie auch was mag. Die darf ja kein Sushi.« Ich drückte den Rest meiner Zigarette in die tote Erde des Blumentopfs neben der Bank. Ich klickte Facebook weg und öffnete WhatsApp. Meine Stieftochter wohnte normalerweise in meiner alten Studentenwohnung in Wien, aber jetzt lag sie hinter halb heruntergelassenen Rollos auf ihrem Bett in ihrem alten Zimmer, schaute Netflix auf ihrem Laptop und tippte gleichzeitig in ihr Smartphone, der dicke Bauch verpasste ihrem langen, mageren Mädchenkörper eine groteske Wölbung. Ich hatte kurz nach ihr gesehen, nachdem Wolf und ich zurückgekommen waren – »Alles gut bei dir, Schätzchen?« »Alles bestens, Ruth.« »Was machst du?« »Bisschen herumwhatsappen, bisschen *Modern Family* schauen.« »Haha, irgendwie passend« –, und jetzt war ich zu faul, um nochmal zu ihr hinaufzugehen. Der WhatsApp-Chat mit Sophie wurde angezeigt zwischen dem mit Simon Brunner und dem mit Iris, die gerade ein neues Foto geschickt hatte, von irgendetwas Veganem, das sie gekocht hatte und das wie immer ziemlich eklig aussah. Ich klickte Sophie an und sah, dass sie online war. *Wir bestellen Essen, du auch was?* Eine Krähe schrie vom Nachbardach herüber, in diesem beleidigten Tonfall, den Krähen immer draufhaben. Unter Sophies Namen erschien sofort der Hinweis, dass sie zurückschrieb, und ein paar Sekunden später ploppte ihre Nachricht auf: *thx, grad gegessen* und das Herzaugensmiley. *Ok!*, schrieb ich, drückte ein Herzchen dazu, löschte beides wieder, antwortete mit einem Thumbsup und machte einen Screenshot.

Wolf krümmte sich neben mir auf der Bank.

»Was hast du?«, sagte ich.

»Ach, nur mein Rücken«, sagte Wolf, »nervt mich schon eine Zeitlang«.

»Oje. Armer Wolf.«

Wolf starrte immer noch auf sein Handy. Ich sagte, dass ich eine gute Physiotherapeutin kenne, Wolf sagte, ach, das werde schon wieder. Er hatte es nicht so mit Ärzten, hatte er noch nie gehabt, seit ich ihn auf der Uni kennengelernt hatte. Im Unterschied zu mir hatte er sein Kunststudium irgendwann abgeschlossen und lebte in Wien, in einer Wohngemeinschaft, wie damals, nur waren seine Mitbewohnerinnen jetzt halb so alt wie er.

»Sushi ist okay«, sagte ich, »Sophie mag nichts.«

»Gut«, sagte Wolf. Ich öffnete die Speisekarte vom Sakura Palace. Wolf beugte sich über meinen Laptop und drückte sich an meine Schulter, er war mir zu nah, viel zu nah. *Weisst du eigentlich von der Affaire deines prächtigen Ehemannes?* Ja, Ernst Breuer, ich weiß von der Affäre, das weiß ich schon seit einiger Zeit. Die Frage ist, warum du es weißt.

»Ich hätte gern California-Maki, zwölf Stück, und, warte, ja, ein großes Sushi«, sagte Wolf. Ich klickte noch Tempura-Maki mit Garnelen, ein paar Frühlingsrollen und zwei Flaschen japanisches Bier in den Warenkorb und schickte die Bestellung ab. Wolf sagte etwas über die Situation in Nordkorea und wischte weiter über sein Smartphone. Ich zog den Screenshot in eine Fotobearbeitungs-App, radierte Sophies Namen aus, postete das Bild mit den Worten *Modern Family* auf Instagram und beobachtete eine Minute lang, wie die Herzchen und Kommentare von einigen meiner siebentausend Abonnenten reintröpfelten. Ich las nochmal die Nachricht. Nicht wichtig. Merkwürdig ja, aber nicht wichtig, nur ein Versuch, mich zu ärgern, nicht der erste. Ich klickte die Nachricht an, las sie nochmal und beantwortete sie. Ich schrieb: »*Sg. Herr Breuer, danke für die Info, kümmern Sie sich doch um Ihren eigenen Dreck, mfG.*«

»Ist alles okay?«, sagte Wolf.

»Jaja«, sagte ich. Ich drückte auf Absenden. Facebook informierte mich in roter Schrift, dass ein vorübergehender Fehler aufgetreten sei: Zum erneuten Senden klicken. Ich klickte erneut, wieder die rote Fehlermeldung. Ich öffnete die Messenger-App und die Nachricht ploppte auf, aber sie hatte jetzt keinen Absender mehr, es gab nur noch einen anonymen Facebook-

Nutzer, ich konnte auf die Unterhaltung nicht antworten. Ernst Breuer gab's schon nicht mehr, es hatte ihn nie gegeben.

»Ist wirklich alles okay?«, sagte Wolf.

»Ja, nur wieder so eine dumme Nachricht von einem Troll, der sich an mir festbeißt«, sagte ich.

»Was steht drin?«, sagte Wolf, immer interessiert an den Abgründen der Menschen. Er las alles, was er über Serienkiller in die Hände bekam, und sah sich am liebsten Filme an, in denen Menschen auf verheerend unnatürliche Weise zu Tode kamen. Ich wäre jetzt wirklich lieber allein gewesen.

»Ach, nichts Wichtiges«, sagte ich. Nichts Wichtiges, nur ein paar Buchstaben in einem virtuellen Briefkasten, nichts Echtes, nichts Reales. Mein Mann ist tot, also *fuck you*, Ernst Breuer.

Als Ludwig starb, dachte ich, mir könne nicht mehr viel passieren. Ich fühlte mich sicher. Ich hatte überlebt, dass mein Mann gestorben war, was sollte noch geschehen. Das glaubte ich damals jedenfalls.

»Wann bist du mal wieder in Wien?«, fragte Wolf.

»Ich weiß noch nicht genau«, sagte ich. »Wahrscheinlich wenn Sophies Baby da ist. Sie bleibt jetzt erst mal hier. Sie ist in einer Geburtsklinik in der Nähe angemeldet.«

»Wann ist es denn so weit?«, fragte Wolf.

»In ein paar Tagen«, sagte ich.

»Aufregend«, sagte Wolf.

Die Nachricht schwamm langsam aus meinem Bewusstsein heraus. Ich war sowas gewohnt, noch aus der Zeit, als das Internet neu war. Irgendwelche Kerle hatten mich im Fernsehen gesehen, wo ich damals ein Kunstmagazin moderierte, bis es eingestellt wurde, und sie schrieben mir Briefe oder Postkarten, mit Beschimpfungen und Liebeserklärungen oder beidem gleichzeitig. Die meisten warf ich ungelesen weg, die schlimmeren schickte ich an die Chefredaktion weiter, die sie dann wegschmiss. Später kamen Mails, im Affekt geschrieben, schnell abgeschickt von Gmail-Konten, und inzwischen blockierte ich auf Twitter regelmäßig die lästigsten Stalker, die rücksichtslosesten Beschimpfer, die Vergewaltigungsdroher. Ich hatte gedacht, es würde besser, wenn man älter wird, aber das wurde es nicht. Oder nur unmerklich. Ich hatte mich daran gewöhnt, solche Nachrichten nicht ernst zu nehmen. So wie alle Frauen, die sich auch nur ein bisschen in der Öffentlichkeit bewegten. Es gehörte eben dazu, wenn man eine Frau war, und wenn man sich zur Wehr setzte, wurde es nur schlimmer; nicht für die Männer, gegen die man sich wehrte, sondern für die Frauen, die es wagten. Ich war es gewohnt. Ich nahm es nicht ernst.

Es gab in meinem Leben viel wichtigere Dinge. Mein Mann war vor drei Jahren gestorben, und noch immer war ich mit den Problemen konfrontiert, die er früher gelöst hatte. Meine Trauer um Ludwig und das Gift, das dieser Trauer beigemischt war, seit ich kurz nach seinem Tod herausgefunden hatte, dass er eine heimliche Geliebte gehabt hatte, von der ich nicht einmal etwas geahnt hatte. Sophie, die bald ein Baby bekommen würde und nicht sagen wollte, von wem. Mein fünfzehnjähriger Sohn Benni, der noch bei mir wohnte und sich mit der Schule plagte, mit der Trauer um seinen Vater und mit Schuldgefühlen wegen seines Todes. Mein älterer Sohn Manuel, der vor ein paar Wochen ausgezogen war, in Amsterdam studierte und offenbar einen neuen Freund hatte. Mein Garten drohte zuzuwuchern, weil ich mich zu wenig darum kümmerte. Ich hatte einen Abnahmetermin für ein Drehbuch vor mir, und ich hatte meinen Vater schon viel zu lang nicht mehr in dem Pflegeheim besucht, in dem er seit Jahren lebte. Wie sehr es ein Jetzt gab und ein Dann, das bemerkte ich erst später. Damals dachte ich noch, ich sei die Architektin meines Glücks und ich könne alles, was nicht durch

Krankheit und Tod, Naturkatastrophen und schreckliche Unfälle über mich hereinbräche, kontrollieren, beeinflussen und abwenden. Damals dachte ich noch, dass ich, anders als andere in meinem Umfeld, mein Leben im Griff hätte, weil ich mich für stärker, schlauer, abgehärteter und robuster hielt als sie. War ich vielleicht auch, aber es half mir nichts, im Gegenteil. Es fordert Leute heraus, wenn sie deine Stärke spüren und deine Unabhängigkeit, und manche von ihnen wollen dir das dann wegnehmen. Sie wollen dir zeigen, dass du gar nicht so stark bist und so unabhängig, wie du glaubst. Und sie beginnen ein Kräftemessen, ihre Kraft gegen deine, ohne dass du es merkst, und dann merkst du es.

**SOMMER 2019**

**SO LEBTE ICH.** Ein Fahrrad stand in meinem Garten, als ich nach Hause kam. Lehnte innen am schmiedeeisernen Gartentor, blau glänzend, mit einem weißen Schriftzug über der Querstange. Wein rankte über das schwarze Eisen, die Trauben waren noch klein und fest und zum Ausspucken sauer. Das Fahrrad gehörte Hartmann, einem Nachbarn, der ein Stück entfernt wohnte und mit dem ich manchmal ein Bier trank. Ich stellte kurz meine Einkaufstaschen ab und holte die Post aus dem Briefkasten, der außen am Tor hängt, fast ganz überwuchert vom Wein, ein Wunder, dass die Postfrau ihn noch fand. Ich holte Werbeprospekte von Discountern heraus, gut zum Anfeuern, eine Stromrechnung, die Bezirkszeitung, die Ankündigung eines Flohmarkts in der Stadt und einen Einladungs-Flyer zu einer Veranstaltung der Kraftwerksgegner.

Ich warf alles in eine der halbvollen Taschen. Ich freute mich, das Fahrrad in meinem Garten zu sehen. Das war nicht immer so, manchmal nervte es mich, Hartmann in der Nähe zu wissen, überhaupt irgendjemanden in der Nähe zu wissen, obwohl ich mich vor der Welt und ihren Ansprüchen, ihrem Gerede, ihrem unerträglichen Geschau schon gerettet hatte in meinen stillen Garten, in dem die Atmosphäre nur von meinen Bewegungen durcheinandergebracht wurde, vom Wind, der in Bäume fuhr, von den Geräuschen, die hinter den Mauern und Gabionen der Nachbarn herüberdrangen, von Tieren, die, ohne meine Aufmerksamkeit zu verlangen, den Garten durchstreiften. Nichts störte. Niemand nervte. Benni war für drei Wochen in einem Sprachkurs in England, und ich war gern allein in diesem Haus und auf diesem Grundstück, das kein Fremder betrat, ohne sich vorher anzukündigen. Nur Hartmann kam hier immer wieder durch, weil mein Garten weiter vorn an das Ufer des Flusses stieß, aber heute störte es mich nicht, dass er mit seiner Angel die Abkürzung durch meine Wiese genommen hatte und nun meine schöne, wortlose Autonomie mit seiner Anwesenheit ruinierte.

Als wir damals dieses Haus bauten, stand hier auf dem Grundstück nur ein kleiner, wackeliger Schuppen, ein Unterstand für Schafe, und rundherum war fast nichts, nur ein paar alte Häuser, Wiesen und Felder und Weideland, niemand wollte hier wohnen, in der Peripherie einer eh schon peripheren mittelkleinen Stadt. Ich wollte hier eigentlich auch nicht wohnen, nur hatten wir nicht viel Auswahl, und Ludwig hatte diesen Flecken Land geerbt, zwischen den Flecken seiner Brüder, die ihre bald verkauften. Aber Ludwig wollte für uns und für die Kinder, die er schon im Herzen hatte, ein Haus bauen. Auf seinem Land. Nach seinen Vorstellungen. Mit seinen Händen.

Innen an einem der Balken des Schuppens fand ich, mit einem Reißnagel festgepinnt, ein Foto von einem Hund. Ich wusste erst später, was für ein Hund das war, als ich das Foto einmal Helga, meiner Nachbarin, zeigte, die den Hund gekannt hatte und sich erinnerte, dass es ein Appenzeller war. Der Hund hatte den Leuten gehört, die viele Jahre lang das Grundstück für ihre Schafe gepachtet und den Schuppen gebaut hatten. Das Foto hatte hinten einen Stempel, es war in den siebziger Jahren aufgenommen worden: ein scheckiger, halbhoher Hund mit freundlichen, treuherzigen Augen, er sah direkt in die Kamera. Ich hätte gern gewusst, wie der Hund geheißen hatte, aber Helga wusste es auch nicht mehr, er musste schon lange tot gewesen sein, als ich das Foto fand. Ich ließ es an dem Balken hängen, bis ich es wieder bemerkte, als das Haus fertig war und wir den baufälligen Schuppen niederrissen, um an seiner Stelle die Werkstatt für Ludwig zu bauen, ich steckte es in einen Rahmen und hängte es in den Vorraum, und dort hing es immer noch. Ich hatte das Gefühl, dass der Hund zu dem Haus und dem Grundstück gehörte und dass er es immer noch bewachte, von seinem Hundehimmel aus, auch wenn ich das vor niemandem zugegeben hätte, weil jemand, der nicht an Gott glaubte, aber an fremde, tote Hunde, die einen bewachen, auf andere eher merkwürdig wirkt. Und ich dachte irgendwann, dass ich mich besser nach einem lebendigen Hund umsehen sollte, und vielleicht auch einem größeren, furchteinflößenderen, einem, der was hermachte, wenn er am Gartentor Fremde anbellte, lästige Nachbarn und Immobilienheinis. Manchmal fiel mir dann ein, dass ich nie so jemand sein wollte, an den man nicht rankam, jemand, der nur bestimmte Leute an sich ranließ, aber jetzt war ich es vielleicht. Oder auch nicht. Oder eben manchmal. Ich hatte meine Freunde, genug davon, und ich dachte, die seien jetzt für immer, und mehr brauchte ich damals nicht.

**ICH HATTE JOHANNA** von den anonymen Nachrichten erzählt, gleich nachdem sie zum ersten Mal gekommen waren. Ich hatte drei weitere von einem Messenger-Absender erhalten, sie waren schärfer geworden, beleidigender, hasserfüllter, drohender. Wir trafen uns in Billys Bar, unserem Stammlokal seit immer. Johanna hatte dazu wie immer eine klare Meinung.

»Ma bitte, scheiß drauf. Du kriegst doch ständig so einen Mist, oder?«

»Ja, aber woher weiß der das alles? Oder die: Bei den letzten beiden sind es plötzlich Frauennamen im Absender.«

»Das Zeug ist übel, ja, wirklich, aber da hat irgendwer dein Twitter oder dein Facebook gelesen, ins Blaue hinein gezielt und zufällig was gestreift, mach dir keinen Kopf deswegen, vergiss es, trinkst du noch einen Wein?, sicher trinken wir noch einen, Billy, bitte noch zwei Gläser von dem roten Veltliner!, und mehr Erdnüsse, Billy, danke!, vergiss es, Ruth. Weißt du noch, wie der Typ mit dem blutigen Schweineherz in den Sender gekommen ist, und vom Portier verlangte, dass er dich herunterruft, damit er es dir persönlich überreichen kann?«

»Ja, meine Güte, das hatte ich ganz verdrängt. Das war zum Glück ein harmloser Irrer.«

»Genau, ein harmloser Irrer, genau wie der, der dir jetzt schreibt. Oder die.«

»Ja, wahrscheinlich hast du recht. Ich weiß noch, wie der hieß, der schrieb mir noch länger. Wie hieß der.«

Johanna und ich waren beste Freundinnen, seit wir acht waren, wir waren zusammen in die Schule gegangen, hatten jeden Tag telefoniert, als ich studierte und sie eine Ausbildung zur Physiotherapeutin machte, weil sie lieber was mit den Händen machen wollte und eilig Geld verdienen. Sie hatte dann zwei Kinder von zwei Männern bekommen, und vielleicht auch wegen all den Konflikten mit ihnen hatte sie vor ein paar Jahren eine weitere Ausbildung gemacht: zur Familientherapeutin.

Wir schrieben uns mehrmals täglich, eine Unterhaltung aus Erlebnissen, Fragen, Tratsch, aus Fotos, die wir uns von dort schickten, wo wir gerade waren, oder von Dingen, die wir gerade taten.

»Klingt mir übrigens tatsächlich ein bisschen nach einer eifersüchtigen Frau. Weil du es gerade erwähnst«, sagte Johanna.

»Norbert! Norbert hieß er. Der mit dem Herz. Was?«

»Ich sagte, für mich klingt das ein bisschen nach einer eifersüchtigen Frau.«

»Du meinst... es könnte Ludwigs Affäre sein?«

»Sie fällt mir jedenfalls als Erstes ein, wenn ich das lese.«

»Jetzt, wo du es sagst ...«

»Auch wenn's komisch ist, dass sie sich jetzt meldet, nach so langer Zeit.«

»Ja, aber sie weiß das natürlich alles, so gesehen ...«

In den drei Jahren nach dem Unfalltod meines Mannes hatte ich mich zurückgezogen und mich nur um meine Familie gekümmert, um meine beiden Söhne, um meine Stieftochter, um mich und den Schmerz, den Ludwigs Tod mir zugefügt hatte. Ein zuerst reiner Schmerz, der aber versaut und verschmutzt wurde, als ich herausfand, dass Ludwig eine Affäre hatte, wegen der er mich vielleicht verlassen wollte, es ließ sich aus den Mails, die ich auf seinem Computer gefunden hatte, nicht genau schließen.

»Lass uns über was anderes reden«, sagte Johanna. »Über den Therapeuten deines Sohnes.« Sie grinste. »Du hast übrigens einen merkwürdigen Hang zu Therapeuten, stelle ich fest.«

»Er ist nicht mehr Bennis Therapeut, wie du ganz genau weißt. Schon lange nicht mehr.«

»Okay, okay. Also, wie läuft's mit dem Schweizer?«

»Ach, Simon ... Ich glaube, ich lass das besser. Muss mich ja jetzt auch mehr um Sophie kümmern, jetzt, wo Molly da ist.«

»Klar, du bist ja jetzt ...«

»Sag es ja nicht. Außerdem ist sie bekanntlich meine Stieftochter, wir sind nicht verwandt, also.«

Wir redeten dann nicht mehr über die Nachrichten. Wir redeten darüber, wie es war, wieder einen Säugling in der Nähe zu haben, wir redeten über meine Beziehung oder, wie es zu diesem Zeitpunkt gerade aussah, Exbeziehung zu Simon, wir redeten über unsere Kinder, über Benni und Manuel und diesen Diego, Manuels neuen Freund, von dem ich bisher nur Fotos gesehen hatte. Wir sprachen über Johannas Töchter, die nicht daran dachten auszuziehen. Meine beste Freundin hatte vermutlich recht, was die Nachrichten betraf, schließlich war sie Psychotherapeutin, ich vertraute ihrem Urteil. Ich vergaß es, ein paar Tage lang, dann whatsappte Johanna, und Wolf rief mich an, beide erzählten mir, sie hätten auch so eine komische Nachricht bekommen: Dass Ludwig mich betrogen habe, dass er mich schon längst nicht mehr wollte und dass auch kein anderer mich falsche Witwe wolle, auch wenn ich mir nichts sehnlicher wünschte. Ich war so schockiert, ich konnte kaum reagieren. Sie griff jetzt nicht nur mich persönlich an, sie zog auch meine Freunde in die Sache hinein. Was ist da los?, fragte Wolf, und ich spielte es herunter, ach, das ist nur diese Geliebte von Ludwig, ich hab dir doch von ihr erzählt.

**ICH GING DEN ROSENGESÄUMTEN WEG** zu meinem Haus, als das Telefon klingelte. Heiße, süße Luft. Ich blieb stehen, wühlte das Telefon aus meiner Umhängetasche. Links und rechts faulte schon das Obst unter den Bäumen, unreif vom Baum gefallen, voller Würmer, die sich ins Innerste fraßen. Außen bemerkte man kaum eine Spur ihres Eindringens, innen tobte widerliche, schwarze Verwüstung. Das Telefon klingelte noch, als ich es erwischte, und ich spürte eine kurze Erleichterung, dass dort nicht *Simon* stand, sondern *Wolf*, und weil es immer länger dauerte, wenn Wolf anrief, weil er immer ausholte und sich verlief in seinen Geschichten, hob ich nicht ab. Ich wollte nicht die nächsten zwanzig, fünfundzwanzig Minuten herumstehen und darauf warten, dass Wolf über einen langen Umweg auf den Grund seines Anrufs kam, während die Lebensmittel in meinen Einkaufstaschen in der Hitze welkten, und ich ebenfalls. Ich würde ihn später zurückrufen, wenn ich mit einem kalten Bier vor dem Haus saß, und ich würde behaupten, ich hätte gerade den Rasen gemäht und seinen Anruf nicht gehört.

Ich steckte das klingelnde Telefon zurück in die Tasche. Diese Süße um mich, ich roch sie jetzt nicht nur, ich glaubte, sie aufsteigen zu sehen, kleine Tornados aus Fäulnisbakterien und Schimmel, wie in einem Zeichentrickfilm, ich schmeckte sie auf den Lippen. Das Klingeln hörte auf. Die viel zu frühen Äpfel verschrumpelten in der Hitze zu fauligen, schwarzen Knödeln, jemand hätte sie einsammeln und auf den Komposthaufen werfen sollen, bevor die Wespen darüber herfielen. Aber außer mir war niemand zuständig, niemand sonst war da, das war der Preis der Ungestörtheit.

Nur ich war da, die Frau, die mühevoll gelernt hatte, Dinge selbst zu tun, die vorher ein anderer erledigt hatte. Jetzt stand die Frau mitten in dieser Unordnung, die die Natur zur Unzeit angerichtet hatte. Im Sommer werden die Früchte reif, im Herbst werden sie geerntet, im Winter nähren sie dich; nichts stimmte mehr. Diese Querulanz der Natur, sie kotzte mich an. Aber gut, sollte all das eben in das Gras hineinfaulen und durch das Gras hindurch, sollte es das Grün mit seiner Fäulnis anstecken und mitnehmen in die schwarze, weiche Erde hinein. Sofort wollte ich den Gedanken wegscheuchen, aber er drängte sich vor, der Gedanke an meinen Ehemann, an Ludwig, wie er in der Erde verweste. Ludwig in seinem Totengewand, schwarze Hose, weißes Hemd, die Ärmel an den Gelenken zugeknöpft, nicht aufgekrempelt wie im Leben. Die fahle, fremde Haut. Ich wollte dieses Bild nicht sehen, das hatte nichts mit dem hier zu tun, das hier war harmlos, aber da war er, ich sah ihn, in der Erde.

Sei nicht so eine Idiotin.

Sei nicht so schwach.

Geh weiter.

Geh einfach weiter.

*Wirst noch merken, wie allein du bist, du eingebildete Kuh.*

Dabei war es am Tag von Ludwigs Begräbnis nicht heiß wie an diesem Tag, es war früher Frühling, ein eisiger Wind wehte. Ich wollte Ludwig verbrennen, genau deshalb wollte ich ihn verbrennen, um genau solche Gedanken nie denken zu müssen, aber er wünschte, im Familiengrab zu verrotten, er hatte es extra aufgeschrieben, ließ sich in die eiskalte Erde buddeln, neben seinem furchtbaren Vater, mit dem ihn im Leben nichts verbunden, mit dem er immer nur gestritten hatte. Wie die unreifen Birnen hier wollte er zu Erde werden. Ich verstand es nicht und würde es niemals verstehen und konnte auch darüber nicht mehr mit ihm streiten und wollte mit ihm streiten, gerade deshalb.

Geh weiter.

Denk an was anderes.

Denk nicht an den toten Ludwig, schau dort nicht hin.

Aber es war zu spät. Es war unmöglich, nicht an Ludwig zu denken, nicht vor oder in diesem Haus, das voll von ihm war. Voll von Nägeln, die er in Latten und Balken gehämmert, von Schrauben, die er eingedreht, von Regalen, die wir gezimmert, von Lampen und Steckdosen, die wir gemeinsam montiert hatten. Und er ließ sich nicht wegdenken auf diesen Granulitplatten, die er zusammen mit seinem jüngeren Bruder in die Wiese gesetzt hatte, von der Straße bis zur Haustür, unter einer Sonne wie dieser, tagelang. Nie konnte ich einen Schritt daraufsetzen, ohne zumindest einmal dieses Bild zu denken, Ludwig und Klaus, gebeugt in der Hitze, mit Schaufeln und Schubkarren voller Steinplatten. Ich wollte es nicht denken, so wie ich nicht daran denken wollte, dass wahrscheinlich die Nachbarn zu mir herüberblickten, aus den Scharten ihrer Festungen links und rechts oder von vorne an der Straße, aus ihren SUVs, mit denen sie durch schnurrend sich öffnende Tore fuhren, die hinter ihnen wieder zuschnurrten. Vielleicht auch Helga, aus dem Fenster ihres kleinen alten Hexenhauses gegenüber, das so übrig geblieben und verloren in dieser Straße stand wie meins.

Irgendjemand sieht dich immer, die merkwürdige Frau, die fahläugige Witwe, wie du da stehst, in der Hitze eines blendenden, klebrigen Nachmittags, im Grün deines Rasens, im Schatten deiner Bäume, in dieser Fäulnis. *Hässliche Ziege.* Auch sie wusste von diesem Ort, die Person, die mir die Nachrichten schickte.

**ICH HATTE GERADE ANGEFANGEN,** mich mit Simon Brunner zu treffen, als die ersten Nachrichten kamen. Ich hatte mir nach Ludwigs Tod eine Sprödheit zugelegt, die Fremde vertreiben sollte. Es funktionierte meistens; nicht bei Simon. Dabei sprach eigentlich alles dagegen. Er erzählte mir später, dass er eine Professur in Wien angeboten bekommen hatte und geblieben war und eine Praxis eröffnet hatte. Ein Bekannter einer Bekannten hatte ihn mir empfohlen, den Kinderpsychologen aus der Schweiz, als es Benni nicht besserging, als er nicht aufhörte, herumzukauen am Verlust seines Vaters, als er immer stiller wurde und ich immer stärker den Verdacht hegte, er gäbe sich vielleicht die Schuld an Ludwigs Tod oder zumindest eine Mitschuld. Simon hatte Benni nur ein paar Monate lang betreut, eine Art Krisenintervention. Dann war Benni zu einem anderen Therapeuten gewechselt, so war das von Anfang an geplant gewesen, Simon empfahl Benni einen Kollegen bei uns in der Nähe, was Benni und mir die wöchentliche Fahrt in die Großstadt ersparte.

Die Sache zwischen Simon und mir begann mit einer zufälligen Begegnung, in dem Kaffeehaus, in dem ich gelegentlich nachmittags mit meinem MacBook in einer Nische saß und schrieb, wenn ich gerade in Wien war. Es wurde eine Unterhaltung daraus, ein Gespräch, er interessierte sich für mich und mein Leben, über das er wohl schon ein bisschen was wusste, von Benni, aber er blieb professionell und ließ mich nie merken, wie viel. Wir verabredeten uns für ein Abendessen, das wir aber stets aufs Neue verschoben, bis es dann endlich stattfand, in einem angesagten israelischen Restaurant, in das ich schon lange hatte gehen wollen. Er hatte sich um den Tisch gekümmert und saß schon da, als ich kam, stand auf, strahlte mich an, umarmte mich, als würden wir uns ewig kennen. Ich spürte sofort eine für mich eher unübliche Vertrautheit. Er konnte gut zuhören, ich fühlte mich wohl mit ihm. Wir bestellten Wein und viele Schüsselchen voller gut gewürzter Sachen, die wir uns teilten. Wir sprachen über schlechtes und gutes Licht in Restaurants, über seine biederbürgerliche Baseler Herkunft, über die er sich auf liebevolle Weise lustig machte, über Ottolenghi, warum man Blumenkohl hassen oder lieben musste, über unsere liebsten Serien, über Trauer. Er hatte ein Buch darüber geschrieben, wie man Kinder zu resilienten Persönlichkeiten erzog, manchmal wurde er deswegen im Radio oder im Fernsehen interviewt, darüber redeten wir auch und über meine eigene kleine Fernsehvergangenheit. Er stellte viele Fragen, er war gut darin, Fragen zu stellen, eine Berufskrankheit, wie er im Scherz sagte. Wir sprachen über das Recht, Trauer zu beenden oder zumindest vorübergehend zu unterbrechen oder zuzulassen, dass sie schwächer wurde, und darüber, was das für die Erinnerung bedeutete. Wir sprachen über gemeinsame Bekannte, über sein Auto (ein Geländewagen, er wisse schon, SUV, aber seine Familie habe in der Schweiz eine Hütte in den Bergen), mein Auto (ein alter Skoda Octavia), über politisch unkorrekte Witze, über Freud und Frankl.

Das Lokal war groß und lärmig, aber er hatte uns einen kleinen Tisch in einer Nische reservieren lassen, es war wie eine Miniversion einer Großstadt: Ich fühlte mich unsichtbar im Gewusel der Menge, in der Intimität des Trubels, der um uns herum eine Art Blase bildete. Simon war mir zugeneigt, die Ellbogen auf dem Tisch, die Ärmel seines blauen Hemdes aufgekrempelt, wie es Ludwigs karierte Ärmel immer gewesen waren, aber Simons Hemd war schmal über einer schmalen Brust, wie die Hemden des jungen Kanzlers und seiner Gefolgschaft, straff, kein Zentimeter Stoff zu viel. Zwischen den Knöpfen konnte ich Simons Unterhemd sehen, und ich erinnere mich, dass ich immer wieder hinschauen musste, dass ich mir, während Simon mit einer Kellnerin sprach, überlegte, ob das etwas zu bedeuten hatte, ob das bedeutete, dass er diesen Kanzler gewählt hatte, erinnerte mich dann aber, dass er ja Schweizer war.

Das Lokal leerte sich um uns, während unser Gespräch immer intensiver wurde. Der Wein hatte mich lockerer gemacht, und schließlich erzählte ich ihm von Ludwig, von seinem Unfall und wie mir bald nach dem Begräbnis klarwurde, dass er eine Geliebte gehabt hatte. Wie mich das aus der Spur warf, weil ich von diesem Moment an nicht mehr normal trauern konnte um ihn und weil ich es nicht mehr mit Ludwig ausdiskutieren und ihn nicht anschreien konnte. Simon sagte, er könne sich vorstellen, wie schwer es sei, einem Toten etwas zu verzeihen, mit dem keine Versöhnung mehr möglich war. Ja, genau. Er verstand es, auf eine gleichzeitig professionelle und liebevolle Art. Ich gestand ihm, dass ich Ludwig immer noch nicht richtig verziehen hatte, gerade so viel, dass es mich nicht mehr verrückt machte, aber ganz würde mein Zorn auf ihn nie verrauchen. Und das sei, sagte Simon, wahrscheinlich auf untrennbare Weise mit meiner Trauer verbunden. Um das Thema zu beenden, fragte ich ihn nach seiner Vergangenheit, nach seinen Lieben, und er sagte: Erzähl ich dir beim nächsten Mal. Erst da bemerkte ich, dass wir uns fast allein in einem plötzlich still gewordenen Lokal unterhielten, und spürte, dass das Personal uns allmählich loswerden wollte. Simon zahlte, er bestand darauf, ich wollte einen Witz darüber machen, wie viele Abendessen ich mit Bennis Therapiestunden schon gesponsert hätte, ließ es aber bleiben.

Ich trug einen karierten Vintage-Mantel von Vivienne Westwood, und ich hatte mir an diesem Tag die Haare geschnitten, selber, vor dem Spiegel, ein paar Stufen in meinen braven, mittelgescheitelten Pagenkopf. Ich hatte ein unkompliziertes Kleid ausgesucht und auf Lippenstift verzichtet. Lippenstift sah früher ohnehin besser aus, erst unlängst war mir aufgefallen, wie sich mein Mund verändert hatte, schmaler geworden war, gerade wie ein Strich. Ich hatte es auf einem alten Foto gesehen, einem offiziellen Pressefoto zu der Kunstsendung, die ich moderiert hatte, bevor sie eingestellt wurde: Was ich früher für schöne, volle Lippen hatte, prall und geschwungen, und dickes Haar. Mir war das damals nicht richtig klar gewesen, ich fand nichts Besonderes daran, und ich dachte mir, was für ein Jammer, jetzt erst bemerkst du das, jetzt, wo es für immer verloren ist. Ich sagte Sophie jedes Mal, wenn ich sie sah, wie schön sie war, um es ihr bewusst zu machen, und sie verdrehte immer nur die Augen.

Auf der Straße zog ich meinen Mantel zu, und Simon legte ganz kurz den Arm um mich und drückte mich an sich. Mir fiel auf, wie groß er war, viel größer als Ludwig.

»Wir gehen noch in eine Bar«, sagte er. Ich widersprach ihm nicht.

Die Bar hatte hohe Decken und war modern, die Musik und das Licht leise, kleine, warme Lichtinseln, in denen alle schön aussahen, und alle Kellner waren jung und attraktiv und trugen Man Buns.

Ich trank einen Cocktail mit einem Fichtenzweig, den mir einer von ihnen empfohlen hatte, Simon trank einen Gimlet. Wir saßen uns gegenüber, und dass der Abstand zwischen uns immer kleiner wurde, lag an der Musik und am Licht.

»Geht es dir gut?«, fragte Simon.

»Es geht mir sehr gut«, sagte ich.

»Das ist ein schöner Ort.«

»Ja, das stimmt.«

Wir blieben nicht lange, ich musste früh raus am nächsten Tag, Simon auch, und diesmal übernahm ich die Rechnung. Als wir auf der Straße standen, zündete er meine und seine Zigarette an, hielt konzentriert die Hand vor, und wir gingen eine stille, wenig beleuchtete Gasse entlang zu einem Taxi. Wir redeten jetzt nicht mehr. Er nahm meine Hand, er sagte, er würde mich nach Hause bringen, meine Wohnung läge auf seinem Weg, ich wusste, dass das nicht stimmte, und es war mir egal. Er hielt mir die Tür eines Taxis auf und drückte sie hinter mir zu. Das Taxi fuhr los, wir redeten jetzt wieder, flüsterten im Rücken des Taxifahrers, und das Flüstern zog uns zueinander, ineinander, das Küssen kam ganz von selber. Er schmeckte gut, trotz der Zigarette, und das Küssen fühlte sich richtig an, absichtslos. Ich erinnere mich, dass ich dachte, das sei ein perfekter Kuss, genau dieser Gedanke hatte neben dem Kuss noch Platz in meinem Kopf. Ich dachte nicht an Ludwig, ich dachte nicht mal an Simon, ich dachte an gar nichts. Wahrscheinlich hatten auch der Wein und der Fichtenzweig-Cocktail etwas damit zu tun, aber ich war voll von diesem Küssen. Es hing kein Sex an diesem Kuss, noch nicht, aber es fühlte sich möglich an, vorstellbar.

Wir küssten uns bis zu meinem Haus, ohne Pause. Nein, einmal unterbrach ich den Kuss, um ihm etwas zu sagen, das ich wichtig fand, ich sagte, dass meine Trauer, auch wenn sie zwischendurch intensiver war, als mir guttat, mich dennoch nicht verunsichere, weil ich meine Trauer genau kannte, weil ich sie kontrollieren konnte. Ich wollte nicht, dass er mich für verdreht hielt. Offenbar hatte sich dieser Gedanke also doch noch irgendwo formieren können, irgendwo in meinem Kopf.

Er schaute mir in die Augen, während ich sprach, ernst und aufmerksam, und sagte dann: Ja, verstanden. Er hörte wirklich gut zu. Wir küssten uns weiter, bis das Taxi an meiner Adresse hielt. Ich stieg aus und er stieg aus und hielt mir die Tür auf, und ich sagte, gute Nacht, und küsste ihn nochmal zum Abschied, kurz und fest, mit Blickkontakt. Er blieb in der geöffneten Taxitür stehen, bis ich meine Haustür hinter mir zugeschoben hatte, rief mir ein Ade nach, betont auf dem A mit einem ganz kurzen E, ich winkte ihm durch die bunten Scheiben zu, er lächelte, während er wieder in das Taxi stieg. Ich sah nicht mehr, wie das Taxi davonfuhr, und ich weiß noch, dass ich dachte, das war ein Anfang, während ich die Treppen hochging, das war ein Anfang, dieser Abend hatte in Küssen geendet, der nächste würde anders enden.

Und so war es auch. Er rief mich am nächsten Tag an, wir sahen uns am übernächsten, und wir verbrachten in seiner Wohnung eine Nacht, die eine logische Fortsetzung des Kusses war.

Er erzählte mir von seiner Exfrau, die er beim letzten Mal nur angedeutet hatte, von der schwierigen Trennung nach zwölf Jahren Ehe, und wie sie ihm nie verzeihen konnte, nie verzeihen würde, dass er keine Kinder haben wollte, und als er sich von ihr trennte, wegen einer anderen, jüngeren Frau, die ein kleines Kind hatte, war es für seine erste Frau zu spät für eigene Kinder. Er sagte, wie leid ihm das alles tue, vor allem, weil die neue Beziehung nicht lange gehalten habe und seine Exfrau eine fabelhafte Person sei und er manchmal nicht nur sie vermisse, sondern auch die Kinder, die er mit ihr hätte haben können. Ich lag in seinem Arm, während er das erzählte. Danach schlief er ein.

Im Morgengrauen sah ich aus dem Fenster seiner Altbauwohnung in den rosafarbenen Himmel, während er neben mir lag, und nichts an ihm wirkte fremd, und ich dachte: Ja, so fängt etwas Neues an.

Der Kuss war schon vertraut, als wir uns am nächsten Tag verabschiedeten und ich mit dem Zug zurück in meine Kleinstadt fuhr, in mein Haus an ihren Rändern. Die ganze Strecke über schrieb er mir SMS, in denen er mich fragte, wie es mir gehe, was ich noch vorhabe und was er für einen Teppich kaufen sollte, für sein Schlafzimmer. Da lag eine Ahnung von Gemeinsamkeit darin, von einer Komplizenschaft des Alltags, und es gefiel mir. Es gefiel mir sehr. Er schrieb auch von einem Wochenende in drei Wochen, das er in London verbringen müsse, ob ich ihn nicht begleiten wolle. Ich schrieb, ich würde darüber nachdenken, er schrieb: *Famos!* Ich freute mich. Ich war schon verliebt. Als ich zu Hause war, schaffte ich es nicht, etwas Vernünftiges zu schreiben, stattdessen ersteigerte ich auf Ebay eine alte Fünfzig-Schilling-Note mit dem Porträt Sigmund Freuds darauf und einen kleinen, alten Messingrahmen dazu und recherchierte im Netz, welche Ausstellungen in London gerade liefen und in welche Restaurants man gehen könnte.

Ich hörte sieben Tage nichts von ihm. Ich war erst gelassen, dann nervös, dann verfiel ich in Agonie und Selbstzweifel. Ich ließ mir jede Minute unserer Nacht durch den Kopf gehen, fragte mich, wo ich etwas Falsches gesagt, etwas falsch gemacht hatte, und mir fiel nichts ein, gar nichts. Die Post brachte die Ebay-Päckchen, erst den Rahmen, dann die Banknote. Am achten Tag schrieb ich ihm eine SMS. Er schrieb sofort zurück, dass er sich freue, von mir zu hören, er habe gerade den Kopf voller Arbeit. Ich schrieb, alles gut, kein Problem, und erwähnte, dass ich mir das mit London überlegt hätte und gerne mitkäme. Er antwortete, ah, das tue ihm jetzt leid, aber die Tage in London seien jetzt dummerweise schon dermaßen mit Terminen überfüllt, da gäbe es keine Chance für Zweisamkeit, aber er würde mich gerne sehen, ob ich übermorgen Lust hätte, ihn zu treffen? Ich feilte drei Stunden an einer eleganten Absage und sagte dann zu. Wir trafen uns in Billys Bar, wo ich mich sicher fühlte, weil ich da so oft hinging, dass Billy inzwischen ein Freund geworden war. Das Lokal war voll mit lauten jungen Menschen, wir tranken guten Wein, wir redeten. Ich fragte Simon nicht, warum er sich so lange nicht gemeldet hatte, ich erwähnte London nicht, aber ich schenkte ihm die gerahmte Note. Er packte sie aus dem Papier, in das ich sie eingewickelt hatte, er war begeistert, er nannte es das perfekte Geschenk, und als wir später bei ihm zu Hause waren, hielt er den gerahmten Geldschein an die Wand über seinem Schreibtisch, an dem er seinen Platz bekommen würde. Ich freute mich über seine Freude. Wir verbrachten eine intensive, verschwommene Nacht zusammen. Danach hörte ich wieder tagelang nichts von ihm. Man musste, so sah es aus, immer wieder von vorne anfangen mit ihm, aber ich wollte es, ich wollte es immer mehr. Ich sehnte mich nach ihm, wenn er sich länger nicht meldete; mein Herz hüpfte, wenn er es endlich tat. Als ich das nächste Mal bei ihm war, hing die Freud-Note nicht über seinem Schreibtisch und auch später nie.

**DA STEHST DU NUN** in deinem Garten, zwischen den Villen deiner Nachbarn, in Birkenstocks, die Hand im heißen Ofen verbrannt, und von einem Verband umwickelt, in einem knielangen Rock, in einer hellblau gestreiften Baumwollbluse mit abgewetztem Kragen, die an dir pickt und fleckt unter den Armen, an denen Einkaufstaschen hängen wie lächerliche, gelb-rote Gewichte, und du schaust blöd wie ein Schaf. Für immer leicht verschoben von der Trauer, irreparabel zerkratzt. Nicht nur von der Trauer, da waren noch ganz andere Sachen, aber davon wussten meine Nachbarn nichts, zumindest glaubte ich das. Ich schrieb Drehbücher für Fernsehfilme, die vielleicht auch in ihrem Fernseher liefen, das wussten sie wahrscheinlich, und sie belächelten es, das machte es ihnen leicht, mich für verdreht zu halten.

Sie waren nur am Haus des Verstorbenen interessiert, an seinem Grundstück, nicht an seiner sturen, störenden Hinterbliebenen. Sie hofften, dass ich doch noch vor Kummer oder Einsamkeit den Verstand verlieren und dann endlich verkaufen würde, an sie oder ihresgleichen, besser an sie.

Das Stück Weg, auf dem ich stand, zwischen dem Baum mit den kleinen, rotbackigen Erzherzog-Albrecht-Äpfeln und dem Birnbaum mit den winzigen, süßen Früchten, die Ludwig immer mal zu Schnaps brennen wollte und es dann nie tat, war die Stelle, an der meine Sinne zuverlässig das Wasser witterten. Ich bin ein Wasserzeichen, vielleicht deshalb, Ludwig hatte das immer behauptet, obwohl ich nicht an so etwas glaubte. Da hinten war das Wasser, hinter den Blättern, hinter dem Grün, am Ende dieser elenden Hitze, die ich mit jedem Schritt aufwirbelte wie Hartmann meine schöne Isolation. Dort irgendwo würde Hartmann stehen in seiner Anglermontur, hinter der niedrigen

Mauer aus Flusssteinen, die immer schon da war und auch jetzt da sein würde.

Ich ging drei Schritte auf dem Steinweg weiter, bis zu meinem Haus, dann setzte ich die Taschen ab und ließ sie im Schatten der Wand unweit der Haustür stehen. Der Verband an meiner rechten Hand war verschwitzt und schmutzig. Ich ging am Haus vorbei, und jetzt drängte sich das Sonnenglitzern auf dem Fluss aus hundert oder zweihundert Metern Entfernung durch das Apfelbaum- und Weidengrün. Strahlende, blitzend sich kräuselnde Wasseroberfläche, in die schräg die Abendsonne stach, sich auf die Wellen legte und Richtung Osten tanzte. Der Fluss, wie er ein Stück die Mauer entlangfloss und dann eine scharfe Biegung machte und wie er dann leicht schräg nach rechts Richtung Norden strömte, breiter und ruhiger, seicht an den Ufern, an denen vereinzelt Holzstege ins Wasser ragten.

Ich nahm alles in mich auf, registrierte es sorgfältig, weil man sich nie sicher sein konnte, ob das alles morgen noch da sein würde. Es konnte alles plötzlich umfallen und zerbrechen und verschwinden.

Oder es konnte da am Ufer, wo jetzt ein riesiger Kastanienbaum auskragte, morgen ein Loch klaffen, aus dem übermorgen eine fette Villa aus Beton wachsen würde oder eine Staumauer, wie die, die sie weiter unten im Naturschutzgebiet bauen wollten. Oder sie zündeten mein Haus an, auch da konnte man sich nie sicher sein, es war aus Holz, es würde gut brennen. *Du sollst büssen, du Sau.* Alles, wie es jetzt war, penibel abspeichern, als sähe man es das erste, das letzte Mal: rechts und vorne die Weite, Wiesen und Felder und, ein Stück entfernt, die Ausläufer der Weinberge. Links, jenseits des Flusses, die Stadt, verborgen hinter einem breiten Streifen Mischwald, auf den sich sanft die Sonne setzte, *Fifty Thousand Shades of Green*, hatte

Johanna gesagt, als sie letztes Mal hier war, wir hockten am Rand der Veranda, schauten aufs Wasser und ins Grün dahinter, tranken Bier, rauchten Joints.

Mein Blick suchte das Ufer ab. Hartmann sah ich nicht. Eine Amsel flatterte neben mir aus dem ungemähten Wiesenstreifen auf, als ich mich umdrehte und zurückging, zur Vorderseite des Hauses, wo die Plastiktaschen in der Sonne brieten. Ich hob sie hoch, ich stellte sie wieder hin: Drüben, auf der Ostseite der Wiese, hatte sich ein Ast des Haselnussstrauchs tief in die Wiese gesenkt, er hing in Hüfthöhe in der Luft, in der Nähe der alten Kinderschaukel, die Molly bald benützen würde, sie war jetzt fast schon ein Jahr alt. Ich sollte eine Babyschaukel kaufen, dass ich daran noch nicht gedacht hatte. Der Ast störte mich, das konnte so nicht bleiben.

Ich ging an der Haustür vorbei auf die rechte Seite des Hauses, an der Ludwigs Werkstatt angebaut war, ich sperrte sie auf und ging ins dämmrige Innere. Sie roch nach Ludwig, immer noch, sie roch, wie Ludwig gerochen hatte, nach Holz und Spänen und Leinöl. Rechts neben dem Eingang hing an einem Haken an der Wand Bennis neues altes Fahrrad, die Chromteile glänzend poliert. Die kleine Kettensäge, die Ludwig mir einmal zum Geburtstag geschenkt hatte, hockte auf ihrem Akku, ich hob sie hoch, ignorierte die Schutzkleidung, die an der anderen Wand an zwei Haken hing, und ließ nur die Sonnenbrille aus meinen Haaren auf meine Nase rutschen, das reichte für das bisschen Ast, ich riss am Starter, während ich rausging, die Säge heulte auf, und ich schnitt den Ast in schnellen Schnitten in armlange Stücke, bis auf einen kurzen Stumpf hinab. In der burgartigen Villa vor mir schloss sich im oberen Stock ein Fenster. Die Aststücke ließ ich ins Gras fallen, ich würde sie später wegräumen, nur die Säge wischte ich mit einem weichen Tuch ab und setzte sie zurück an ihren Platz in der Werkstatt.

**DIE NACHRICHTEN WAREN** den ganzen Winter über gekommen und im Frühling auch. Immer von anderen Absendern, von immer neuen Namen. Am Anfang waren es Männernamen, dann waren es Namen von Frauen, manchmal gewöhnliche, Edith, Sabine, Christa, manchmal exotische: Accounts, die auf Messenger angelegt und sofort wieder gelöscht wurden, Fake-Konten ohne Profilbild, auf die man nicht antworten und die man nicht zurückverfolgen konnte. Die Person tauchte nur auf, um mich zu beschimpfen, mich zu verletzen. Dann verschwand sie wieder und ließ mich allein mit ihren bösen Worten, ihren gemeinen Lügen und den Geheimnissen, die sie über mich und Ludwig wusste und dann, irgendwann im Frühling, auch über Simon Brunner, der plötzlich ebenfalls in den Nachrichten erwähnt wurde. Gegen die Angst und die Verunsicherung, die die Nachrichten auslösten, wehrte ich mich vergeblich.

Irgendwann begann ich, die Nachrichten miteinander zu vergleichen, sie nebeneinanderzustellen, sie fast wissenschaftlich zu untersuchen auf Gemeinsamkeiten und Unterschiede: Was war schon mal gekommen, was war anders, was war neu. Auch andere Leute erhielten die Nachrichten inzwischen, erst Johanna und Wolf, dann hatten mich weitere Freunde und Bekannte angerufen, um mir von seltsamen Nachrichten zu erzählen, Iris, eine Freundin aus dem Ort, die ich vor Jahren in ihrem Computerladen kennengelernt hatte, ich hatte ein Kabel gekauft, wir waren ins Gespräch gekommen. Meine Schwägerin Wanda bekam eine Nachricht, und ihr Mann, Ludwigs missgünstiger, älterer Bruder Bernhard, der sie mir mit einem gemeinen, schadenfrohen Kommentar weiterleitete. Zuletzt hatten sie auch einige meiner Auftraggeberinnen bekommen, sehr unangenehm, weil ich wusste, dass irgendwas von den Halbwahrheiten und Lügen haften bleiben würde, und weil ich keine Ahnung hatte, wer die Nachrichten noch bekam und sie vielleicht nur nicht erwähnte. Mir wurden sie allmählich vertraut, der Tonfall, der Stil, die Aggression. Der Schock darüber schliff sich allmählich ein wenig ab. Es ängstigte mich, nicht zu wissen, wer die Nachrichten warum schickte, aber es ängstigte mich auf eine zusehends vertraute Weise. Ich kannte bereits die Wortwendungen in den Nachrichten, ich war schon gefasst auf die Verletzungsabsicht und auf neue Details über Ludwig und mich, die eigentlich kaum jemand wissen konnte.

Vermutlich lag Johanna richtig mit dem Verdacht, den sie schon früh geäußert hatte: Dass es wahrscheinlich Ludwigs heimliche Affäre war, die die Nachrichten schrieb. Dass ich einen realen Menschen mit diesen Nachrichten verbinden konnte, machte die Sache weniger bedrohlich: als würde ich sie dann kontrollieren können, auch wenn ich es in Wirklichkeit nicht konnte. Es bestand die theoretische Möglichkeit, diese Person zu beobachten, sie anzusprechen. Aber ganz sicher war ich mir nicht, und mein Vertrauen zu den Menschen, mit denen ich zu tun hatte, bekam Kratzer, die sich nur teilweise auspolieren ließen: Denn falls sie es doch nicht war, wer war es dann, wer außerhalb meines Umfelds hatte diese Informationen. Niemand. Und wenn es kein Fremder war, dann war es jemand, den ich kannte, gut kannte, offenbar. Ich ging in Gedanken immer wieder meinen Bekanntenkreis durch: der vielleicht, oder die. Nein, bestimmt nicht. Nein, das war nicht möglich. Es musste diese Frau sein.

Vielleicht hatte sie von der Sache zwischen Simon und mir erfahren und wollte das, was sie wohl für mein neues Glück hielt, zerstören, uns entzweien, wollte mich mit der Vergangenheit quälen, mit Geschichten und Lügen und Halbwahrheiten über meinen toten Mann, die ich nicht verifizieren konnte und vor allem nicht mit ihm besprechen. Sie wollte wohl, dass ich versuchte herauszufinden, wie sehr der Mann, mit dem ich fast zwei Jahrzehnte verheiratet gewesen war, mein Vertrauen missbraucht hatte, sie wollte, dass ich mich verzettel in meiner Kränkung, und das gelang ihr auch: Ich quälte mich mit Vorstellungen über sie und meinen Mann. Ich kannte diese Frau nicht, aber auch sie hatte ihre Liebe verloren und gönnte mir nun keine neue, und wegen der Dinge, die sie über Ludwig wusste oder zu wissen vorgab, hatte ich kaum Zweifel, dass es nur Valerie Adler sein konnte, die diese Nachrichten schrieb; die Geliebte meines toten Mannes.

**ICH HOLTE DIE TASCHEN.** Die Haustür war unversperrt. Zugezogen, aber nicht versperrt. Ich war mir sicher, ich hätte sie abgeschlossen. Wie oft ich jetzt Handlungen, Dinge, Situationen, Erlebnisse, Menschen und ihre Namen vergaß, viel schneller als früher. Ich hatte mit Johanna erst unlängst darüber gesprochen, sie sagte, ihr gehe es ähnlich und dass sie sich kaum an die ersten Jahre mit ihren Töchtern erinnern könne, die gesamte Babyzeit sei wie ausradiert, sie sagte, hätte sie keine Fotos von ihren Babys, sie wüsste nicht mal mehr, wie sie ausgesehen hätten. Ich sagte, weißt du nicht mehr, wie wir bei Erika auf dieser Grillparty waren, und du hast Fritzi gefüttert, und unterm Tisch lag die winzige Leo auf deinen Knien und schlief? Ich weiß es noch, weil Tom kam und dich fragte, hast du nicht zwei Kinder, und du hast einfach müde das Tischtuch gehoben. Johanna sagte, ehrlich, ich weiß es nicht mehr.

Ich erinnerte mich jetzt daran, wie ich vorhin das Haus verlassen wollte und vor der Tür nochmal kehrtgemacht hatte, um zwei große, zusammengefaltete Taschen aus dem Schrank zu holen, wie ich wieder zur Tür gegangen und erneut umgedreht war, um die Einkaufsliste vom Tisch zu klauben. Aber ich erinnerte mich nicht an den Moment, an dem ich die Tür zugezogen hatte oder daran, ob ich den Schlüssel aus dem Schlüsselbund aus meiner Umhängetasche genommen hatte oder nicht und ob ich den Schlüssel dann in das Schloss gesteckt hatte oder nicht. Es hatte keinen Sinn, die Erinnerung hervorwühlen zu wollen. Sie war nicht da. Wenn ich mich nicht ganz bewusst zwang, Vorgänge abzuspeichern, verschwand die Erinnerung immer öfter und das machte mir Sorgen.

Ich betrat das Haus, schloss die Tür hinter mir ab, stellte die schweren Taschen im Vorraum ab, suchte nur die Milch und die Butter aus ihnen heraus und schob sie in den Kühlschrank. Ich pflückte zwei kleine Bierflaschen aus dem Kühlschrank, dann ging ich durch die Küchentür hinaus, über die Holzveranda, die zwei Stufen runter, zwischen den Rosenbüschen hindurch, Richtung Fluss. Die Bierflaschen klimperten in meiner linken Hand, während ich mit der rechten das Handy aus meiner Rocktasche zog, das dort gepiepst hatte. Die Nachricht war lang und kam von einer Frau mit dem Namen Mina Quistner, und darin stand das übliche, bösartige Gemisch aus subtilen Drohungen, Lügen und Beschimpfungen, dass ich dumm sei, faul, hässlich und talentfrei, dass mein Hintern fett sei, dass ich überhaupt nichts schnallte: nicht, dass Ludwig außer mir alles gevögelt hatte, was sich bewegte; nicht, dass Simon Brunner nicht das geringste Interesse an mir habe; nicht, dass er längst verduftet war, wie ich bei Ludwig hatte verduften wollen; nicht, dass Simon lieber frische, interessante Frauen wollte, nicht so kaputte, langweilige Weiber wie mich. Dass ich mich schon noch umschauen würde: *Fühl dich bloss nicht sicher, pass lieber auf.*

**WIR FINGEN AN,** wir hörten wieder auf, wir begannen von neuem. Dann trafen wir uns zum Essen in Restaurants, schrieben uns Nachrichten, telefonierten lange, versackten in Bars, ich nahm ihn mit zu einer Abschiedsparty eines Kollegen, der in die USA ging. Es war nicht immer gut, er schien oft abwesend oder fahrig, und nie lernte ich einen seiner Freunde kennen, aber an manchen dieser Abende waren wir uns so nah, dass ich anfing, mir etwas vorzustellen, mir eine Zukunft auszudenken, in der er vorkam, und immer wenn das der Fall war, zog er sich zurück, als spürte er das. On/Off. Ich versuchte, mich daran zu gewöhnen, nichts zu erzwingen, Platz zu lassen. Es als eine Geschichte aus reiner Gegenwart zu sehen, wie in dem Blumfeld-Lied. Ich brauchte selbst viel Raum um mich, eine Sperrzone, eine Art Platzverbot für alle, denen ich nicht vollends vertraute, die nicht zu meiner Familie gehörten.

Wenn es off war, war es komplett off, nicht Standby. Dann wusste ich nicht, wo er war, was er tat, was er dachte, mit wem er schlief, wohin er ging, und wenn ich ein Interesse daran auch nur andeutete, reagierte er gereizt. Manchmal hörte ich seine Stimme während einer dieser Off-Phasen zufällig im Radio und fand sie merkwürdig fremd.

Doch jedes Mal wenn ich sein Zaudern akzeptiert und mich zurückgezogen hatte, ergab sich doch wieder eine Gelegenheit, erneut den Kontakt aufzunehmen. Zum Beispiel über diese anonymen Nachrichten. An einem Abend, ein paar Wochen nach den ersten Nächten mit ihm und nach den wechselseitigen Rückzügen, die darauf folgten, trafen wir uns in der Bar eines feinen, altmodischen Luxushotels in der Wiener Innenstadt. Er hatte mich angerufen, nachdem ich mich eine Zeitlang nicht mehr gemeldet und eher sachlich auf ein paar nächtliche SMS reagiert hatte. Am Telefon sagte er, er vermisse mich. Ich sagte, ich hätte leider keine Zeit, aber ein paar Tage später bekam ich eine anonyme Nachricht, in der zum ersten Mal sein Name fiel. *Der geile Brunner, bist hinter ihm her, verliebte Fotze.* Ich hatte ihm davor nichts von den Nachrichten erzählt, damals hoffte ich noch, sie würden einfach von selbst wieder aufhören. Ich wollte nicht, dass die Dinge, die darin über mich gesagt und behauptet wurden, bei ihm haften blieben, dass er anfing, sich Gedanken zu machen, was davon vielleicht stimmen könnte. Aber nun, da er erwähnt wurde, hatte ich irgendwie das Gefühl, ich sollte ihn darüber informieren.

Die Bar war seine Idee. Es gab einen Pianisten, der auf einer Balustrade ein Stockwerk höher Klassiker spielte, dicke Teppiche, weiche Fauteuils, riesige Kristalllüster, überall blitzte es golden, eine Atmosphäre wie in einem amerikanischen Filmklassiker. Wir tranken altmodische Cocktails und redeten über die anderen Menschen, die in den Sitzgruppen um uns herum saßen, in welchen Beziehungen sie zueinander standen, woher sie kamen, wie sie lebten. Es war schön und fühlte sich vertraut an. Nach dem zweiten Drink erzählte ich ihm von den anonymen Nachrichten und davon, dass in einer von ihnen zum ersten Mal auch sein Name fiel. Ich erzählte ihm, wie die Nachrichten bewirkten, dass ich mich beobachtet fühlte und verurteilt, wie ich versuchte, mich nicht verletzen und nicht beunruhigen zu lassen, wie mir das nur mit Mühe gelang. Er ließ sich die Nachricht zeigen, in der er selbst vorkam, und reagierte interessiert und amüsiert darauf, ich sagte, es tue mir leid, dass er da hineingezogen werde. Ich sagte ihm auch, dass ich Ludwigs Affäre verdächtigte, die Nachrichten zu schreiben. Er nickte. Er hörte zu. Ich spürte Interesse und Mitgefühl, und als er schließlich etwas dazu sagte, waren seine Kommentare empathisch und beruhigend. Es tat gut, mit ihm darüber zu reden, es reduzierte das Gewicht, mit dem die anonymen Mails auf meine Seele drückten.

Danach erkundigte er sich immer wieder nach den Nachrichten, er wollte wissen, ob er erwähnt worden sei und was über ihn behauptet werde, aber es interessierte ihn auch aus professioneller Sicht, schließlich war er Spezialist für menschliche Abgründe, auch wenn sein Spezialgebiet die Abgründe von Kindern waren. Ich zeigte ihm die Nachrichten, ich schickte sie ihm weiter, und er sinnierte darüber nach, sie weckten zuverlässig sein Interesse und brachten uns wieder ins Gespräch miteinander: darüber, welcher Art die Störung dieser Person sein könnte und warum sie gerade jetzt angefangen hatte, ihren Frust abzuleiten. Die Nachrichten waren eine Art Bindemittel zwischen uns, sie verschafften uns einen Grund, in Kontakt zu bleiben, uns wieder zu verabreden. Also sahen wir uns wieder, redeten wieder, schrieben uns, gingen miteinander ins Bett, es war wieder gut und warm und verschwommen, und manchmal hielt es eine Zeitlang an, und funktionierte, bis es nicht mehr funktionierte.

Bis er ein Abendessen, für das ich mich schon zurechtgemacht hatte, kurzfristig absagte, einmal, dann immer wieder, mit Begründungen, die meistens mit Arbeit zu tun hatten und für mich immer fadenscheiniger klangen, je öfter es passierte. Einmal dachte ich: Er trifft sich heute vielleicht doch lieber mit einer anderen. Der Gedanke kam mir kindisch vor, aber ganz los wurde ich ihn nicht, auch wenn er sich dann wieder meldete, mich unbedingt sehen wollte, sich Zeit nahm, schöne Orte für uns suchte, ganz da war, ganz in meinem Leben; für ein paar Tage wenigstens.

**ICH HÄTTE DAS HAUS** verkaufen können, das Ludwig und ich gemeinsam gebaut hatten. Das Grundstück und den hölzernen Würfel darauf, samt all seinen darin abgespeicherten, eingekratzten, eingetretenen Erinnerungen, seinen Reliquien, seiner Patina aus Liebe und Trauer, Freude und Schmerz, Euphorie, Tränen und Schuld. Ich würde viel Geld für all das bekommen, und vielleicht wäre es das Beste gewesen. Neben den Angeboten, die mir fast alle meine Nachbarn schon gemacht hatten, bekam ich alle paar Monate eins von einem Bauunternehmer oder einem Immobilienentwickler, einer Genossenschaft oder einem reichen Privatmann aus der Stadt, der neben seiner Stadtwohnung ein protziges Feriendomizil aus Beton auf dem Land bauen wollte.

Es wäre der perfekte Weg gewesen, schlagartig all die Erinnerungen loszuwerden, die an diesem Haus hingen, jedes Ding, das mich jeden Tag daran denken ließ, wie mein Leben einmal gewesen war, was ich einmal gehabt, wie viel ich verloren hatte. *Fühl dich lieber nicht zu sicher in deiner Hütte, Fotze; schönes Holz macht schönes Feuer.*

Und ich hätte mich nicht mehr sorgen brauchen, um das Haus und die Menschen, die noch darin wohnten: Benni, ich, manchmal auch Sophie und Molly. Sie hätten mit dem Bagger kommen und all die Sedimente meiner Vergangenheit einfach niederreißen können, und vielleicht wäre auch ein bisschen von meinen Schuldgefühlen und von meiner Wut darunter, die jeden Tag entfacht wurden von den Dingen, die einmal unsere gemeinsamen Dinge gewesen waren. Nebenbei hätte es mich reich gemacht. Wohlhabend zumindest. Statt der Geldsorgen, die mich nachts wach hielten, statt der Sorge um meine Zukunft, die Zukunft meiner Kinder und die des Babys meiner Stieftochter, hätte ich vielleicht einen flauschigen Frieden bekommen. Ich hätte dieses Holzhaus, das mich nur Geld kostete, aufgeben und wieder in die Stadt ziehen und mir dort ein bequemes Leben leisten können. Manuel hätte, wie er es immer geträumt hatte, in London studieren können, und Benni hätte Geld gehabt, das er sparen und anlegen und vermehren konnte, er war der Einzige in meiner Familie, der dafür das Talent mitbrachte.

Der Gedanke hatte einen großen Sog. Weg mit allem, und beim nächsten Mal, wenn ich hier vorbeifahren würde, wäre keine Spur mehr zu sehen gewesen von mir und Ludwig und dem Leben, das wir mit unseren Kindern geführt hatten, das es nicht mehr gab. Kein Stein würde mehr an uns erinnern und kein Balken, das Haus wäre weggeschoben, plattgemacht, zu Heizmaterial zerhäckselt und ersetzt durch eine Villa mit Poolhaus oder einen Apartmentkomplex voller Wochenendwohnungen, eine Luxusseniorenwohnanlage, in der auch ich eine schicke, moderne, barrierefreie Wohnung mit allen Betreuungsmöglichkeiten besitzen könnte, auch das wurde mir schon angeboten, sah ich denn schon so alt aus? Für später!, für später.

Und irgendwann würde ich vielleicht eines der Angebote tatsächlich annehmen, vielleicht würde ich das alles irgendwann aufgeben, ich schloss es nicht aus. Aber nicht jetzt. Mehr als alles Geld brauchte ich jetzt dieses Haus, diese merkwürdige, selbstgebastelte Holzhütte, und alles darin und rundherum: Es war meine Basis, die mich trug, leitete, nährte und am Leben erhielt. Dieser simple Bungalow, der neben den Protzbauten so altmodisch wirkte wie Hartmanns altes, blaues Fahrrad neben dem Zweitwagen der Nachbarin.

Nur Helgas Hexenhaus und Hartmanns alter Ziegenhof drüben bei der Kapelle waren noch übrig geblieben, Faiz' Restaurant, das früher ein Café gewesen war, das Wirtshaus und der Biohofladen der Krieglers. Wir waren die Reste eines ehemaligen Dorfes. Wir waren die Aliens, die Hippies, die Unbelehrbaren, der lästige Altbestand, das schweißte uns zusammen. Und ich brauchte den Blick auf den Fluss, an diesem einen Punkt, an dem alles aufriss. Manche meiner Freunde sahen es anders: Verkauf es, sagten sie und meinten: Befreie dich. Wirf alles ab. Was sie dachten, aber nicht sagten: Geh uns nicht mehr auf den Zeiger damit, fang neu an, geh zurück in deine Großstadt, geh heim nach Wien, schließ endlich ab.

**IM FRÜHLING GAB ICH** in der Wiener Wohnung ein Essen zu Wolfs Geburtstag und hielt es für eine gute Gelegenheit, Simon endlich meinen Freunden vorzustellen. Wir waren gerade in einer Phase der Nähe und Verliebtheit, und ich war glücklich, ihn bei mir zu wissen, ich war seine wichtigste Vertraute, das sagte er jedenfalls immer wieder, und ich hörte es gern. Ich hatte lange überlegt, ob es eine gute Idee sei, dann hatte ich ihn eingeladen, und er hatte sofort zugesagt. Ein paar Freunde kamen, Wanda (ohne ihren Mann Bernhard, der mir nur den Abend verdorben hätte), Iris, Billy, Johanna und noch ein paar. Alle bewunderten die süße kleine Molly und gratulierten Sophie, wir tranken auf Wolf und natürlich erzählte mir Johanna später, wie sie über Simon und mich tuschelten, und das war okay so. Simon gab sich an diesem Abend charmant und hilfsbereit, zuvorkommend und sehr humorvoll, was mit seinem Schweizer Akzent umso besser ankam. Wer immer in die Küche kam, um nachzufragen, dem sagte ich, dass wir nur Freunde seien, was ein bisschen stimmte und ein bisschen nicht, an diesem Abend eher nicht. Nur Wolf war heimlich sauer, was er mir erst lange danach gestand, weil ich, wie er monierte, seinen Geburtstag zu meinem Moment gemacht hätte, und zu Simons Moment, indem ich Simon eingeladen und in den Mittelpunkt gestellt hätte.

Nach diesem Abend merkte ich, dass Simon eine gute Antwort war auf die Frage meiner Freundinnen, ob ich mich wieder mit jemandem traf. Es war den Leuten irgendwie wichtig, dass man das tat, nach Ablauf einer ordentlichen Trauerzeit. Dass man sich wieder mit jemandem traf, als sei die Seele dann gesund.

Als sei dann alles wieder zurechtgerückt und man nicht mehr in Gefahr, aus der Spur zu rutschen oder sich irgendwie anders zu beschädigen oder beschädigt zu werden. Als sei man schutzlos ohne Mann und beschützt mit einem. Das Gegenteil war statistisch gesehen in Wirklichkeit der Fall: Die meisten Morde an Frauen wurden innerhalb von Beziehungen begangen – eine Frau war ohne Mann fast immer sicherer, in beinahe jeder Situation, sogar wenn sie nachts auf einer einsamen Straße einem Fremden begegnete. Aber es fühlte sich natürlich nicht so an, für die meisten, sie fühlten sich schutzlos, so auf sich gestellt. Die meisten wollten die Fakten nicht sehen. Sie wollten nicht alleine sein, und sie wollten nicht, dass ich alleine war, vielleicht damit sie sich dann nicht mehr so verantwortlich fühlen mussten. Sie gingen einem auf die Nerven. Man wollte, dass sie aufhörten, aber sie hörten erst auf, wenn man ihnen die richtige Antwort gab, die Antwort, die sie hören wollten: Ja, es gibt da wieder jemanden, ich treffe einen Mann.

Simon war so eine Antwort, und eine gute dazu, weil ich sie nicht weiter zu erklären brauchte. Ah, der, der Kinderpsychologe, der Schweizer, von dem hab ich was gelesen, da war mal ein Interview mit ihm in der Zeitung, ist er nicht Professor an der Uni?, den hab ich im Radio gehört, kluger Kopf, der hat doch auch eine Kolumne in diesem Magazin. Simon war der richtige Umgang für eine Frau wie mich. Für die meisten war es wohl auch beruhigend, dass er nicht wie Ludwig war, die Sache mit ihm wirkte für niemanden wie ein Versuch, Ludwig zu ersetzen. Eher wie ein Mittel, meine von Ludwigs Tod gepeinigte Seele zu heilen und zu retten. Er war anders als Ludwig, sah ganz anders aus, und er kam aus einer anderen Welt, einer, die meiner näher war, als es Ludwigs Welt gewesen war.

Und ich merkte, wie gut es tat, einfach mal wieder irgendwo mit einem Kerl aufzutauchen, nicht die Frau zu sein, die immer allein kommt, die sich zögerlich durch die Tür fädelt und eine Gruppe sucht, in die sie sich reinpuzzeln kann, nicht die arme Witwe, die man immer noch mit Samthandschuhen anfasste. Dass ich jetzt manchmal einen Mann dabeihatte, machte mich stärker in den Augen der anderen, und ich fand das fragwürdig, denn es machte mich letztlich kleiner, als ich war, schwächer, aber irgendwie war es halt auch angenehm. Es war angenehm, als normal betrachtet zu werden, obwohl ich längst eine ganz andere Normalität für mich gefunden hatte. Aber für mein Normal gab es keinen gesellschaftlichen Konsens, und für dieses eben schon. Mein Normal war für die anderen ein Konstrukt, an das sie sich erst gewöhnen mussten. Und nicht wollten. Ihnen einen wie Simon vorzustellen nahm Druck aus der Sache, und das war bequem.

Ein paar Tage nach Wolfs Geburtstagsessen hatte Simon mir getextet, dass eine enge Freundin in der Schweiz sich das Leben genommen habe. Er mache sich Vorwürfe und müsse das erst verarbeiten, er danke mir für meinen Trost und mein Beistandsangebot, aber er brauche jetzt Zeit für sich, er wolle mir seine Verfassung nicht antun. Ich sah ihn wochenlang nicht, fragte hin und wieder nach, wie es ihm gehe, und er sagte, er quäle sich immer noch, aber es gehe ihm langsam besser, er werde sich bald melden. Er meldete sich nicht. Ich fand es seltsam. Er tat mir leid, aber vor allem fand ich es merkwürdig, dass er seinen Kummer nicht teilen wollte mit mir, seiner Vertrauten, seiner Hin-und-wieder-Geliebten.

Irgendwann in diesen Tagen entdeckte ich ihn auf einem Facebook-Gruppenfoto, mit strahlendem Lächeln, den Arm um die Schultern der jungen Frau neben ihm. Das Foto war bei einem Geburtstagsfest aufgenommen worden, zu dem er mich offenbar nicht hatte mitnehmen wollen. Ich war gekränkt und fand mein Unbehagen bestätigt. Er hatte mich also abserviert. Ich suchte im Netz die Schweizer Freundin, die sich angeblich umgebracht hatte, und fand nichts zu ihrem Namen, auch nicht in den sozialen Medien. Noch merkwürdiger, aber okay, gut. Wie auch immer. Es war ohnehin besser, die Hochs und Tiefs einer Beziehung zu vermeiden, die übertriebenen Erwartungen, die Ablenkung, die Sehnsucht nach einem anderen, die Unberechenbarkeit eines Menschen, der nicht ich war. Lieber die Kontrolle behalten, lieber für mich sein, mit mir, die ich kannte, ohne unnötige Hoffnungen, die nur ein Anderer erfüllen konnte, und es dann vielleicht nicht tat oder nicht in dem Maß tat, wie ich es mir wünschte. Ich war durch Ludwigs Tod gegen meinen Willen zu einer Person geworden, die ich nicht sein wollte, und entgegen meinen Erwartungen war ich mit der seither gut zurechtgekommen, und es gab wenig Gründe, das nicht auch weiterhin so zu halten. Ich hatte Dinge gelernt, die ich vorher nicht konnte, weil Ludwig sie gekonnt hatte, und jetzt konnte ich sie auch, auch wenn ich nicht alle davon gerne tat. Ja, die Verliebtheit, die Leidenschaft, schön und gut, aber sie brachten einen auch zu sehr aus dem Gleichgewicht.

Die ganzen Jahre mit Ludwig, bis auf die ersten drei oder vier vielleicht, spielten diese Dinge überhaupt keine Rolle in meinem Leben. Wir führten eine Ehe, wir hatten eine Familie, es funktionierte einigermaßen, und wenn es Ärger gab, kotzte ich mich bei meinen Freundinnen aus, und damit war es meistens erledigt, und danach hatte ich den Kopf wieder frei für anderes, Wichtigeres, für die Arbeit, für die Kinder, für die Organisation des Alltags. Ich wollte, dass es wieder so war, ich wollte meinen Kopf und meine Seele frei haben, aber mit Simon funktionierte das nicht, und lieber wollte ich wieder frei sein von der Abhängigkeit, in die einen das Wohlwollen eines anderen versetzte. Ich wollte einen Abschluss und meldete mich nicht mehr, und die Nachrichten schickte ich ihm auch nicht mehr weiter, egal, ob er darin vorkam oder nicht, und er kam nun fast immer vor.

**ICH GING MIT DEN BIERFLASCHEN** hinunter zum Fluss, an die Stelle, wo ich Hartmann vermutete. Hinter der Mauer auf der Uferwiese unterhalb meines Grundstücks standen drei marode Tische und ein paar Stühle, verwitterte Gartenmöbel, die die Nachbarn am Ufer abstellten. Die aus den neuen Häusern kamen hier nicht runter, die blieben auf ihren Aussichtsterrassen und an ihren Pools. Es gab eine Feuerstelle, um die nachts manchmal Jugendliche aus der Stadt lungerten, Mädchen in abgeschnittenen Jeans und Jungs in knielangen Hosen und löcherigen T-Shirts, meistens parkten sie vor meinem Haus und schlichen sich an der Grenze zwischen meinem und dem Nachbargrundstück entlang hinunter zum Fluss, mit Bierflaschen und Decken. Ich sah sie, wenn sie den Bewegungsmelder der Nachbarn auslösten, im grellen Licht der Scheinwerfer erstarrten und dann kichernd und klirrend hinunterliefen zur Feuerstelle am Fluss.

Ich stieg über die Mauer und stellte die beiden Flaschen, die ich mitgebracht hatte, auf einen der Tische, das grüne Glas kalt und feucht angelaufen. Ich streifte meine Birkenstocks in der Wiese ab und stieg vorsichtig in den Fluss.

Ich sah Hartmann schon nach ein paar Schritten, das Wasser reichte mir noch kaum bis zu den Knien, eiskalt um meine Knöchel, die sich schnell röteten. Er stand ein Stück weit den Fluss hinauf, vielleicht hundert Meter vom Ufer entfernt, halb verdeckt von einer Weide. Johanna sagte mal, Hartmann gefalle ihr, das hatte mich überrascht, mir wäre er vermutlich gar nicht aufgefallen, wenn er nicht mein Nachbar wäre, ein kleiner gedrungener Mann, ein pensionierter Arzt, der nun Ziegen und Schafe hielt, und ein paar Hühner. An der Stelle, an der Hartmann jetzt angelte, war der Fluss seichter, das Wasser hatte das Geröll zu einer Bank zusammengeschoben, Steinbrocken angesammelt, zwischen denen Schilf wuchs. In der Früh sah ich dort manchmal eine Entenfamilie sitzen. Ich hatte Enten immer gemocht, weil sie fast immer als Gruppe auftreten, als Familie, das gefiel mir. Eine Zeitlang hatte ich sie mit altem Brot gefüttert, das ich in der Küche in einem Beutel sammelte, ich warf das Brot in kleinen Brocken ins Wasser, und sie kamen im Schwarm angeflogen und bremsten mit schlagenden Flügeln auf dem aufspritzenden Wasser ab. Ich sah das gern, dieses gierige Flatterlanden, aber Benni sagte, man dürfe Enten nicht füttern, sie würden kein Brot vertragen und könnten daran sterben. Ich hatte das gar nicht gewusst, aber Kinder lernten so was in der Schule. Jetzt bekamen die Ziegen und Schafe von Hartmann mein altes Brot, und ich freute mich, wenn die Enten trotzdem angeflogen kamen.

Hartmann trug seine Anglerhose, sein schütteres Haar war bedeckt von einer Schirmkappe mit dem Schriftzug eines Baumarktes. Es hatte offenbar in diesem Moment etwas angebissen, denn die Schnur seiner Angel spannte sich straff zur Mitte des Flusses, die Angel bog sich. Ich sah, wie er sich auf die Schnur konzentrierte, auf den Fisch, der daran zappelte. Hartmann kurbelte den Fisch vorsichtig durch die Strömung zu sich heran. Ich wartete, bis er ihn aus dem Wasser gezogen hatte, dann rief ich seinen Namen. Hartmann sah mich und winkte. Ich rief ihm zu, ob er ein Bier wolle, brüllte an gegen die Strömung, gegen das Rauschen und Gluckern des Wassers. Er brüllte zurück. Ja, er wollte gern ein Bier. Er hielt jetzt den zappelnden, glänzenden Fisch in der Hand, eine kleine Forelle, er löste sie vorsichtig vom Haken und setzte sie zurück ins Wasser, Fischschuppengeglitzer, das sich sofort im Flusswasserglitzern auflöste. Hartmann watete zu mir ans Ufer und sank auf einen der Sessel, hob kurz seine Schirmkappe an und wischte sich die Haare aus der Stirn. Wir stießen mit den kalten Flaschen an und tranken das Bier, während wir auf den Fluss schauten. Ich streckte meine kalten, nassen Beine in der Wiese aus, um sie in der Sonne trocknen zu lassen.

»Was gefangen?«

»Nichts, nur ein paar kleine, die schwimmen schon wieder.«

»Aha.«

Wir schwiegen ein bisschen, tranken Bier, schauten aufs Wasser.

»Spürt ein Fisch eigentlich Schmerz, wenn du ihn an der Angel hast?«

»Soweit ich weiß, nicht.« Er sah mich an, ganz kurz nur, mit einem schiefen Grinsen und diesem kleinen Flackern in seinem Blick, das ich manchmal an ihm bemerkte. Ich wusste nicht, ob es Verlegenheit war oder ein Tick oder papierdünne Verachtung für Leute, die solche Fragen stellten.

»Ich muss das mal recherchieren.«

»Genau, genau. Mach das mal.«

Ein paar Enten zischten vorbei, Fische sprangen, Geplätscher, Geflatter, noch mehr Geglitzer. Ich hatte die Sonne in den Augen, ich blinzelte und hielt die Hand vor, während ich mit Hartmann sprach: von der Trockenheit der letzten Wochen, vom Regen, den alle ersehnten und erflehten und der ausblieb und noch länger ausbleiben würde. Und von den Leuten, die vor ein paar Tagen in die schlossartige alte Villa hinter den Mauern gezogen waren.

»Hast du sie schon gesehen?«, fragte ich.

»Nein.«

»Ich auch nicht, ich habe nur gesehen, dass ein paar Umzugswagen davor standen.«

»Habe ich auch bemerkt.«

»Ziemlich großer Umzug offensichtlich. Ich hab gehört, es soll eine ganze Sippe sein.«

»Soso.«

»Aber gesehen habe ich bisher keinen Menschen. Nur von der Ferne die Umzugsleute.«

»Aha.«

»Ja. Man wird sehen.«

»Genau, genau.«

Hartmann interessierte sich nicht besonders für die anderen Leute hier. Ich auch nicht, ich wollte nur über irgendwas reden.

Hartmann trank sein Bier aus.

»Was ist mit deiner Hand?«

»Ach, nichts Schlimmes. Nur zu schnell in den heißen Ofen gegriffen.«

»Soll ich's mir mal anschauen?«

»Nein, danke, ist schon fast wieder heil.«

»Gut«, sagte Hartmann. »Ich werd dann mal wieder.«

Als er zurück in den Fluss stieg, berührte die Sonne gerade die Spitzen der Fichten.

»Fang noch was«, sagte ich.

»Werd ich«, sagte Hartmann. »Danke für das Bier!«

»Kommst du wieder zu Ludwigs Geburtstag?«

»Ach ja, richtig, der ist ja bald. Wann genau?«

»Samstag in zwei Wochen. Ich sag's dir dann nochmal.«

»Ja, bitte darum. Was mitbringen?«

»Brauchst nichts bringen. Hilfst du mir vielleicht beim Grillen? Manuel und Benni sind eh auch da, aber ...«

»Ah, Manuel kommt, schön. Und wo ist Benni nochmal?«

»Sprachferien in England. Hat's nötig.«

»Ich kümmere mich um den Grill. Und ich bring Wein.«

»Immer gut, danke.«

Er stand schon wieder bis zur Hüfte im Wasser, bereit, die Angel auszuwerfen. Ich winkte ihm nochmal zu, packte die leeren Flaschen an den Hälsen, stieg über die Mauer und ging zum Haus zurück. Das Handy in meiner Hosentasche piepste. Die Verandatür war zu.

Warum war die Tür zu? Ich war mir sicher, dass ich sie offen gelassen hatte, als ich mit den Bierflaschen in den Händen rausgelaufen war. Ich blickte mich um, ich horchte, ich ging durch die Küche, stand im Flur, horchte nach links und rechts und nach oben, ging zurück durch die Küche, machte die Tür ganz auf und fixierte sie mit dem Stein, den der Fluss zu einem fast perfekten Würfel geschliffen hatte. Ich schaltete das Radio ein und klappte den Laptop an dem großen Tisch auf, an dem ich esse, arbeite und die Kinder und Gäste bewirte. In meiner Messengerbox fand ich eine Nachricht von einer Frau ohne Gesicht.

**AN DEM TAG,** als ein Mann in einer neongrünen Jacke auf einer Skipiste in Tirol in Ludwig hineinraste, war ich nicht auf einem Drehbuch-Symposium in Köln. Als die Polizei aus dem völlig geschockten Benni endlich meine Telefonnummer herausbekam, lauschte ich nicht einem Impulsreferat zum Thema »Das Narrativ des Suspense« und war nicht deshalb unerreichbar. Ich hatte nicht vergessen, mein Smartphone von lautlos wieder auf laut zu stellen, es war ausgeschaltet, als Ludwig mit einem Notarzthubschrauber ins Tal geflogen wurde und dann in der Notaufnahme eines Landkrankenhauses nach langen, erfolglosen Wiederbelebungsmaßnahmen von einer jungen Ärztin im zweiten Turnusjahr für tot erklärt wurde; und als die Ärztin mit einer Schwester und einem Krisenberater ins Wartezimmer ging, um es Benni mitzuteilen, der still und allein dort wartete, saß ich nicht mit einer Berliner Produzentin beim Mittagessen im Il Valentino in der Kölner Innenstadt. Ich war in Wien, in einem Hotel. Ich weiß, dass ich keine Schuld habe an Ludwigs Tod und dass ich nur zu einem kleinen Teil verantwortlich bin für Bennis Verstörung, es ist die Schuld eines Mannes in einer neongrünen Jacke und einem dunklen Helm, blau oder grau oder schwarz, der Ludwig rammte, umstieß und dann einfach weiter den Hang hinunterschwang, ich weiß es, es wurde mir immer wieder versichert, aber ich verzeihe mir das trotzdem irgendwie nicht. Ich glaube nicht, dass Benni davon weiß, aber sicher bin ich mir nicht. Ich glaube, in seiner Erinnerung an den Unfall ist kein Platz mehr neben dem Grauen und dem Schmerz und dem Sterben seines Vaters, neben der brüllenden Angst und der grausamst zertretenen Hoffnung dieses Tages. Neben der Immensität des Verlusts dieses Tages verblasst, verschwindet, vergeht alles andere zu einem winzigen Nichts, auch ich. Sie machten keine Andeutung, dass sie meine Geschichte auch nur einen Hauch in Zweifel zogen, nur manche von Bennis Blicken machten mich schaudern, das Dunkel in seinen Augen. Es war die Trauer, der Schock, es hatte nichts mit mir zu tun, redete ich mir ein. Aber ich glaube, auch wenn ich mir nicht ganz sicher bin, dass es die Person ahnt, die mir die Nachrichten schreibt, die Anspielungen werden deutlicher, und ich weiß nicht, was sie weiß, warum und woher, ich habe es fast niemandem erzählt, wo ich in Wirklichkeit war und warum, aber es lässt mich nicht schlafen, und manchmal macht es das Schwarz meiner Nächte bodenlos.

**IN MEINER MAILBOX** fand ich Bennis karge Antworten auf meine Nachrichten, aus seinen Sprachferien an der englischen Südküste. Er hatte am Telefon vor allem über das Essen gejammert und darüber, dass die Leute, bei denen er wohnte, wenig gesprächig seien, aber die Kurse, die er besuchte, seien okay. Ich vergaß manchmal, dass er sechzehn war, dass er schon sechzehn war, für mich blieb er irgendwie immer der blasse Zwölfjährige, der miterleben, praktisch mitansehen musste, wie sein Vater starb. Für mich blieb er der Junge, den ich beschützen musste, trösten, heilen von seinem Leid, für den ich immer da sein musste. Zwei WhatsApp-Nachrichten von Wolf, ob ich ihn zurückrufen könnte, schien was Dringendes zu sein, und mehrere von Sophie, mit neuen Fotos von Molly, wie immer zahnlos und zufrieden grinsend, die Arme dick und so speckig, wie die Arme von zehn Monate alten Babys sein sollen: *Wir kommen schon zwei Tage vor dem Fest, passt das? Und könnte ich vielleicht nach dem Fest Molly bei dir lassen, über Nacht?* Ein paar Anfragen zur Einladung zu Ludwigs Geburtstagsessen in vierzehn Tagen, die ich am Tag davor verschickt hatte. *Wann geht es los? Was sollen wir mitbringen? Wie oft fahren die Züge?* Ich hatte alte Freunde eingeladen, Nachbarn, zwei aus dem Tennisclub, wo ich seit Ludwigs Tod regelmäßig spielte, nachdem Wanda mich dazu überredet und mir ein paar Stunden mit einem Tennislehrer spendiert hatte. Faiz wollte später vorbeikommen, wenn sein Restaurant Sperrstunde hatte. Der Wein würde morgen geliefert werden, ich würde Salate herrichten und Gemüse für den Grill bereitstellen, Sophie wollte ein großes Blech mit Ludwigs Lieblingskuchen backen – Biskuit mit Heidelbeeren –, wir würden essen und trinken, und Hartmann würde, wie immer, den

Grill übernehmen, ohne dass ich ihn nochmal darum bitten müsste. Wir würden auf Ludwig anstoßen und die gleichen Ludwig-Anekdoten erzählen wie jedes Jahr und auf der lichterkettengeschmückten Veranda sitzen, während sich die Nacht über uns fallen ließ. Wir würden *Happy Birthday* singen mit den Nasen im Sternenhimmel, vielleicht würden wir, wenn Wolf seine Siebziger-und-achtziger-Jahre-Glamrock-Playlist einstöpselte, ein bisschen tanzen. Er würde viel Rolling Stones spielen; für Ludwig. Ein paar würden nach Hause fahren, und ein paar aus der Stadt würden auf dem Sofa im Wohnzimmer und in dem großen Raum mit den aufgestapelten Matratzen über der Werkstatt schlafen, in dem die Jungs und Sophie früher mit ihren Freunden gespielt hatten.

Ich nahm mir noch ein Bier aus dem Kühlschrank. Ich hatte eine Nachricht von Kräutler in meiner Mailbox, einem Produzenten, mit dem ich immer wieder zusammenarbeitete, eine von meiner Agentin und eine von der Assistentin einer anderen Produktionsfirma, es kämen da so merkwürdige anonyme Mails in den Messenger der Firmen-Facebook-Seite, in denen komische Sachen über mich und meinen verstorbenen Mann stünden, auch ein Simon Brunner komme darin vor, sie wollten mich nur darüber informieren.

Die Nachrichten kamen nun in Schüben an mich, an immer neue Freunde, Bekannte und Geschäftspartner, ich hatte mir irgendwann eine Standardantwort auf ihre verlegenen, mitunter entsetzten Nachfragen zurechtformuliert. *Lieber Philipp, es tut mir leid, dass du solche Nachrichten bekommst, das geht leider schon seit Monaten so, irgendjemand stalkt mich und meine Familie, ich habe aber eine Ahnung, wer es sein könnte, sei so nett und forwarde sie mir und vergiss sie dann wieder.* Etwas Ähnliches schrieb ich an die Verlagsassistentin. Das Problem war, dass die Leute sie nicht vergaßen. Das Problem war, dass etwas von den Nachrichten kleben blieb. Die Leute, die diese Nachrichten bekamen, fingen an, darüber nachzudenken, ich wusste es.

Ich schob es weg. Ich antwortete Sophie, ich würde mich freuen, dass sie schon früher kämen, und auch darüber, dass Molly eine Nacht länger bei mir bliebe. Ich schrieb ihr, dass ich Molly dann in die Stadt mitnehmen könne, ich hätte dort Termine, passe alles gut. Ich hatte jetzt wieder einen Kindersitz im Auto, und es gefiel mir, genauso wie es mir gefiel, dass Sophie nun mit Molly in meiner alten Wiener Studentenwohnung lebte. Ich hatte ihr angeboten, bei mir im Haus zu bleiben, es wäre mir lieber gewesen. Aber sie wollte lieber mit Molly allein in der Stadt sein, danke für das Angebot, und ich sorgte mich, war heimlich aber auch erleichtert darüber. Ich ließ in der Wohnung ein Zusatzschloss einbauen. Sperrst du immer gut zu? Ja, sicher, was hast du, Ruth? Und ich zahlte ihr gern die billige Miete der etwas abgerockten Zwei-Zimmer-Küche-Kabinett-Wohnung, in der ich, nachdem ich von zu Hause ausgezogen war, erst mit Johanna, dann allein gewohnt hatte, bis ich zu Ludwig in die kleinere Stadt zog, in der er aufgewachsen war. An ihrem östlichen Rand hatten wir dieses Haus zusammengebaut, in einer Gegend, in der das bisschen Urbanität, das dieses Städtchen hatte, noch mit der Natur verlaufen war, zumindest damals, als wir hier bauten und bastelten und als weiter links von uns ein alter Bauernhof stand, während die Wiese rechts in Weideland überging. Jetzt wirkte dieses Haus aus Holz und Glas wie eingezwickt zwischen mächtigen einbruchsicher ummauerten Protzvillen. Unser Grundstück, unser Garten, unser Haus; ich war immer noch nicht fähig zu sagen: meins. Was es faktisch war: meins. Was früher Ludwig und mir gehörte, gehörte nun mir allein, was früher RuLu war, war jetzt nur noch Ruth.

Die Stadtwohnung in Wien hatte ich nie aufgegeben, sie war alt und bis zur Schäbigkeit abgewohnt, aber die Miete war günstig, und sie war immer meine Zuflucht gewesen, wenn ich in der Stadt Termine hatte, Johanna oder Wolf treffen wollte oder mal wieder meinen Vater in seinem Altersheim besuchen, auch wenn er mich immer seltener erkannte. Oder wenn mir hier alles zu kleinhäuslerisch geworden war. Oder wenn ich Streit hatte mit Ludwig, dann auch. Dieser Stadtort, der damals nur mein Ort war, ich brauchte ihn, ganz gleich, wie glücklich ich war, mit meiner wachsenden Familie, egal, wie knapp uns das Geld manchmal wurde und wie sehr wir die Miete, die ich für die Wohnung weiterhin zahlte, gebraucht hätten. In manchen Jahren betrat ich sie, drehte den Schlüssel im Schloss, drückte die Tür auf und saugte den Geruch von Zimmern ein, die zu wenig bewohnt wurden. Ich benutzte die Wohnung öfter, seit die Kinder größer waren und ich wieder auswärts arbeiten und auch mal in Wien übernachten konnte. Jetzt war die Wohnung Sophies Zuflucht, nach der Sache, die ihr passiert war und über die sie nicht reden wollte.

Rede mit mir, Sophie.

Ruth, BITTE.

Wenn Sophie »bitte« sagte, ließ man sie in Ruhe, das hatte ich gelernt, und ich tat es auch jetzt. Ungern, aber ich wusste, dass es keinen Sinn hatte weiterzubohren. Und ich hatte auch kein Recht dazu, nicht nur, weil Sophie Ludwigs Tochter war und nicht meine. Es musste irgendwo einen Vater zu ihrem Baby geben, und es musste einen Grund geben, warum niemand etwas über ihn erfahren sollte, warum sie für sich behielt, wer er war, und sie weigerte sich, es uns zu sagen. Ich hatte natürlich gefragt, sie hatte abgeblockt auf ihre freundlich-entschiedene Sophie-Art. Sie hatte das Geheimnis auch vor ihrer Mutter bewahrt, Nicole und ich hatten telefoniert und besorgt ein paar Theorien gewälzt, aber wir hatten nicht ausgesprochen, was wir beide befürchteten.

Ich unterhielt mich nicht besonders gern mit Nicole, nicht weil wir uns nicht mochten, sondern weil es uns beide auf unterschiedliche Weise verlegen machte, dass ihre Tochter bei mir wohnte, im Prinzip immer noch, obwohl Ludwig gestorben war. Ich hatte ein schlechtes Gewissen, weil Sophie und ich uns nahestanden und weil deshalb stets das Gefühl in mir pochte, ich hätte Nicole ihre Tochter irgendwie weggenommen. Auch weil ich wusste, wie undenkbar es für mich gewesen wäre, eins meiner Kinder bei einer fremden Person aufwachsen zu lassen, in einer anderen Familie als meiner. Und ich bildete mir ein, bei Nicole eine permanente Abwehrhaltung zu spüren. Am Anfang hatte es wohl damit zu tun, dass unsere Beziehungen zu Ludwig sich knapp überschnitten hatten: Als ich ihn kennenlernte, waren sie schon so gut wie getrennt, und nach unserer ersten Nacht trennte er sich endgültig und offiziell von ihr. So war Ludwig damals, ganz ehrlich und ganz geradlinig, und vielleicht war der Schock für mich auch deshalb so groß, als ich erfuhr, dass er es in seinen letzten Lebensjahren nicht gewesen war. Vielleicht war er es nie gewesen, vielleicht hatte ich das nur geglaubt, vielleicht wollte ich das glauben. Aber als ich ihn kennenlernte, war er das, und das war wichtig, denn unsere ersten Monate wurden nicht einfacher durch die Tatsache, dass Nicole ein paar Wochen nach der Trennung feststellte, dass sie schwanger war, und beschloss, das Kind zu kriegen: Sophie, die ich seit ihrer Geburt kannte, auch wenn Nicole mir anfangs verbot, sie zu sehen. Irgendwann gab sie ihre Abwehrhaltung auf, aus Erschöpfung wahrscheinlich, und es spielte sich alles so halbwegs ein, vor allem, als dann Manuel geboren wurde. Dass sie jetzt wieder so reserviert war, hatte vielleicht mit einem unterdrückten, nicht eingestandenen Schuldgefühl zu tun, dass sie ihre Tochter hatte ziehen lassen, ohne großen Widerstand, obwohl es Sophies Idee gewesen war und obwohl Nicole sich lange und gut um sie gekümmert hatte und niemand ihr je die Schuld gab. Ludwig vielleicht, okay, er trug ihr vieles nach. Während Nicole und ich uns stets bemüht hatten, erwachsen und sachlich miteinander umzugehen, wie man es von zwei modernen Patchworkerinnen erwartete.

Ich hatte Sophie erst in den gemeinsamen Urlauben ein bisschen besser kennengelernt, in die wir sie mitgenommen hatten, aber als diese magere, unbeirrbare Dreizehnjährige ankam und uns ganz ernst erklärte, dass sie nicht mehr bei ihrer Mutter und ihrem neuen Freund wohnen wolle, dass es für alle das Beste sei, wenn sie nun zu ihrem Vater und zu uns zöge, akzeptierte ich das sofort. Ja, ich glaubte ihr das, dass es auch für uns besser war, sie bei uns zu haben, und selbst ihre leibliche Mutter war davon leichter zu überzeugen, als ich gedacht hatte. Sie zögerte kurz, brachte ein paar laue Einwände vor, dann war sie einverstanden, im Wesentlichen wohl, weil eine pubertierende Teenagertochter für eine frische, noch instabile Liebesbeziehung nicht unbedingt von Vorteil war. Sophie zog zu uns, die Jungs fanden es okay, Ludwig baute begeistert zwei Kinderzimmer in drei um, und es war für alle das Beste.

Das Telefonat, das ich mit Nicole führte, kurz nachdem wir von Sophies Schwangerschaft erfahren hatten, hatte holprig und disharmonisch begonnen, obwohl ich tief durchgeatmet hatte, bevor ich ihre Nummer gewählt hatte. Es klingelte mehrmals, sie war wohl unschlüssig, ob sie bereit war für eine Unterhaltung mit mir. Wir tauschten freundliche Begrüßungsfloskeln aus, dann kamen wir zu der Sache, die uns beiden schlaflose Nächte bereitete.

»Weißt du, wer die anderen Großeltern sind, denen man gratulieren kann?« Nicole bemühte sich um Heiterkeit.

»Keine Ahnung, du?«

»Nein, ich auch nicht.«

»Weißt du etwas über den Vater des Babys?«

»Nichts. Ich habe wirklich keinen Schimmer. Du?«

»Auch nichts. Ich finde es irgendwie beunruhigend.«

»Ja, geht mir auch so. Irgendwas stimmt nicht.«

»Ist sie mit jemandem zusammen, seit es mit Lukas vorbei ist?«

»Nicht dass ich wüsste.«

»Könnte es Lukas sein?«

»Ich glaube nicht. Ich glaube, dann hätte sie es gesagt. Aber ich weiß nicht.«

»Ich dachte, ihr besprecht immer alles«, sagte Nicole. Sie versuchte, es lustig klingen zu lassen, aber etwas Spitzes stach durch ihren Ton, auch sie hatte wohl vorsorglich die scharfen Messer bereitgelegt.

»Diesmal nicht.« Es fiel keiner von uns leicht zuzugeben, dass wir nicht Bescheid wussten, wie Sophie lebte, wie sie ihre Nächte verbrachte, mit wem, was ihr vielleicht zustieß, zugestoßen war. Und gleichzeitig musste es für Nicole eine Genugtuung sein, dass Sophie auch mich nicht ins Vertrauen zog, und noch bevor Nicole ans Telefon ging, war ich schon in Verteidigungsposition, volle Deckung, Fäuste vor dem Kinn. Ich wollte das nicht, ich wollte Nicole gelassen gegenübertreten, auf Augenhöhe, zwei erwachsene, vernünftige Frauen, die nur Sophies Wohl im Sinn hatten, sonst nichts.

»Nicht mal dir hat sie was erzählt?«, sagte Nicole noch einmal, und ich musste mich zusammenreißen, um ihr nicht doch einen Kinnhaken zu verpassen, nein, sie hat mir diese Sache nicht erzählt, aber viele andere in den letzten Jahren, von denen du keine Ahnung hast, obwohl du ihre Mutter bist und ich nicht. Ich behielt meine Faust bei mir, und wir sprachen noch ein bisschen weiter, ohne dass eine von uns besonders aggressiv geworden wäre, und wir einigten uns darauf, dass wir Sophie nicht mit unserer Neugier quälen würden oder unserer Sorge, dass irgendwas nicht stimmte. Dass irgendwas ganz und gar nicht in Ordnung war.

»Melde dich, wenn es was Neues gibt oder wenn sie was braucht.«

»Ja, mach ich, und du komm jederzeit vorbei.«

»Okay. Man hört sich. Ciao.«

Wir hatten uns dann wieder getroffen, als Molly auf die Welt kam, und wir hatten gemerkt, dass uns die gemeinsame Sorge um Sophie zu Komplizinnen gemacht hatte, wir mussten auf sie aufpassen und auf Molly, wir mussten ihr den Vater ersetzen, über den wir nichts wussten.

Ich glaubte, dass eine von Sophies Freundinnen etwas wusste, Mira oder Karla, aber beide schwiegen, als ich ihnen etwas zu entlocken versuchte. Nur der Ernst, der in ihre Augen rutschte, als ich sie vorsichtig danach fragte, machte mir Angst. Lass sie in Ruhe, sagte Johanna, sie wird es dir sagen, wenn sie so weit ist, aber jetzt lass sie einfach in Ruhe. Das tat ich. Ich respektierte Sophies Geheimnisse, das war immer schon der Deal zwischen uns, seit sie bei uns wohnte. Und solange Molly nicht danach fragte, hatte Sophie jedes Recht dazu, alles, was mit Mollys Entstehung zusammenhing, für sich zu behalten, auch wenn ich bezweifelte, dass es gut für ihre Seele war. Ich befürchtete, es könnte etwas dahinterstecken, was über ein normales Beziehungsdrama hinausging, über das geläufige Scheitern von Liebe, über enttäuschte Erwartungen und unterschiedliche Lebenspläne, über das Versehen einer Nacht. Es musste mehr dahinterstecken, sonst hätte sie es mir erzählt, und ich befürchtete, dass ihr etwas wirklich Schlimmes zugestoßen war. Etwas, für das jemand bestraft werden sollte. Ich hatte mit Simon darüber gesprochen, in den ersten vertrauten Tagen mit ihm, auch er sagte, ich könne nicht mehr tun, als ihr meine Unterstützung anzubieten. Ich hatte Sophie meine Hilfe angeboten und den Rat einer Therapeutin, die nicht Johanna war, aber sie lehnte alles ab, also stand ich einfach mit meiner Unterstützung bereit. Und obwohl ich Sophie als furchtlos, entschlossen und zielstrebig kennengelernt hatte, das Kind, um das man sich keine Sorgen machen musste, machte ich mir nun eben doch Sorgen. Manche Kinder sorgten für sich selbst, schrieben gute Noten, waren unkompliziert und unerschrocken, hatten viele Freundinnen, bewegten sich mühelos in der Welt. Sophie war eine von denen, und auch Manuel hatte etwas davon abgekriegt. Benni nicht. Kinder, die sich mit Ängsten und Verletzlichkeiten plagten, bekamen automatisch mehr Aufmerksamkeit, und vielleicht hatte ich bei Sophie nicht genau genug hingesehen. Vor allem nach dem Tod ihres Vaters, als sich alles nur um Benni drehte.

**LUDWIG WAR EIN KRÄFTIGER MANN,** ein bisschen bullig, mit immer strubbeligem Haar und einem freundlichen, runden Gesicht mit roten Backen. Seine Augen standen leicht schräg, von seiner Nase zu seinen Backenknochen, er schien immer zu lächeln, und er lachte viel. So hatte ich ihn kennengelernt, lachend, er saß am Nebentisch eines Studentenlokals, in das ich manchmal mit Freundinnen ging. Er wirkte ein bisschen wie ein Hippie, in seinen Jeans mit dem Kuhplakettengürtel, den derben Schuhen und dem offenen Hemd mit den aufgekrempelten Ärmeln, und das war er auch, und eigentlich interessierte mich das damals überhaupt nicht. Nach meiner ersten Beziehung, mit einem charismatischen, aber beunruhigend experimentierfreudigen Drogenfreak, war ich bevorzugt mit hohen, dünnen Männern zusammen gewesen, deren glatt gebügelte Erscheinung eine personifizierte Kritik am verschluderten, und, wie mir damals schien, achtlosen Lebensstil meiner Eltern war. Erst als ich schon lange mit Ludwig zusammen war, irrtümlicherweise, wie ich zuerst glaubte, wurde mir klar, dass das auch mein Lebensstil war. Aber sein Lachen gefiel mir sofort, es ergänzte etwas in mir, das mir fehlte, seit ich nicht mehr zu Hause wohnte. So eine Grundgestimmtheit auf einen angenehmen Ton, ein festes Verankertsein im Positiven. Ludwig fand Sachen immer erst mal gut, Situationen, Ereignisse, Menschen, sie mussten ihm sehr lange das Gegenteil beweisen, bis er es nicht mehr tat. Er war meiner Mutter in dieser Hinsicht sehr ähnlich, wie sie wirkte er grundehrlich, wie sie war er es nicht, und man merkte es viel zu spät oder gar nicht, weil man es ihm nicht zutraute. Er sah fast immer zuerst das Positive, und solange es keinen substanziellen Grund gab, seine Sicht zu ändern, blieb es dabei. Wenn er dennoch von jemandem enttäuscht wurde, konnte er nachtragend sein und mitunter unversöhnlich. Die meisten Leute mochten ihn gleich, bis auf die, die ihn erst nicht ernst nahmen, wegen seines Bauerngesichts, sie taten ihn als gutmütigen Tölpel ab, bis sie merkten, dass er ein wacher Kopf war, ein präziser Denker und, wenn es die Situation erforderte, ein scharfer Kritiker. Er bildete sich manchmal etwas ein auf seine stabile Fröhlichkeit, sie machte ihn rechthaberisch, er fand, skeptische Menschen hätten unrecht, oder besser: nicht das Recht, mit ihrer miesen Laune den anderen das Leben zu vergällen. Er hatte schöne, weiße Zähne, obwohl er sich gar nicht so sehr darum kümmerte. Seine Hände waren überraschend klein für einen Handwerker. Er hatte Schuhgröße 46 und Zehennägel, die wie kleine glänzende Kappen auf seinen langen Zehen lagen. Sein Brustkorb war von einem exakten Dreieck aus blondem Haar bedeckt, sein Oberkörper hatte sich im Laufe der Jahre, die wir zusammen verbrachten, von dem eines Handballers in den eines kräftigen Bauern verwandelt. Er mochte Tiere, und wenn er mit den Kindern in den Zoo fuhr, war ich mir nicht immer sicher, ob er es wegen der Kinder tat. Er hätte gern ein Haustier gehabt und verzichtete mir zuliebe darauf. Er liebte Fußball, und eine Zeitlang versuchte ich, diese Leidenschaft zu teilen, aber ich versagte kläglich. Er spielte gern, vor allem Karten, und er war ein schlechter Verlierer, selbst wenn er mit den Kindern spielte. Er war rührselig und bekam wegen jedem sentimentalen Mist feuchte Augen; still spielende Kleinkinder, Welpen, romantische Filme, er heulte im Theater, auf Demonstrationen und, für die Jungs beinahe unerträglich, bei Sportveranstaltungen. Er liebte Kioske, kleine Ausschankstellen mit Sonnenschirmen und Plastikstühlen, am Wasser, in Weinbergen, auf Almen, er suchte an jedem Ort, an den wir kamen, den perfekten Kiosk, und er fand ihn immer.

Er konnte sich schnell für Neues begeistern, für Veränderungen, denen ich grundsätzlich eher skeptisch gegenüberstand. Er spielte Klavier, ausdauernd und schlecht. Er war unmusikalisch. Er liebte die Rolling Stones, hatte alle Platten und spielte sie so lange und so oft auf dem Plattenspieler, bis es die Jungs nicht mehr ertragen konnten und es ihm verboten. Mit vierzig ließ er sich einen Schnurrbart wachsen, der ihm überhaupt nicht stand, und er ließ sich von mir und allen anderen verspotten, bis er einundvierzig war, dann rasierte er ihn ab. Er begeisterte sich schnell und langweilte sich genauso schnell, er stürzte sich mit Begeisterung in neue Projekte, und wenn man ihn ein paar Wochen später danach fragte, musste er nachdenken, weil er sie schon wieder vergessen hatte. Als er starb, hatte er gerade angefangen, Französisch zu lernen, er wollte mal nach Frankreich fahren, ohne die Buben, mit dem Auto ziellos die Küste entlang, nur zu zweit, als könnte man einfach so beschließen, nochmal jung zu sein und kinderlos. Später war ich mir nicht mehr ganz sicher, ob er dabei an mich gedacht hatte. Er war Mitglied in mehreren Vereinen – einem Pilzsammlerverein, einem Kochklub und einem Biogartenbauverein, der irgendwie auch zu den Grünen in unserem Ortsteil gehörte. Er war auf Facebook, addete aber nur Leute, die er persönlich kannte, er hasste Twitter, er sagte, es sei wie ein Megafon, aus dem jeder seinen unwichtigen Scheiß hinausbrüllte. Er kochte gern, kaufte ständig Kochbücher, die er stundenlang studierte und aus denen dann bunte, langsam verblassende Post-its ragten. Er trank gern guten Wein. Er war ordentlich. Er ging gern in den Wald. Er liebte Holz. Ich kenne niemanden, der Holz so liebte wie Ludwig.

Wie er sich über Bücher beugte, wie er taub wurde, wenn er in ihnen versank, unansprechbar. Wie er mit seinen Kindern sprach: nie mit einem halben Ohr, immer auf Augenhöhe, selbst, als sie noch keinen Meter groß waren. Wie er Zwiebeln hacken konnte: ganz schnell, ganz fein. Wie er stundenlang über Olivenöl redete und über den besten Knoblauch oder über Kompost und Mikroorganismen. Wie er es nie verstand, dass ich ein schlüssiges, gültiges Wort brauchte, um etwas ablegen zu können, einen Satz, einen Abschlusssatz, der stimmen musste; wozu, er verstand es nicht, er brauchte das nicht. Wie er einen Konflikt mit einer Umarmung beendete, während ich an seiner Schulter noch nach dem Wort rang. Wie er es mochte, wenn das Haus nach Essen roch. Mit welcher Genauigkeit er die Küche putzte und den Herd polierte. Wie akkurat er die Betten machte. Wie er Ruhe fand, indem er seinen Werkzeugkasten und seine Werkstatt aufräumte, obwohl ich darin nie eine Unordnung erkennen konnte. Wie gern und ausführlich er seinen Geburtstag feierte, ganz im Gegensatz zu mir. Wie sehr er mich manchmal langweilte. Wie intolerant er sein konnte, gegenüber Lebensstilen und Weltbildern, die er nicht verstand. Wie er neben mir schnarchte, ganz leise, wie ein Kaninchen. Wie er immer vor dem Fernseher einschlief, außer bei Fußball. Wie er die Oper liebte. Wie seine Handschrift überhaupt nicht zu seinem Gesicht passte. Wie farbenblind er war und wie er gar nicht wusste, wie grell die Hemden und T-Shirts waren, die er sich selber aussuchte, und dass die Sneakers, die er am liebsten trug, rosa waren. Wie er manchmal übersah, wo er aufhörte und wo ich anfing, was mir stets bewusst war. Wie er sich immer einredete, wir tickten im gleichen Takt, schwängen im gleichen Rhythmus, obwohl es für jeden offensichtlich war, dass wir das nicht taten. Wie er aus uns zweien immer eins machen wollte und ich nicht. Wie er mit seinen Tomaten sprach und überhaupt mit allem Grünzeug, das er pflanzte. Wie sehr ich ihn liebte und wie sehr ich ihn dann trotzdem nicht mehr aushielt. Wie er immer wusste, wo alles war. Wie er entschied,

Vegetarier zu werden, und es ein paar Wochen lang mit Leidenschaft zelebrierte, bis plötzlich wieder Fleisch auf dem Tisch stand, ohne dass darüber geredet wurde. Wie ich ihm durchs Schlafzimmerfenster zusah, wenn er frühmorgens den Gartensprenger anstellte: wie er durch den Garten schritt in seinen Boxershorts und den idealen Platz suchte und wie er dann zurück ins Schlafzimmer kam und dem Wasser zusah, das aus den Düsen sprang. Wie er im Winter den Schnee von den Steinplatten schaufelte, mit rotem Gesicht. Wie er den Christbaum schmückte und die Osternester der Kinder versteckte. Wie er wildfremde Leute in Lokalen anquatschte, wie mich damals. Wie er alles Katholische hasste. Wie gern er eine Familie hatte und wie glücklich er war, als Sophie bei uns einzog, alle beisammen, alle geborgen, er trieb uns zusammen wie ein Hirtenhund. Wie sein Gesicht älter und noch weicher und runder wurde und sein Stoppelbart graue Flecken bekam, während sein Haar noch immer wild, robust und drahtig von seinem Kopf abstand, genau wie an dem Tag, als ich ihn kennengelernt hatte, nur mit mehr Grau und Weiß. Wie er immer leise vor sich hin flüsterte, wenn er etwas in seinem Computer schrieb, und wie wir ihn auslachten dafür und wie er es immer verärgert abstritt, weil er es gar nicht bemerkte. Wie zornig er werden konnte. Wie merkwürdig schwer er sich am Anfang tat, als Manuel einen Jungen heimbrachte statt eines Mädchens, wie er mit sich kämpfte. Wie leidenschaftlich er jedes Jahr den Frühling ersehnte und wie er dann im Schnee starb, gerade als in unserem Garten die Bäume wieder austrieben und in seiner Anzuchtkiste die ersten seiner Tomatenpflanzen durch die schwarze Erde stießen, zarte Stängel mit zwei winzigen Blättchen. Er hatte Manuel gebeten, sie zu gießen, als er mit Benni in die Berge fuhr.

Als er nicht wiederkam, goss ich sie weiter und pflanzte sie im Mai, nach den Eisheiligen, auf sein Grab: Ochsenherz, Brandywine, Datterini Zebra, Justens Gelbe und Moneymaker. Wie er mich liebte, zumindest glaubte ich das, und später, nachdem ich das Chaos irgendwie aufgeräumt hatte, das er in mir hinterlassen hatte und das schon in den Tagen und Wochen vor seinem Tod in mir herrschte, dachte ich manchmal: Vielleicht reicht das ja, vielleicht ist das ja genug; aber das war es nicht.

**ICH WUSSTE SCHON LANGE** von Ludwigs Geliebter. Ich wusste Dinge über sie, Dinge, die ich meiner Schwägerin Wanda aus der Nase gezogen hatte, die offenbar schon eine ganze Weile von der Affäre wusste, Dinge, die Ludwigs bösartiger älterer Bruder Bernhard mir reingerieben hatte, um mich zu verletzen. Vor allem aber wusste ich die viel zu persönlichen Dinge, die ich aus den Mails erfahren hatte, die ich nach Ludwigs Unfall gefunden hatte, Mails von ihm an sie, Mails von ihr an ihn, schmerzhafte Mails, Fotos, die mich plagten und das Vertrauen erstickten, das ich in Ludwig gehabt hatte. Ich hasste ihn dafür, dass er seinen Computer nicht mit einem ordentlichen Passwort ausgestattet hatte, und ich hasste mich dafür, dass ich das Gerät und alle Geheimnisse, die sich darin befanden, nicht einfach mit einem seiner Hämmer zerstört hatte, und obwohl Ludwig, ganz anders als ich, kein Mann der geschriebenen Worte war, kein Social-Media-Typ und kein Freund von Textnachrichten, fand ich davon genug, viel mehr, als mir guttat. Ich hatte nie einen Verdacht gehegt, nicht mal in den letzten Jahren, als zwischen Ludwig und mir so eine Ruhe einkehrte, eine Wortlosigkeit, die sich aber leicht mit Gesprächen über die Kinder vertreiben ließ, über Haushaltsdinge, Kontostände, Reisepläne. Bis zu seinem Tod hatte ich geglaubt, ich sei in dieser Ehe die Einzige, die nach einem Notausgang suchte. Ich riss mir all meine Illusionen über Ludwig wie ein Pflaster ab, und das schmutzige Gepicke darunter klebte fortan an meiner wunden Seele, und die anonymen Nachrichten sorgten dafür, dass es so blieb. Ich wurde den Verdacht nicht mehr los, dass Ludwig damals dabei war, mich zu verlassen. Uns zu verlassen. Dass er zumindest darüber nachgedacht hatte. Dass der Gedanke da war, und was man denken, was man sich vorstellen kann, das kann man auch tun.

In Wirklichkeit wusste ich nicht viel über sie, außer ihren Namen. Valerie. So hieß sie, Valerie Adler. Ihre Verzweiflung, die konnte ich mir vorstellen. Ihren Schmerz konnte ich nachvollziehen, ja verstehen. Sie war übrig geblieben, in einem leeren Raum, aus dem Ludwig schlagartig und ohne Abschied verschwunden war. Für sie gab es keine Rituale, um mit dem plötzlichen Verlust fertigzuwerden, für die heimliche Geliebte eines fürsorglichen Familienvaters ist so etwas nicht vorgesehen, es gibt keine Trostgottesdienste für die inoffizielle Witwe, keine Zeremonien, in denen sie aus dem Mitgefühl und dem Beileid von Freunden und Familie Kraft schöpfen kann. Für sie blieb nur das heimliche Mitleid ihrer engsten Freundinnen.

Ich hatte ihre Adresse von Bernhard erfahren, und natürlich fuhr ich irgendwann hin und sah mir das Haus an, in dem sie wohnte; ein unspektakulärer Neubau, Glas, Beton, alles, was Ludwig hasste. Als ich so dastand, etwas entfernt an einer Straßenecke, und dieses Haus betrachtete, wurde mir zum ersten Mal klar, dass er sie geliebt haben musste. Hätte er sie nicht geliebt, hätte er sich nicht heimlich in diesem Haus mit ihr getroffen.

Ich stellte mir die Frau vor, wie sie jetzt in ihrer Wohnung in diesem Haus stand, in der Wohnung, zu der auch Ludwig irgendwie gehörte, die wahrscheinlich ein besserer Ort für sie wurde, wenn Ludwig sie betrat, und wie sie nach Luft rang, zwischen all den Dingen, die er berührt hatte, und zwischen all den Lücken, die sein Verschwinden nun riss, mit den Sachen, die sie seinetwegen gekauft hatte. Ich stellte mir vor, dass in der Wohnung noch Sachen von ihm herumlagen, kleine Erinnerungen an die Nachmittage, die er dort mit ihr verbracht hatte, und ein paar Nächte wahrscheinlich auch.

Ich sah sie, wie sie in der Küche stand, die er für sie gebaut hatte, so hatten sie sich erst kennengelernt, aus Holz natürlich, und in der sie nie wieder ein Brot würde streichen oder einen Topf Nudeln kochen können, ohne an Ludwig und ihren Verlust zu denken. Sie tat mir leid, als ich sie mir so vorstellte, mit einem langsam nach unten sinkenden Messer, sie tat mir in diesem Augenblick noch mehr leid als ich mir selbst.

Im Vorstellen war ich gut. Ich tat fast den ganzen Tag nichts anderes, als mir Geschichten auszudenken, Gesichter, Biografien, Beziehungen, Liebesgeschichten, ich konnte das, und das Vorstellen hörte nicht auf, wenn das Schreiben aufhörte. Ich saß am Fensterbrett der Stadtwohnung, rauchte und stellte mir vor, wie die Leute auf der Balkonparty gegenüber übers Geländer klappten, wie ich die Rettung anrufen würde und Elisabeth, die Ärztin, die im zweiten Stock wohnte, obwohl es keinen Sinn mehr hätte, der Balkon war im vierten Stock. Ich stellte mir vor, wie der Himmel das Flugzeug über mir loslassen und wie es hinter der Häuserzeile verschwinden würde, in einem tödlichen Winkel. Ich stellte mir vor, wie der Kirchturm links von mir einstürzte, wie er auf das Kirchendach fiele, wie er ein paar Greise unter sich erschlüge, während sie ihren Gott um Gnade anflehten, wie er den Jesus auf dem Kreuz vor ihnen zermalmen würde und die bunten Kirchenfenster, und vielleicht auch mich, weil ich manchmal in dieser Kirche saß, obwohl ich nicht an Gott glaubte.

Ich stellte mir die Frau vor, Valerie, obwohl ich das nicht musste, ich konnte sie mir ja ansehen. Einmal gab ich bei Instagram ihren Namen ins Suchfeld ein: Valerie Adler. Ich fand ein Profil und ein Bild, eine Frau in Jeans und Sweatshirt vor grauem Hintergrund, Ganzkörper, sehr klein in dem runden Fenster. 214 Beiträge, viel Natur, ein paar Selfies aus komischen

Winkeln, 403 Abonnenten, 387 abonniert. Ich klickte Instagram weg. Ich wollte es nicht sehen, ich fühlte mich zurückbeobachtet, als könne sie aus diesem Fenster heraus auch mich sehen. Ich loggte mich bei Facebook ein und blockierte sie, blockierte uns, sie konnte mich nicht mehr sehen, ich sie nicht, es gab uns nicht mehr füreinander, so war es gut.

Aber auch deshalb fragte ich mich, wie sie von Simon wissen konnte. Vielleicht hatte sie uns irgendwo gesehen, in Billys Bar vielleicht. Oder sie hatte uns im Fernsehen gesehen, in dieser Society-TV-Sendung. Ich hatte Simon eingeladen, mitzukommen auf die Abschiedsparty eines Kollegen, der nach Kalifornien zog, um für Netflix zu arbeiten. Es war ein großes, pompöses Fest in einer alten Remise, bei dem mehrere Fotografen anwesend waren, und ein Kamerateam, das mich fünf Minuten lang über die Chancen heimischer Drehbücher auf dem internationalen Markt interviewte, um dann, wie ich erbost feststellte, als ich es mir irgendwann ansah, einen völlig belanglosen Satz zu senden, in dem das Wort Hollywood vorkam. Es war schön gewesen, mal wieder mit einem Mann auf einem Fest aufzutauchen, und ich stellte Simon allen vor, die ich kannte, Kräutler, meinem Produzenten, ein paar Leuten, die ich noch aus der Zeit kannte, in der ich die Fernsehsendung moderiert hatte, einer Frau aus meinem Verlag. Simon kam mit allen problemlos ins Gespräch. Ich beobachtete ihn von der Seite, während er redete, später auch aus der Ferne, als wir in unterschiedlichen Gruppen standen, zwei eigenständige Erwachsene, die nicht aneinanderklebten, und doch hielten wir Ausschau nach einander, jedenfalls am Anfang.

An einer Stelle in dem Fernsehbeitrag sah man kurz Simon und mich, wie wir beisammensaßen und uns intensiv unterhielten, ich hatte nicht einmal bemerkt, dass wir gefilmt worden waren. Was in dem Ausschnitt nicht zu sehen war: Dass

Simon viel trank an dem Abend, mehr, als ich gut fand, dass er immer wieder verschwand und dass er irgendwann an zwei jüngeren Schauspielerinnen haften blieb und sein Blick aufhörte, nach mir zu suchen. Er war nur widerwillig mitgekommen, als ich weit nach Mitternacht gehen wollte, es schien mir, dass er es aus Taktgefühl tat und weil er gerade noch die Manieren aufbrachte, mich nicht zu blamieren, indem er ohne mich mit meinen Bekannten und Kolleginnen weiterfeierte, auf einem Fest, zu dem er als meine Begleitung mitgekommen war. Es hinterließ ein ungutes Gefühl bei mir, und ich ging nicht mit ihm nach Hause, sondern rief nach ein paar Minuten, die wir schweigend und ohne uns zu berühren die Straße langgegangen waren, jeder mit seinem eigenen Groll, ein Taxi und fuhr in die Wohnung zu Sophie und Molly.

Es war einer dieser Abende, die mich nachdenken ließen, ob es nicht besser wäre, wieder mit mir selber zu sein, mit mir selber zu bleiben, um solche Unsicherheiten zu vermeiden, ob es nicht gescheiter wäre, unbelästigt zu bleiben von den unübersichtlichen Gefühlen eines anderen. Noch in der Nacht beschloss ich, lieber nicht weiter in unser Verhältnis zu investieren und ihm das, wenn er sich am nächsten Tag melden würde, zu sagen. Er meldete sich nicht, mailte erst ein paar Tage später, und ich antwortete ihm mit einer Mail, an der ich lange herumformuliert hatte und die ihm liebevoll zu verstehen geben sollte, dass ich das gerade nicht so gut aushielt, dieses Gefühls-Auf- und-Ab, und dass es wahrscheinlich besser wäre, wenn wir nur Freunde wären. Eins unserer vielen Offs. Er antwortete mit einer Nachricht voller Entschuldigungen und Erklärungen. Ich antwortete nicht darauf, auch nicht auf die Mail, die er zwei Tage später nachschickte, um sich nach meinem Befinden zu erkundigen.

Sie hatte die Fernsehsendung offenbar auch gesehen, die

Frau hinter den anonymen Nachrichten. Und wenigstens das war ein irgendwie beruhigender Gedanke: Jeder konnte es gesehen haben. Es war im Fernsehen. Es war eine allgemein verfügbare Information, kein Geheimnis. Den Gedanken, dass sie einfach von einer meiner Freundinnen oder Freunde von der Geschichte zwischen Simon und mir wusste, schob ich von mir. Ich fürchtete mich vor der Vorstellung, dass es in meiner Umgebung vielleicht Leute gab, die mit dieser Valerie Kontakt hielten, als sei sie Ludwigs zweite Witwe.

Ich stellte mir Valerie vor, wie sie in der Küche stand, die Ludwig eingemessen hatte, entworfen, in seiner Werkstatt getischlert und dann tagelang eingebaut, und wie sie weinte um ihn und um die Zeit, die sie mit ihm hatte, und um das Leben, das sie mit ihm hätte haben können. Und ich konnte mir vorstellen, wie die Trauer aus ihr herausbrach und wie sie zu Wut wurde, weil man mit so einer Trauer auf Dauer nicht leben konnte, man musste sie in irgendwas verwandeln, das man erfassen konnte, anschauen, wenden, drehen, verarbeiten wie ein Stück Holz. Oder man brauchte jemanden, auf den man wütend sein konnte, den man anschreien, dem man zornige Mails schreiben konnte, die man später bereute, und mit dem man sich vielleicht irgendwann aussprechen konnte, um zu verstehen, warum man verlassen worden war, und vielleicht auch, um zu verzeihen. Aber nicht, wenn der andere tot war, einfach so gestorben, ohne Warnung, ohne Ankündigung. Man war dann allein mit der Wut, und man musste sie irgendwie verarbeiten. Man musste sie loswerden. Und Valerie wurde sie los, in diesen Nachrichten an mich, in diesen Nachrichten an meine Freunde, und ich dachte schon länger darüber nach, was ich dagegen tun könnte.

**ICH HATTE MEINEN PLAN** mit Johanna besprochen, ein paar Wochen zuvor, nachdem ich ihr erzählt hatte, dass ich die Sache mit Simon nun endgültig abgehakt hatte. Sie wirkte erleichtert und ein wenig skeptisch, es war nicht das erste Mal. Ich hatte den Abend in Wien verbracht, ich hatte an der Bar auf sie gewartet, nun saßen wir an einem der Tische, eine große Industrielampe tauchte uns in eine Kuppel aus warmem Licht. Wir tranken Wein, und ich spürte, wie ich es satthatte, immer wieder dieses Problem zu besprechen, es war mir unangenehm, ich wollte es loswerden. Ich wollte sie ansprechen, diese Person, ich wollte es beenden. Johanna war skeptisch.

»Ich könnte mir vorstellen, dass sie es nicht zugibt. Rigoros abstreitet. Es könnte sein, dass sie im Moment selber überzeugt ist, dass sie so was nicht macht. Ich denke, es ist eine Persönlichkeitsstörung, ein Teil von ihr blendet das vielleicht aus. Und was machst du dann.«

»Ich sage es ihr auf den Kopf zu.«

Johanna machte ihr Ich-weiß-nicht-Gesicht, ich kannte es, seit wir Kinder waren.

»So wie ich es einschätze, so aus der Ferne, halte ich es für wahrscheinlich, dass sie es abstreitet. Und du hast keine Beweise, und das bringt dich in eine schlechte Position, aus der du nicht gut argumentieren kannst. Kriegen wir eigentlich überhaupt nichts zu essen, was ist das für ein Laden hier?« Sie kannte Billy fast so lange, wie ich ihn kannte.

Ich winkte Billy und zeichnete mit meinen Zeigefingern ein Viereck in die Luft, das Billy richtig verstand. Er legte uns zwei laminierte Karten auf den Tisch. »Das Wildschweinragout ist schon aus.«

»Typisch, genau das hätte ich gewollt.« Johanna fischte ein Etui aus ihrer Tasche und aus dem Etui eine Hornbrille. »Gott, ich bin alt.«

»Ich könnte ihr einfach verzeihen«, sagte ich, als Billy wieder hinter dem Tresen verschwunden war.

»Du kannst ihr nichts verzeihen, was sie leugnet.« Sie hob den Blick von der Karte. »Was sie möglicherweise auch vor sich selbst leugnet. Und du bist ja, sei da mal ganz ehrlich, eigentlich auch nicht bereit zu verzeihen. Du willst nur deine Wut bei ihr abladen, oder seh ich das falsch?«

»Hm.«

»Und du willst die Unsicherheit loswerden, wer dich hier belästigt, du willst, dass dieser anonyme Absender ein Gesicht bekommt, aber wenn sie es nicht zugibt ... Was hast du dann davon?«

»Ich frag mich einfach, woher hat sie diesen Hass auf mich, als hätte ich Ludwig umgebracht, damit sie ihn nicht kriegt. Vielleicht kann ich das ausräumen.«

»Du willst, dass es aufhört, das ist legitim, aber ich bin mir sehr unsicher, ob es das wird auf diesem Weg. Es könnte auch schlimmer werden. Ich glaube, ich nehme das Risotto.«

»Den«, sagte ich.

»Was?«

»Der. Der Risotto. Nicht das Risotto. Nichts für ungut, da bin ich streng.«

»Meine Güte, Frau Schlaumeier. Ich bin froh, dass du nicht meine Mutter bist. Den Risotto, den nehm ich. Isst du auch was?«

»Immer gern, Frau Magister. Und ja, ich nehm das Saiblings-Ceviche.«

Johanna grinste.

»Was?«

»Sevitsche«, sagte Johanna. »Nicht Tschewiiisch. Wenn wir schon so genau sind hier.«

»Jawohl. Aber im Ernst. Was kann ich dann tun, gegen die Nachrichten?«

»Na ja.« Sie hatte ihre Brille wieder runtergenommen. »Was du versuchen könntest: es zu einer gemeinsamen Sache zu machen. Zu eurer gemeinsamen Sache. Sie zu einer Verbündeten zu machen, indem du ihr schreibst, dass du vermutest, dass sie diese Nachrichten auch bekommt.«

»Aber das tue ich nicht.« Billy kam zum Tisch, nahm unsere Bestellungen auf; Ceviche.

»Was kichert ihr wie kleine Mädchen?«

»Sorry, Billy, depperter Insider-Schmäh zwischen uns, zu kompliziert zu erklären.«

»Ist mir eh lieber.« Billy verschwand in der Küche.

»Aber theoretisch könnte es sein.«

»Was jetzt?«

»Dass sie die Nachrichten auch bekommt. Also, dass du es vermutest, dass das so ist.« Das Lokal war voller als sonst, an der Bar hatte sich eine Geburtstagsgesellschaft versammelt, die gerade laut »Happy Birthday« sang, für einen Mann mit roter Brille. Die Leute waren jünger als wir, zwei silberne Heliumballons klebten an der Decke, eine Vier, eine Null.

»Hmm. Ich weiß nicht«, sagte ich, als der Gesang in Sektglasgeklirre überging.

»Oder erzähl ihr, sie kommt darin vor und du befürchtest, dass sie die Nachrichten auch kriegt. Weil ich es wichtig fände, dass du sie nicht beschuldigst, weil sie das in eine Defensive bringen würde. Aber wenn du sagst, du vermutest, dass das aus ihrem Umfeld stammt ... Und sie fragst, ob sie vielleicht weiß, woher ... Und ob sie eine Möglichkeit sieht, mit dieser Person zu sprechen, sie zu bitten, mit diesen Nachrichten aufzuhören, weil es nicht nur dich, sondern auch deine Kinder, die damit nichts zu tun haben, bedroht und beschädigt. So gibst du ihr eine Möglichkeit auszusteigen, ohne dass du sie beschuldigst oder verantwortlich machst.«

»Ja ... Ich denke darüber nach.«

»Sie braucht vielleicht eine Ausstiegsstrategie, ein Exit-Szenario, bei dem sie ihr Gesicht wahren kann, in dem sie nicht schlecht oder wie eine verzweifelte Verrückte aussieht, wie eine psychisch Kranke, sondern wie jemand, der die Größe hat mitzuhelfen, diesen Irrsinn zu stoppen. Und damit die Kinder des Mannes, den auch sie verlor, zu beschützen. Es könnte ihr helfen zu heilen.«

»Och. Ich will die Irre nicht heilen, ich will nur, dass sie mit ihrem Wahnsinn aufhört. Es ist mir eigentlich egal, wie es ihr geht, der dummen Kuh. Ich will, dass sie aufhört, Dinge zu tun, die mir wehtun. Und den Leuten um mich herum.«

»Jaja, das ist verständlich. Aber der Weg dahin führt wahrscheinlich über das Wohlergehen dieser Frau. Wie heißt sie nochmal?«

»Valerie! Mensch. Du bist wirklich alt.«

»Ja, Valerie. Ich denke, es muss dafür Valerie erst psychisch bessergehen, und das wird es nur, wenn sie sich von dir nicht bedroht oder in die Ecke gedrängt fühlt. Aber ich will dir keine Ratschläge geben. Ich hatte nur schon öfter mit solchen Menschen zu tun. Es ist eine Idee, die vielleicht funktionieren könnte.«

»Gut, ich denke darüber nach.«

»Ich sag's noch einmal: Ich persönlich würde dir im Moment eher davon abraten, sie anzusprechen. Wegen dir nämlich. Es könnte die Sache für dich auch verschärfen.«

»Okay. Danke. Ich lasse es mir durch den Kopf gehen.«

»Ja, mach das mal. Wo ist überhaupt mein Essen? Ich verhungere hier. Billy!«

»Ja, reden wir über was anderes.«
»Also, du bist jetzt sicher, dass es mit Simon vorbei ist?«
»Sagte ich doch schon: ganz sicher.«
»Ich weiß nicht, ob ich das glauben soll. Aber gut.«

Ich war nicht Johannas Meinung gewesen, was Valerie betraf, obwohl ich ihr vertraute. Johanna hatte sich immer für Menschen interessiert, erst für ihre Körper und die Muskeln und Sehnen darin, dann für ihre Psyche. Sie wusste, dass die Seele ein unwegsames Gebiet war, in dem ein Fremder, eine Unerfahrene wie ich sich leicht verlaufen konnte, die Distanzen falsch einschätzen, die Abgründe und Klüfte übersehen. Und sie kannte mich, wahrscheinlich kannte mich sonst niemand so gut wie sie. Aber es war meine Geschichte, und sie spürte nicht, was ich spürte, wenn ich diese Nachrichten bekam. Man konnte das nicht so einfach nach dem Psycho-Manual herunterbeten. Mein Wunsch, Valerie zu schreiben, verfestigte sich, während die Nachrichten weiter in meine Messenger-Box tropften und während immer mehr meiner Freunde fragten, ob es nicht irgendeine Möglichkeit gäbe, herauszufinden, wer diese Nachrichten geschrieben habe. Gab es nicht, ich hatte schon meine IT-Supporterin danach gefragt, eine Freundin von Sophie, die Informatik studierte und vermutlich eine geübte Hackerin war. Sie erklärte mir, warum es nicht möglich war, den Absender einer Messenger-Nachricht zu ermitteln. Es gab keine Möglichkeit, außer ihr direkt zu schreiben, und ich beschloss, es nicht gleich zu tun. Nicht jetzt, aber vielleicht irgendwann, und schon der Gedanke daran machte mich ruhiger.

**DER ABEND SENKTE SICH** auf meinen Garten, mein Haus, auch wenn es noch länger hell sein würde. Hartmann war nicht mehr zu sehen. Es störte mich nicht, dass Benni nicht da war und erst in ein paar Tagen zurückkommen würde. Ich war gern allein. Ich fühlte mich sicher mit mir. Die meisten Leute taten sich schwer, das zu glauben, weil sie selbst nicht gern allein waren und sich nicht sicher fühlten und deshalb die Verpaartheit als den Maßstab allen Seins glorifizierten. Hatte ich auch gemacht. Fühlte sich völlig normal an, aber jetzt verstand ich kaum mehr, wie ich es so lange ausgehalten hatte, nicht allein zu sein, weil ich tatsächlich, das wusste ich jetzt, eine Zurückzieherin war, eine Abkapslerin, ein bisschen eine Eigenbrötlerin. Ich brauchte viel Raum um mich und viel Ungestörtheit. Es war mir klargeworden, in den Wochen vor Ludwigs Tod, dass die meisten der Schwierigkeiten, die ich mit Ludwig gehabt hatte, ganz einfach aus der Tatsache entstanden waren, dass ich diesen Raum nicht hatte, der mir danach plötzlich und ganz unerwünscht zufiel.

Gruppen machten mich nervös. Ludwig tankte auf, indem er unter Menschen ging, bei mir war das Gegenteil der Fall, ich brauchte Ruhe, um zu mir zu kommen, Stille, Menschenlosigkeit. Leute kennenzulernen, Leute zu treffen, forderte und überforderte mich. Ich redete nicht gern mit Menschen, die mir nicht vertraut waren. Ich brauchte Ruhe zum Nachdenken. Smalltalk strengte mich an, langweilte mich und machte mich ärgerlich, was wiederum Ludwig ärgerte, der ein Menschenmensch war, der sich unter anderen Menschenmenschen wohl und sicher fühlte.

Ich nicht. Ich hielt mich gern in der Nähe von Ausgängen auf, ich wählte im Flieger den Gangplatz und saß im Kino am

Rand, es war schon fast lächerlich, wie sehr ich der Vorstellung einer introvertierten Person entsprach, aber das wurde mir erst klar, als es mir klarwerden durfte, als eine Therapeutin es mir sagte, und ich fand es komisch, aber auch irgendwie beruhigend.

Es gab keinen Zweifel daran, durfte keinen Zweifel daran geben, dass Ludwig und ich zusammengehörten. Wir hatten eine Familie gegründet, wir hatten Kinder, wir waren glücklich im Großen und Ganzen. Zumindest dachten wir es. Keiner von uns hatte Grund, etwas anderes zu denken, und wenn wir es doch taten, dann nur heimlich. Bis Ludwig starb, war ich nie allein. Ich war immer mit Ludwig gewesen und Ludwig immer mit mir, 22 Jahre lang.

Als Ludwig plötzlich starb, wollte ich zuerst auch sterben. Und obwohl ich mir die Wochen vorher genau das überlegt hatte, konnte ich mir mit einem Mal das Leben ohne ihn nicht mehr vorstellen. Ich war mit ihm jung gewesen, wir wurden Eltern zusammen, waren zusammen älter geworden. Alle wichtigen Dinge im Leben hatte ich mit ihm gemacht und besprochen. Dann war er nicht mehr da, wie ich es mir heimlich gewünscht hatte, wenn auch ganz bestimmt nicht auf diese Weise. Aber genau darüber hatte ich nachgedacht, als ich vorgab, dienstlich nach Köln zu müssen, und mich stattdessen allein in einem Hotel in Wien eingebucht hatte: mich von Ludwig zu trennen. Während er auf einer Piste starb. Und danach war ich allein mit diesem Schrecken, und ich hatte plötzlich kein Gegenüber mehr, keine Reaktion, kein Gespräch mit Ludwig, das das irgendwie wiedergutmachte. Ich hatte nur meinen Verlust und meinen Schock und mein schlechtes Gewissen.

Erst als der Schmerz nicht mehr ununterbrochen auf mich einprügelte, sondern chronisch geworden war, zu einer Art wehem Summen, das vielleicht schwächer werden, aber mich nie ganz verlassen würde: Da spürte ich, spürte ich wieder, dass ich gern allein war. Dass ich das konnte: allein sein. Ich war nicht froh, dass Ludwig tot war, natürlich nicht, ich merkte nur, dass ich damit leben konnte. Ich sagte es niemandem. Die Idee, allein zu sein, auch das Stigma, das damit verbunden war, es ängstigte die meisten mehr als ein ewiges Leben in der Partnerhölle. Sie hatten keine Ahnung. Sie wussten nicht, wie gut es sein konnte, allein zu sein, wie richtig und vollständig man sich fühlen konnte.

Ich war nicht immer gern allein. Es war nicht immer angenehm. Genauso wie es nicht immer angenehm war, zu zweit zu sein, selbst wenn es gut war. Niemand fragte glückliche Paare, ob sie manchmal lieber allein wären. Wenn man allein war, war man dagegen permanent gezwungen, Auskunft über die eigene Befindlichkeit zu geben. Ständig wurde man, vor allem, wenn man eine Frau war, gefragt, ob man sich nicht einen Partner wünsche, einen Zupacker, einen Erlediger, einen Versorger, ob man sich nicht isoliert fühle, so ganz allein. Ja! Manchmal! Aber eher selten. Meistens nicht.

**WENN ICH DOCH EINMAL** nicht allein sein wollte, fuhr ich in die Stadt und traf Freunde, oder ich setzte mich ins Auto und fuhr zu Danica, die in einem Fernsehfilm, den ich geschrieben hatte, die Hauptrolle gespielt hatte. So hatte ich sie kennengelernt. Sie lebte am Rande einer anderen Kleinstadt, in einer der Villen, die dort ebenso sprießten wie die um mich herum. Sie hatte schon länger keine Rolle mehr bekommen, sie hatte jetzt sechsjährige Zwillinge. Unter der Woche war Danicas Mann nicht da, sie war allein mit den Kindern und freute sich, wenn ich kam. Paul arbeitete in Frankfurt, er flog jeden Montag hin und jeden Freitagabend zurück. Danica wäre lieber nicht allein gewesen unter der Woche, sie litt darunter, und Paul noch mehr, er wäre lieber jeden Abend am Familientisch gesessen, hätte mit ihnen gegessen, den Kleinen seine schlechten Witze erzählt, mit ihnen auf dem Fußboden gebalgt und Schwarzer Peter gespielt. Er war so ein Vater. Er wäre so ein Vater gewesen. Aber seine Stelle war zu gut bezahlt, um sie aufzugeben. Paul war einundfünfzig, seine Chancen, in der Nähe einen Job zu finden, waren minimal. Es wäre ein zu großes Risiko gewesen, die Arbeit in Deutschland aufzugeben. Er verpasste die Kindheit seiner Kinder, auf die er sich sein Leben lang gefreut hatte, und das Leben mit seiner Frau, die er wirklich liebte, und er wusste es und er litt darunter.

Paul hatte immer wie Ludwig sein wollen, immer da für seine Kinder, das hatten viele behauptet, aber Paul hatte ich es fast geglaubt. Paul und Danica konnten sich ein großes, schönes Haus leisten, einen Gärtner für den Park, in dem es stand, einen Pool und jemanden, der sich darum kümmerte, und obwohl Paul manchmal davon redete, eine Sauerteig-Craft-Bäckerei in der Stadt zu eröffnen, das alles aufzugeben, kleiner zu wohnen, einfacher zu leben, wusste er in Wirklichkeit sehr genau, dass er das nicht mehr konnte. Und Danica auch nicht, obwohl sie in einer Arbeiterfamilie aufgewachsen war, unter sehr bescheidenen Umständen. Sie würde das nicht so leicht aufgeben können, diesen Wohlstand, diese Bequemlichkeit, also küsste Paul jeden Montagmorgen seine schlafenden Kinder und seine warme, sanfte Frau, setzte sich in das Taxi, das schon vor dem Haus wartete, und flog wieder nach Frankfurt, in sein Büro, in das schicke, leere Apartment, das ihm seine Firma zur Verfügung stellte.

Wenn er nicht da war, fuhr ich manchmal zu Danica. Wir aßen zusammen mit den Zwillingen, fläzten uns mit ihnen auf dem Sofa und lasen ihnen feministische Kinderbücher vor, bis Danica sie ins Bett brachte. Oder die Nanny. Danica sang ihnen ein Schlaflied, ein kroatisches, dann kam sie wieder, und wir tranken Wein und rauchten draußen auf ihrer Veranda mit Blick auf den leuchtenden Pool oder saßen auf dem riesigen Sofa in ihrem endlosen, verglasten Wohnzimmer. Es gab ein Gästezimmer mit einem großen Schlafsofa, das war dann meins. Es war weich, die Decken fluffig, ich schlief dort gern. Meistens schlüpfte Danica irgendwann in der Nacht unter meine Decke. Es passierte nicht viel. Wir küssten uns ein bisschen und umarmten uns, dann schlief sie an meiner Schulter ein, mit ihrem weichen, glatten Arm über meinem Bauch, und in der Früh war sie nicht mehr da, lag bei den Zwillingen im Bett oder werkte schon in der Küche rum, machte den Kindern Frühstück und sang dabei kroatische Lieder. Mehr als das war nie zwischen uns. Mehr würde nie sein. Wir waren vielleicht ein bisschen verknallt ineinander, aber wir redeten nie darüber.

Ich hatte Danica nichts von den Nachrichten erzählt, bis es sich nicht mehr verhindern ließ.

Sie schickte mir eine WhatsApp: *du ich hab was komisches*

*bekommen*. Danica gab sich nicht mit überflüssigen Satzzeichen ab.

Ich schrieb zurück: *Ah, verdammt, kann mir schon denken, was.*

Sie schickte es mir weiter, der Inhalt ähnelte den früheren Nachrichten, nur dass ich in dieser nicht nur für Schwänze die Beine breit machte, sondern auch Muschi lecken wollte, und ich dachte, wem hab ich überhaupt von Danica erzählt, wer weiß davon, und woher sollte Valerie das wissen.

**DRAUSSEN DIMMTE DAS LICHT,** in diesem Sommerabendmodus, nicht mehr hell, noch lang nicht dunkel. Die Tür zum Garten war offen, mit dem Mückenvorhang davor, der in der langsam abkühlenden Abendluft leise schwang. Ich saß mit dem Laptop am Küchentisch und scrollte mich durch Twitter. Die Timeline leitete mich auf die News-Portale von Zeitungen und Magazinen, die ich für vertrauenswürdig hielt. Ich überflog mehrere Meldungen über Boris Johnson, der gerade Premierminister geworden war, und blieb dann an einer Geschichte über eine Frau hängen, die ein Richter zu Schadenersatz verurteilt hatte, weil sie den Namen eines Mannes auf Twitter veröffentlichte, der sie online sexuell belästigt hatte. Ich las einige Filmrezensionen und ein paar Meldungen über Donald Trump und seine neuesten Tweets. Ich las noch eine Geschichte über eine Frau, die von ihrem Mann erstochen worden war, vor den Augen ihrer halbwüchsigen Kinder. Eine Zeitung hatte es eine »Familientragödie« genannt, ich las es in den wütenden Kommentaren junger Feministinnen, denen ich auf Twitter folgte. Ich hinterließ ein paar Likes, retweetete und kommentierte zustimmend, was ich, ich wusste es schon, bereuen würde, weil es die Internet-Trolle anlockte, die über mich herfallen würden, bis sie auf die Tweets einer anderen Frau stießen, die ihren traurigen Zorn auf Frauen noch stärker anfachte. Ich blockierte zwei neue Trolle, dann ließ ich mich durch Instagram treiben, likte ein paar Fotos, darunter eins von Manuel, der sich vor ein paar Tagen im Amsterdamer Rotlichtviertel herumgetrieben hatte, und ein Selfie von Bennis halbem Gesicht, stolz strahlend vor einem neu zusammengebauten Fahrrad, das er fertig montiert hatte, bevor er nach England gefahren war.

Er hatte endlich etwas entdeckt, woran er Freude fand, er reparierte mit seinem Freund Anton alte Fahrräder aus den siebziger und achtziger Jahren. Ich bezahlte Benni gern die Ersatzteile, die er im Internet bestellte, glänzende Chromteile, deren Verwendungszweck er mir begeistert erklärte, wenn sie nach Wochen endlich in einem Paket aus dem Ausland geliefert wurden und deren Bezeichnungen ich sofort wieder vergaß, wenn er mit ihnen in der Werkstatt verschwand. Es tat ihm gut. Es ging ihm besser, endlich. Wenn er die Räder fertig hatte, fuhr er ein paarmal damit, dann verkaufte er sie im Netz, für gutes Geld. Sie wurden meistens von aufgeregten älteren Männern abgeholt, mit denen Benni dann noch lange fachsimpelte. Immer wenn er ein Rad verkauft hatte, bot er mir an, die Teile zu bezahlen, die ich finanziert hatte, aber ich nahm sein Geld nie an.

Sophie mied die sozialen Medien, früher war sie bei Facebook und bei Instagram, dann löschte sie plötzlich beide Accounts. Ich öffnete Facebook. Ich las noch einmal die Nachricht der Frau ohne Gesicht und versuchte die Dinge, die darin standen, abzustreifen. Früher hatte Simon mir mit seinen professionellen, unaufgeregten Ratschlägen geholfen, mit den Nachrichten fertigzuwerden, mich zu distanzieren, aber ich wollte ihm jetzt nicht mehr schreiben. Er war weg, und ich wollte den Abstand zwischen uns nicht mehr verringern. Ich würde ohne Simon und seine fundierten Analysen auskommen, und auch ohne Johannas, der ich nicht mehr ständig mit den Nachrichten auf den Geist gehen wollte, sie wirkte manchmal schon ein bisschen genervt. Ich konnte das selber, ich versuchte, die Sätze abzurufen, die Simon immer gesagt hatte, wenn wieder eine Nachricht gekommen war:

Bleib auf Distanz, betrachte es wie eine Berichterstatterin, eine Erzählerin, genau das bist du ja.

Lass es nicht an dich heran.

Nimm es nicht persönlich, genau das bezweckt die Person, die diese Mails schreibt, die Absenderin.

Er versuchte zu verhindern, dass ich mich zu sehr mit dieser Person beschäftigte, mich verstricken ließ in ihre Motive, tu das nicht, lass dich nicht hineinziehen, steigere dich da nicht hinein, bleib bei dir. Es funktionierte nur nicht so gut, wenn ich es mir selber vorsagte.

Und ich hatte nur noch zwei Xanax und noch kein neues Rezept. Ich brauchte Nachschub, doch mein Hausarzt reagierte in letzter Zeit mit einer gewissen Zögerlichkeit auf meine Rezeptwünsche. Es gäbe da noch andere Mittel, und wollte ich es nicht vielleicht mal mit Meditation versuchen. Nein, eher nicht.

Ich klappte den Laptop zu. Ich hatte Hunger. Im Kühlschrank fand ich Eier, Äpfel, Karotten, Ziegenkäse und Schafsjoghurt von Hartmann, ein in Alufolie eingepacktes Stück Mangold-Quiche vom Vortag und eine kleine Dose mit französischer Gänseleberpastete, an deren Kauf ich mich nicht erinnern konnte, das hatte wahrscheinlich irgendwann einer meiner Gäste mitgebracht. Auf dem Tisch lagen Tomaten und Paprika, die ich in der Früh geerntet hatte, gerade perfekt reif. Ich ging wieder hinaus in den Garten und schnitt im Abendlicht mit dem Messer etwas Rucola aus dem Beet, in Gedanken versunken, die Nachricht hatte sich wieder an die Oberfläche gekämpft. Was in dieser Nachricht stand, hatte nichts mit mir zu tun, sondern nur mit der Person, die sie geschrieben hatte, das waren nicht meine Probleme, sondern ihre. Ich versuchte, mich zu konzentrieren, auf das, was ich gerade tat, wer ich gerade war, aus der Distanz betrachtet: Eine Frau, die in der Dämmerung Rucolablätter schneidet, aus einem Beet, das dringend gewässert werden musste.

Ich wollte den Nachrichten keine Macht mehr geben über mich. Ich wollte stärker sein als sie, ich wollte mich nicht mehr von ihnen beherrschen lassen, so wie ich es getan hatte, bis mir klargeworden war, wie sehr mein Denken von ihnen bestimmt wurde. Wie ich zugelassen hatte, dass sie zu einer Art Mittelpunkt wurden, um den ich zu kreisen begann. Ich hatte auf die Nachrichten gewartet, gelauert. Ich war zur Marionette geworden. Ich hatte keine Kontrolle mehr darüber, und nun griff die Frau ohne Gesicht auch in die Köpfe der Menschen in meiner Umgebung, manipulierte ihre Vorstellung von mir, pflanzte ihnen Ruth-Bilder ein, die ich nicht korrigieren konnte, die sich über ihre Bilder von mir legten, ohne dass ich etwas dagegen tun konnte.

Der Rucola war zerlöchert von irgendwelchen Viechern. Helga hätte mir sagen können, was das für Ungeziefer war, da, schaust hier, aber sie würde sich weigern, den Klimawandel dafür verantwortlich zu machen, sie würde behaupten, dass es diese Viecher immer schon gegeben habe und dass sie immer schon meinen Rucola zerlöchert hätten, sie würde Zorn im Blick haben, wenn ich das abstritt, ich war ja die Zicke aus der Großstadt, nach mehr als zwanzig Jahren immer noch. Ich würde sagen, es habe doch fast gar keinen Schnee gehabt letzten Winter und jetzt sei es so trocken, dass die Bauern das Wasser aus dem Fluss holen müssten, und die Ernte sich verschob und manche Pflanzen gar nicht mehr wuchsen. Helga würde dann ihr arrogantes Du-übertreibst-doch-immer-Lächeln aufsetzen, ein verkehrtes Lächeln, mit nach unten gebogenen Mundwinkeln, das mir sagen wollte, dass ich ein bisschen hysterisch sei.

Ich stolperte über einen Stein und konnte gerade noch einen Sturz verhindern. Der laue Zorn auf Helga hatte das Grübeln über die Nachricht verdrängt, aber jetzt wurde sie wieder virulent, drängte sich wieder nach vorne. Ich hätte das gern gekonnt: nicht mehr denken, abschalten. Oder auch nur aufhören, zornig zu sein. Als Ludwig gestorben war, war ich so zornig auf ihn, und nichts und niemand konnte mir meinen Zorn abnehmen, nur ich selber, weil er nicht mehr da war, um ihn abzufedern.

Ich ging zum Haus zurück. In der Küche ließ ich kaltes Wasser über den Rucola rinnen. Ich nahm das Messer und schnitt die Blätter direkt auf der Arbeitsplatte, das Messer fügte dem Messermuster der Jahre ein paar neue, helle Linien hinzu. Durchs Fenster sah ich, wie auf der anderen Seite des Flusses Lichter angingen, weiter hinten loderte am Ufer ein Feuer, Fledermäuse zischten wie lautlos flatternde Schatten durch den Himmel. Im Radio sprach eine Expertenrunde über die Balkanroute, ich hörte ein bisschen zu, bis auf die Moderatorin sprachen ausschließlich Männer. Und dann merkte ich, wie alles zu wirbeln begann, zu kreisen, zu dröhnen, hellgrau, dunkelgrau, und als ich das begriff, stoppte ich alles.

Ich stoppte jetzt, so wie ich es in den ersten Monaten der Therapie nach Ludwigs Tod gelernt hatte, als ich ganz lange dachte, ich würde nie wieder an etwas anderes denken können als an Ludwig und nie wieder etwas anderes fühlen als Trauer, Verzweiflung, Wut. Ich dachte an die Xanax auf meinem Nachttisch, und zwang mich, davon wieder wegzudenken. Ich legte das Messer ab. Ich stellte mich auf beide Füße, die Knie leicht beugen, Schultern lockern, Arme hängen lassen: ein Mantra, das sich automatisch in mir abspulte. Ich atmete tief, bis ich spürte, wie mein Zentrum sich langsam verschob, aus meinem Kopf in die Tiefe meines Brustkorbs rutschte, in meinem Bauch, wo alles wieder ins Gleichgewicht und in den richtigen Schwerpunkt kommen würde, allmählich kam, sich langsam beruhigte. Alles an den Platz zurück, an den es gehörte, bis ich einen neuen, einen normalen Gedanken fassen konnte: Dass ich jetzt eine Zigarette wollte, jetzt sofort.

Ich klaubte den Tabakbeutel von meinem Kühlschrank und sah meinen zitternden Händen zu, wie sie die Krümel in dünnes Papier drehten und dabei ruhiger wurden, ich schmeckte, wie meine Zunge routiniert über die Gummierung von Filter und Paper leckte, sah, wie es haftete und die Zigarette in meiner Hand noch einmal hin- und herrollte und wie die andere das Feuerzeug auf dem Kühlschrank ertastete, und dann ging ich hinaus in die dunkelblaue Luft, zündete mir eine an, sog den scharfen, herrlichen Rauch tief ein und war wieder bei mir.

**WENN ICH IN DER STADT** in solche Zustände kam, ging ich für gewöhnlich in Billys Bar, die mir vertraut war wie mein Wohnzimmer, aber es war eben nicht mein Wohnzimmer, da waren Fremde und Bekannte um mich herum, ich versank nicht in Gegrübel. Ich rief Johanna oder Wolf an, meistens hatte einer von ihnen Lust auf Drinks und Tratsch an Billys Tresen.

An dem Abend, an dem ich mit Johanna über Valerie gesprochen hatte, saß ich schon etwas früher in der Bar, Johanna verspätete sich, weil sie noch eine Therapiesitzung hatte; *fang doch schon mal ohne mich an*. Während ich mit Billy redete, sah ich, dass da wieder dieser betrunkene Kerl in der Nähe der Toiletten saß, und wie jedes Mal quatschte er mich schräg an, als ich aufs Klo ging, und fing an, mich zu beleidigen, als ich ihn ignorierte. Er sah gar nicht ungut aus, er sah ganz nett aus, mit einem wachen, intelligenten Blick, und beim ersten Mal war ich darauf reingefallen, hatte mich von ihm ansprechen lassen, mit ihm geredet und es sofort bereut. Dumme, billige Anmache, und als ich mich abwendete, fing er sofort an, mich übel zu beleidigen. Unangenehm. Jedes Mal wieder. Billy schenkte mir gerade Wein nach.

Ich sagte: »Billy, du musst diesen Typen loswerden.«

»Welchen Typen?«

»Den Typen da hinten. Den, der immer besoffen ist.«

»Ach. Freddy. Der ist harmlos.«

»Er belästigt Frauen. Ich finde ihn nicht harmlos. Er ist ein totales Arschloch. Letztes Mal, als ich mit Danica und Johanna da war, war's dasselbe.«

»Er ist eigentlich ein Netter. Er wird nur unangenehm, wenn er betrunken ist.«

»Er ist immer betrunken.«

»Ja. Aber Freddy ist nun mal ein Stammgast. Er war schon immer da.«

»Du musst ihn loswerden, Billy. So was spricht sich rum. Johanna ist das egal, aber Danica will nicht mehr herkommen. Der hat er letztes Mal danach ziemlich arge Nachrichten geschickt.«

»Echt jetzt? Wann?«

»Nach dem letzten Abend, als wir zusammen da waren. Ist ein halbes Jahr her oder so.«

»Im Ernst. Woher hatte er denn ihre E-Mail-Adresse?«

»Facebook. Die ist jetzt nicht so schwer zu finden. Sie ist schließlich Schauspielerin, er kennt sie sicher aus dem Fernsehen.«

»Das ist scheiße.«

»Ja, das ist scheiße. Er hat sie übrigens auch Balkan-Fotze genannt.«

»Ich werde mit ihm reden.«

»Billy. Der ist ein Arschloch und ein Alki. Reden nützt da nichts. Du musst ihn rauswerfen. Frauen gehen nicht gern in ein Lokal, in dem sie dumm angequatscht und belästigt werden. Von Rassisten.«

»Ach, jetzt übertreibst du aber ein bisschen.«

»Ich übertreibe nicht. Das geht einmal. Zweimal vielleicht. Beim dritten Mal gehen sie woanders hin, wo sie nicht belästigt werden.«

»Ja. Jaaaah. Vielleicht.«

»Werd ihn los.«

»Ich denk darüber nach.«

»Er stinkt, Billy. Werd ihn los. Du musst ihn rausschmeißen, Billy.«

»Ja, ich hab's geschnallt.«

»Gut.«

Ich glaubte nicht, dass Billy es geschnallt hatte. Der Betrunkene saß beim nächsten Mal wieder da, an seinem Platz an der Bar, wo man an ihm vorbeimusste, und er machte weiter Frauen an, wenn ihm danach war. Billy stritt sich nicht gern. Er löste Probleme anders, und, ja, er war ein Mann, er sah das Problem vielleicht, aber er spürte es nicht. Oder er fühlte es nicht stark genug. Er wusste nicht, was es heißt. Er wusste nicht, wie es sich anfühlte, eine Frau zu sein, jeden Tag, jeden Abend, an jedem Ort. Im Prinzip schien Billy der Meinung zu sein, dass wir zu empfindlich seien und dass wir so was, wenn wir schon als Frauen und mit Brüsten geboren waren, eben auch auszuhalten hatten. Und ich war es eigentlich leid, diesen Aspekt des Frauseins immer wieder erklären, immer wieder problematisieren zu müssen. Dieser Kerl, dieser Freddy, würde nicht von selber gehen, und das Problem würde Billys Problem werden. Er würde das spüren. Ich wollte, dass er es spürte, aber gleichzeitig wollte ich mir auch kein anderes Stammlokal suchen müssen, einen neuen Lieblingswirt, neue Wände, auf die ich schauen müsste, während ich meinen Wein trank. Billy musste das verhindern. Gegen dieses Problem würde er etwas unternehmen müssen, sonst würde er bald nur noch Kerle im Lokal haben, es würde dann bei ihm so aussehen wie im Café September. Ich war früher oft im September, mit Ludwig und Johanna, mit Iris und Mark und anderen Freunden, und dann nicht mehr, weil Ludwig tot war und ich mich dort ohne ihn noch einsamer fühlte als sonst. Das September war der Ort gewesen, an dem Ludwig und ich uns kennengelernt hatten, an dem wir als glückliches Paar auftraten und ein glückliches Paar waren. An den Abenden im September hatten wir keine Kinder und keine Geldsorgen und keine Probleme. Ich war immer gern im September gewesen. Aber nicht nur, weil ich dort früher immer zusammen mit Ludwig gewesen war, kam es mir jetzt seltsam vor, dort hinzugehen, sondern auch, weil da letztes Mal, als ich Wolf dort traf, bis auf eine andere Frau nur Männer saßen; ausschließlich Männer.

**WOLF, GENAU.** Ich hatte ihn doch anrufen wollen. Nachdem ich die Zigarette ausgedrückt hatte, holte ich mir von drinnen mein Handy, ein Bier und eine Decke, die ich mir über die Schultern warf, und wählte seine Nummer.

Es klingelte ein paarmal, bevor er abhob.

»Grad schlecht?«

»Nein, passt schon.« Ich hörte Gelächter im Hintergrund, er war entweder in einem Lokal, oder in seiner Kunststudenten-WG hatte jemand groß aufgekocht. Er war in Gesellschaft, unter Freunden, und einen Moment lang kam mir die Stille um mich herum unnatürlich vor, und es erfüllte mich mit Neid, dass vielstimmiges Gelächter in Wolfs Leben so normal war.

»Habt ihr Party?«

»Nele hat gekocht. Und ein paar Freunde eingeladen.«

»Warte, Nele ist die, die bei Daniel Richter studiert?«

»Nein, das ist Louisa. Nele ist die Tänzerin.«

»Na, klar.«

»Machst du dich über meinen Lebensstil lustig?«

»Aber nein!«

»Sie hat Piroggen gemacht.«

»Wer, Louisa?«

»Nele! Louisa hat jetzt ein Schwein.«

»Was?«

»Sie hat jetzt ein Schwein. Louisa. So ein Zwergschwein.«

»Süß.«

»Ja, und man kann's essen, wenn es zu nerven anfängt.«

»Hilfe, Dad-Joke!« Eine Katze lief am Rande des Grundstücks vorbei. Wir erschraken beide, als wir uns ansahen, ihre Augen glühten kurz auf, dann verschwand sie im Dunkel.

»Was?«

»Du hast gerade einen klassischen Dad-Joke gemacht. Einen echt lahmen. Benni würde die Augen verdrehen. Sehr peinlich.« Ich betrachtete meine Zehen. Neuer Nagellack schien angebracht.

»Kann man aber wirklich.«

»Was?«

»Braten. Das Schwein.«

»Weiß Louisa von deinen Plänen?«

»Na. Ich glaube übrigens auch, dass sie und Mandy was miteinander haben.«

»Wie kommst du jetzt darauf? Und wer ist nochmal Mandy?«

»Die, die im Balkonzimmer wohnt.«

»Mandy? Kenn ich die? Ich kann mich an keine Mandy erinnern. Wie viele Mitbewohnerinnen hast du denn jetzt? Ich verliere echt den Überblick.« Die Solarlichterketten, die ich zwischen den Bäumen aufgespannt hatte, schalteten sich ein, erst die eine, die zweite würde ein paar Minuten später folgen, ich wusste auch nicht, wieso, irgendein Sensor, der unterschiedlich auf die hereinbrechende Dunkelheit reagierte.

»Ich nicht. Mandy ist die mit den Dreadlocks, das musst du doch noch wissen, die, die immer laute Musik hört, während sie lernt, darüber hast du dich doch letztens mal aufgeregt, als du da warst, dabei hatte sie an dem Abend gute Musik laufen, irgendeine Austropopsache. Das kannst du doch nicht vergessen, wie du da das alte Spießerweib gegeben hast.« So ging das immer zwischen uns, immer schon. Wir konnten ewig über nichts reden, also eigentlich er, ich brauchte nur zuzuhören und hin und wieder einen Kommentar abzugeben.

»Georg Danzer war's. Jetzt weiß ich wieder, wer sie ist.«

»Na also, geht doch. Bist noch nicht völlig senil.« Die nächste Lichterkette schaltete sich ein, sie schwang sanft in einem zarten Abendwind.

»Vielleicht solltest du mal einen jungen Kerl einziehen lassen. Den würde ich mir merken.«

»Benni vielleicht.«

»Nur über meine ... Was wolltest du mir eigentlich erzählen? Du wolltest mir doch was erzählen?«

»Nichts Wichtiges. Na ja. Ich erzähl's dir, wenn ich zu Ludwigs Geburtstagsessen komme.«

Sein Tonfall hatte sich geändert, nur ein bisschen, so dass ich hellhörig wurde.

»Kleiner Hinweis? Hast du noch so eine Scheißnachricht gekriegt?«

»Nein, in letzter Zeit nicht, und es geht ausnahmsweise nicht um dich.«

»Hallo!«

»Ich würde vielleicht eine Nacht länger bleiben, wär das okay?«

»Sehr okay, Sophie lässt Molly auch bei mir, wir können Vater-Mutter-Kind spielen.«

»Ist Benni noch nicht zurück?«

»Ach ja, Benni wird dann ja auch wieder da sein, danke, dass du mich erinnerst. Und Manuel kommt auch, mit Diego.«

»Störe ich da nicht dein kostbares Familienidyll?«

»Red keinen Unsinn. Du gehörst doch auch zur Familie, Wolferli.«

»Maaah! Ich bin gerührt.«

»Wir zwei machen dann mit Molly einen Spaziergang in den Wald und reden, und am Abend essen wir alle zusammen.«

Ich nahm einen Schluck Bier, es war warm und schal, ich hatte Lust auf noch eines, auf ein frisches, kaltes. Ich ging rein und schnappte mir eins aus dem Kühlschrank.

»Klingt gut.« Das Gelächter hinter seiner Stimme schwoll an, laute Musik war zu hören, eine Frauenstimme rief seinen Namen.

»Obwohl, das hast du ja eh jeden Abend. Und ich glaube, du wirst jetzt gebraucht.«

»Wir sehen uns. Bussi!« Er musste jetzt brüllen.

»Ja, freu mich.« Er war schon weg, und ich plumpste zurück in die Stille meines Abends, meines Hauses, meines Lebens.

Er redete viel, Wolf, und manchmal nervte mich sein Geplapper, aber wenn er wieder weg war, hinterließ er eine Vertrautheit, die in mir nachwirkte, die mich seine Gegenwart vermissen ließ. Er freute sich, wenn ich ihn anrief oder besuchte, er machte Platz für mich, war immer da, wenn ich ihn brauchte, das war schon früher so gewesen, das würde immer so sein. So viel war sicher. War es nicht, aber das merkte ich erst später.

Der Fluss machte seine Flussgeräusche. Endlos die Tage, die Nächte kurz. Es machte mir nicht so viel aus, wach zu liegen in solchen Nächten, weil sie so schnell vorbei waren, und mit ihnen das Grübeln und der Zorn über die Hilflosigkeit und die Ohnmacht, nicht mehr in der Hand zu haben, was andere über mich dachten. Wenn es hell war, gab es andere Gedanken, hellere, optimistischere, und die Geister der Nacht verschwanden. Aus einem Fenster von einem der Nachbarn wehte Deutschrapmusik und mischte sich mit der klassischen Musik, die nun aus meinem Radio drang, Streicher gegen die wütenden Tiraden eines unglücklichen jungen Mannes, der glaubte, dass der Arsch seiner Freundin ihm gehört.

Ein Bild von Simon mit den dichten, kurzen, schwarzgrauen Locken glitt kurz und eilig durch mein Bewusstsein. Ich wusste nicht, woher das jetzt kam, ständig passierte mir das, ich saß an meinem Tisch und notierte mir etwas und sah mich plötzlich in der Küche des Strandhauses, in dem ich vor vier Jahren zum letzten Mal mit Johanna war, die in einem Topf mit Risotto rührte, während sie vor sich hin redete, mit irgendwie sarkastischem Gesichtsausdruck. Das Bild hatte keinen Ton. Oder ich sah Benni, er war zwei und lag tobend auf der Straße vor einem Drogeriemarkt, in den er nicht hineinwollte. Oder ich begegnete Ludwig auf der Straße, ich sah ihn von weitem und wollte ihm winken, und dann fiel es mir ein. Ich wusste nicht, wo diese Erinnerungsschwaden herkamen, diese Bilder, die in meinem Kopf aufploppten und sich vor meine Gegenwart schoben. Sebastian, der in der Sonne vorausging, vor alpinem Postkartenhintergrund, und sich umdrehte und mich anlachte, das Bild war zehn oder zwölf Jahre alt, aber es tauchte auf, als ich mir vor ein paar Tagen die Zähne putzte, obwohl ich seit Wochen und Monaten keinen Kontakt zu ihm hatte. Und jetzt das Bild von Simon, von dem warmen, liebevollen Simon. Das letzte Mal als ich ihn sah, war er genervt, fahrig und merkwürdig überdreht, und es dauerte ziemlich lange, bis mir klarwurde, woher ich das kannte, was ich da an ihm sah, dass ich das von Stefan kannte, meinem ersten Freund, wenn er auf Koks war oder auf Speed Balls, und ich kannte es von früher, von Kollegen aus dem Fernsehen. Und das überraschte mich so sehr, einer wie Simon kokste doch nicht, nein, ganz gewiss nicht. Aber ich identifizierte alle Symptome, die Genervtheit, wie fahrig er war, wie viel er redete, und es gefiel mir nicht, wegen mir nicht und auch wegen Benni, ganz besonders wegen Benni, auch wenn er schon lange nicht mehr sein Therapeut war.

Ich zwang mich, an etwas anderes zu denken. Das Baby, das beruhigte mich wieder, die süße, kleine Molly mit ihren roten Backen und ihrem zahnlosen Strahlen und ihrem Glucksen, wenn ich sie auf meinen Knien hutschte, die dicken, weichen Ärmchen in meinem Griff, nichts konnte ihr passieren, nicht, wenn sie bei mir war. Es war ein Bild, das sich schnell und zuverlässig abrufen ließ, wenn ich es brauchte: zuerst nur ihr lachender kleiner Mund, das leuchtende rosafarbene Zahnfleisch, mein innerer Blick war aufs Detail fokussiert und zoomte dann langsam weg, bis ich ihr ganzes Gesicht sehen konnte, vielleicht von Karottenbrei verschmiert, das bisschen Flaum auf ihrem großen, runden Kopf, ihr kleiner weicher Körper in meinem Arm. Das half, es holte mich aus der Selbstzerfleischung heraus wie die Gummibänder, die meine Therapeutin mich eine Zeitlang am Handgelenk tragen ließ, damit ich sie schmerzhaft auf meine Haut schnalzen lassen konnte, wenn ich es nach Ludwigs Tod aus der Zorn- und Grübelspirale nicht mehr herausschaffte. Jetzt hatte ich eine perfekte, kleine Enkelin, und der Gedanke an sie beruhigte mich mehr als meine eigenen gespeicherten Bilder an den frisch aufgeräumten Geräteschuppen oder Vorratsschrank, jedes Ding an seinem Platz, an den Fluss hinter meinem Haus und jeden einzelnen Stein in der Mauer davor und jeden Fleck und jeden Farbspritzer auf meiner Veranda.

**NEBEN MIR AUF DER BANK** bemerkte ich einen weißen Fleck: Vogelscheiße. Ich spuckte auf ein zerknülltes Papiertaschentuch aus meiner Rocktasche, wischte es weg und warf es in die Rosenbüsche, wo es bald verrotten würde. Wenn man die meiste Zeit in einem schon älteren Haus auf dem Land wohnte, war es besser, nicht empfindlich zu sein. Man sollte nicht wegen jedem Dreck oder jedem Kleintier in die Luft gehen. Es machte vieles leichter. Man sollte nicht zu schmutzempfindlich oder überhaupt in irgendeiner Weise puristisch sein, man würde wahnsinnig. Ich hatte keine Zeit, pedantisch zu sein, jedenfalls redete ich mir das ein. Ludwig hatte mir immer wieder zu verstehen gegeben, dass man doch, wenn man den ganzen Tag zu Hause verbrachte und sich Geschichten ausdachte, auch ein bisschen aufräumen und putzen könne, das müsste sich doch mit dem Vorgang des Denkens gut vertragen. Du meinst, im Unterschied zu einem Tischler und weil Erfinden ja keine richtige Arbeit ist, hatte ich gesagt, jetzt im Unterschied zum Sägen und Fräsen und Möbelentwerfen. Scherz!, hatte Ludwig gesagt. War es nicht. Für einen Scherz kam es entschieden zu oft und in zu vielen Variationen. Und es nervte mich.

Ich hatte irgendwann genug davon, dass er meine Arbeit und damit mich nicht ernst nahm, dass er Schreiben im Prinzip für ein Hobby hielt, eher überrascht war, dass sich damit Geld verdienen ließ, auch wenn er selber gerne und viel las. Was ich schrieb, hatte für ihn mit dem, was er las, nichts zu tun. Mein Schreiben war für ihn keine Kunst, aber meistens bekam ich dafür mehr Geld, als er mit seinen Holzeinbauten verdiente. Jeden Tag verließ er das Haus dafür und arbeitete den ganzen Tag, vermaß, plante, verhandelte, schnitt und baute in seiner Werkstatt und in den Häusern von Fremden. Er sagte natürlich nie: Wie kann das Sortieren und Zusammensetzen von Wörtern mehr wert sein als das, was ich jeden Tag tue, wie kann ein bisschen Ordnung machen zu anstrengend sein, wenn man den ganzen Tag nur auf seinem Hintern sitzt, aber ich wusste, dass er es dachte. Ich spürte es. Dabei waren wir doch eine dieser Familien, in denen der Mann mehr Familienaufgaben übernahm als die Frau. Ludwig, der Praktische, der Kümmerer, der Zupacker. Ruth, die Kopffrau, die sich den ganzen Tag hinter dem Bildschirm ihres Computers verkroch, die Mutter, die nicht gestört werden sollte, die Ruhe zum Denken brauchte, die sich stundenlang einschloss, tagelang, in der kleinen Kammer neben der Küche, die es jetzt nicht mehr gab, deren Wand ich einriss, nachdem keine bedürftigen Kleinkinder mehr durchs Haus liefen und kein Mann mehr kontrollierte, ob ich wirklich arbeitete oder mich vielleicht nur auf Twitter herumtrieb.

Bei uns war es anders als bei den meisten anderen, wir waren eine moderne Familie mit einem Mann, dem man das Wort Gleichberechtigung nicht jeden Morgen aufs Frühstücksbrot streichen musste, und wir zeigten das gerne, wir trugen das vor uns her, seht nur, so kann man es auch machen, es funktioniert, man muss es nur wollen. Wir waren ein Team, wir agierten auf Augenhöhe, und das zeigten wir gern. Wir waren was Besseres, jedenfalls nach außen. Es war ein bisschen ein Theaterstück, das wir vor unseren Freunden aufführten, vor Ludwigs Brüdern, vor der Nachbarschaft in dieser kleinstädtischen Provinz, in der es die meisten so machten, wie es immer gemacht worden war, mit ein paar modernen Abweichungen vielleicht, aber es hatte doch funktioniert, oder nicht. Wir zeigten es, wenn Ludwig im Lokal auf der Damentoilette Windeln wechselte und sich hinterher auf Facebook darüber beschwerte, dass es auf Männertoiletten keine Wickeltische gab, wenn er für Freunde kochte, wenn er mit den Kindern zum Arzt ging, während ich auf Dienstreise war, während er sich zu Hause kümmerte und sich auf Spielplätzen von Müttern anhimmeln ließ, die sich auch so einen Mann wünschten.

In den Augen der anderen verpflichtete mich das zur Dankbarkeit für das unverdiente Glück eines solchen Ehemanns, ich sollte froh sein, über das bisschen weniger Ungerechtigkeit, dass ich nicht ganz so selbstverständlich für Küche und Familie zuständig war wie andere Ehefrauen und Mütter. Als sei es in Wirklichkeit anders für mich vorgesehen gewesen, und das war es im Prinzip auch, und ich fühlte in mir so etwas wie einen trotzigen Zwang, hier einen Ausgleich zu schaffen gegen eine unnatürliche Normalität, die meine nicht war, nicht sein sollte und konnte. Ich wollte ein lebendes Gegengewicht sein in dieser unnatürlichen Ordnung der Männer-Frauen-Dinge, also tat ich mit einem fast ideologischen Eifer nur das Notwendigste und ertrug tapfer Ludwigs stillen Unmut darüber. Könntest du nicht wenigstens ein bisschen Wäsche waschen, während du schreibst? Könnte ich. Aber ich tue es nicht. Wie erträgst du es, inmitten all des schmutzigen Frühstücksgeschirrs zu arbeiten? Schlecht, aber ich übe mich in Heroismus.

In der Unsichtbarkeit unseres Hauses fand Ludwig, dass es einer Frau, die den ganzen Tag herumsaß und schrieb, nicht schaden könnte, davon mal Pause zu machen, Kochpause, Aufräumpause, Kloputzpause. Es nervte mich, dass er meine Arbeit und damit mich nicht ernst nahm, mehr noch: Es machte mich wütend. So wütend, dass ich mich irgendwann, ohne es vorher mit Ludwig auch nur zu besprechen, in ein Gemeinschaftsbüro im Stadtzentrum einmietete, damit ich auch aus dem Haus gehen und mit dem Auto oder der Vespa wegfahren konnte, jeden Morgen.

Und es traf Ludwig dort, wo ich ihn treffen wollte: an dieser

Stelle tief in ihm drinnen, wo er seine Frau gerne ein bisschen an der Kandare gehabt hätte, wo er insgeheim dachte, dass Frauen nichts machen sollten, ohne ihre Ehemänner vorher zu informieren, so wie die Mütter dieser Männer, die von ihren Ehemännern noch eine Unterschrift gebraucht hatten, wenn sie arbeiten wollten, wie Ludwigs Mutter. Ludwig war gekränkt und genervt von meiner Entscheidung, woanders zu arbeiten, denn wir brauchten dafür ein zweites Fahrzeug, und ich kaufte mir eins, eine gebrauchte Vespa, und alles zusammen nervte wiederum mich, weil ich in Wirklichkeit viel lieber weiterhin daheim gearbeitet hätte, unbeobachtet von Fremden, in der Nähe der Jungs, wenn sie von der Schule heimkamen. Zu der Zeit als Ludwig ums Leben kam, waren wir uns nicht nah. Wir waren ziemlich weit voneinander entfernt, ohne dass einer von uns Anstalten gemacht hätte, an dieser Ferne etwas zu ändern. Im Gegenteil, zumindest was mich betraf, ich hatte Ideen in meinem Kopf, in denen Ludwig nicht mehr vorkam. Und offenbar war es auch bei Ludwig so, der, wie mir bald nach seinem Tod klarwurde, in fremden Häusern nicht immer nur arbeitete. Nach seinem Tod ging ich nicht mehr in meine Koje in dem Gemeinschaftsbüro, nur einmal noch, um meine Sachen in zwei transparente Plastikboxen zu packen und mich mitleidig ansehen zu lassen von den Leuten in den anderen Kojen, die mir verlegen ihr Beileid wünschten und von den Ideen in meinem Kopf nichts wussten. Niemand wusste etwas von diesen Ideen, außer Johanna. Nachdem Ludwig gestorben war, arbeitete ich wieder zu Hause in meiner neuen, selbstgewählten Ordnung, am Esstisch, immer ansprechbar für Benni oder wer sonst da war.

Nach Ludwigs Tod wurde mir das Ordnungmachen, das ich ihm zu seinen Lebzeiten nicht gegönnt hatte, zur Gewohnheit. Als ich mich nicht mehr auflehnen musste gegen die traditionelle Rollenverteilung, dagegen, dass das tägliche Aufräumen, Saubermachen, Kochen und Kümmern für mich zur angeborenen Lebensnormalität gehörte, während es Ludwig zu einem außerordentlich bewunderten und begehrten Exemplar seines Geschlechts machte, fing ich an, die Dinge zu tun, die ich früher nicht hatte tun wollen. Erst als er nicht mehr aufräumte, putzte und einkaufte, weil er nicht mehr da war, erst als all diese Aufgaben komplett mir zufielen und ich sie erledigen konnte oder nicht und nach eigenem Gutdünken mit ihrer Unerledigtheit zurechtkommen konnte oder nicht, fand ich an einigen von ihnen überraschenden Gefallen. Nicht nur die Ordnung der Dinge erwies sich als strukturierend und hilfreich, sondern auch die Herstellung dieser Ordnung. Das war etwas, was Ludwig nicht verstand. Man machte sauber, damit man es sauber hatte, nicht, weil es beim Denken half.

Iris hatte mal gesagt, wenn man im Sternzeichen Jungfrau geboren sei wie sie, könne man gar nicht anders, als alles immer wegzuräumen und sauber zu machen, und dass sie sich manchmal wünschte, sie könnte ein Durcheinander so entspannt ignorieren, so locker nehmen wie ich. Ich sagte, Iris, erstens glaube ich nicht an so einen Scheiß, zweitens bin ich nicht locker, ich bin einfach unordentlich geboren, und irgendwann habe ich mich halt damit abgefunden. Das konnte Iris nicht.

Sie hatte mal einen Hund und nervte mich, bevor sie ihn bekam, endlos damit, wochenlang, schon bevor sie ihn vom Züchter abholte. Der Hund war irgendein spezieller Rassemix, Golden Retriever und noch etwas, ein Welpenmädchen, das zu ihren Haaren passte, erst ein paar Wochen alt. Sie fuhr ständig hin, um ihr Baby zu besuchen, sie machte Fotos und whatsappte mir die Fotos und sagte, ist sie nicht süß, schau, wie sie schaut, und wie verliebt sie in den Hund sei und wie sehr sie sich darauf freue, diesen Hund abzuholen, und Mark freue sich auch so, was ich ihr nicht glaubte, und jedes Mal wenn wir uns trafen, redete sie praktisch ausschließlich von dem Hund. Wie der Hund in ihrem Computerladen auf einer Decke schlafen würde. Und ob ich nicht auch einen Hund wolle. Wollte ich nicht, damals jedenfalls. Würde mir guttun, nicht mehr allein zu sein, sagte Iris, nach Ludwigs Ableben. Sie sagte »Ableben«, das Wort gruselte mich, ich fand es unpassend und peinlich wie einen zu kurzen, zu engen Rock. Ableben, das hatte doch nichts mit Ludwig und mir zu tun, ableben, das war etwas für greise Operndiven. Und Benni, sagte Iris, der hätte so gern einen Hund, würde ihm auch guttun, nach allem, was er durchgemacht hatte. Ja. Würde es. Und Benni lag mir ja wirklich ständig in den Ohren deswegen.

»Ich habe schon einen Namen«, sagte sie, bevor sie den Hund abholte, »rate.«

Ich hasste Ratespielchen, und es interessierte mich eigentlich überhaupt nicht.

»Keine Ahnung, sag.«

»Rate!«

»Meine Güte, ich weiß nicht, Burschi. Oder Bello.«

»Sie ist doch ein Mädchen.« Iris sah enttäuscht aus, weil ich mir das nicht gemerkt hatte, nach all den WhatsApps, wie unaufmerksam, wie empathielos.

»Äh, Bella. Püppi. Was weiß ich.«

Sie nannte mir einen Frauennamen, den ich danach gleich wieder vergaß, ich sagte:

»Das ist doch ein Menschenname.« Und ich weiß auch noch, dass ich dachte, was das für ein saudummes Gespräch war und wie sehr es mir auf die Nerven ging.

»Das ist doch egal«, sagte sie, »ich finde den Namen süß.«

Ich wusste nicht immer, wieso ich mit Iris befreundet war, und manchmal ging ich dann ein bisschen auf Distanz zu ihr, bis sie auch wieder ein bisschen Abstand einhielt und mir nicht mehr von jeder ihrer veganen Mahlzeiten Fotos schickte. Ich sah sie erst ein paar Wochen später bei Faiz wieder, wir hatten uns zum Lunch verabredet. Dass sie keinen Hund dabeihatte, fiel mir erst nach einer Weile auf, als wir schon Kaffee getrunken und über mein nächstes Projekt gesprochen hatten.

»Wo ist eigentlich dein Hund? Wo ist der Welpe? Solltest du nicht längst deinen Hund haben?«

Sie wurde ganz fickerig. Sehr defensiv. Druckste herum. Plötzlich wollte sie über den Hund, über den sie kürzlich noch die ganze verdammte Zeit reden hatte wollen, nicht mehr reden.

»Was ist mit dem Hund, Iris?« Ich ahnte, was kam, und ich spürte, wie ich Lust hatte, in ihrer Wunde zu stochern.

Sie hatte den Hund beim Züchter abgeholt und nach ein paar Tagen wieder zurückgebracht. Der Hund war unkontrollierbar in ihrem Leben, er brachte alles durcheinander, schon durch seine bloße Anwesenheit. Er war überall, wo nichts sein sollte, nichts hingehörte. Er nagte am Sofa und an Iris' Schuhen, versuchte, in ihrem Teppich zu graben, pisste in ihr Wohnzimmer. Sie konnte ihn nicht mit in den Computerladen nehmen, den sie ein paar Jahre zuvor eröffnet hatte und in dem sie jeden Tag arbeitete, er bellte die Kundschaft an, biss in Kabel und zerstörte teure Geräte und hörte auch nicht damit auf, wenn sie ihm Kekse gab oder ihn anschrie. Er reagierte nicht, wie sie es gewohnt war, dass man auf sie reagierte, wie Mark auf sie reagierte, der ihre Launen gutmütig hinnahm und so war, wie sie es wollte, weil ihm das am meisten Ruhe garantierte. Der Hund war nicht so. Sie würde ihn nicht zur Ordnung erziehen können, jedenfalls nicht so, wie sie sich Ordnung vorstellte. Sie schaffte es, Mark in ihr System einzubauen, er passte sich an. Der Hund tat das nicht. Er störte Iris' Ordnung mehr, als sie ertragen konnte. Sie begriff plötzlich, dass sie sich an den Hund anpassen würde müssen, dass der Hund die Art ihres Lebens bestimmen würde, zumindest ein großes Stück weit.

Ich hatte mir damals kurz überlegt, den Hund zu übernehmen, für Benni und weil es bei uns wenig Ordnung zu stören gab, aber es war mir zu viel Verantwortung, ich war zu viel unterwegs, die Kinder mal da oder schon dort und kein Ludwig mehr, der beim Kümmern einsprang, wenn es mich überforderte. Ich wollte mich nicht um noch ein Lebewesen kümmern müssen. Iris' Hund verschwand dahin zurück, wo er hergekommen war. Ich stellte sie mir vor, wie sie den Hund zurückbrachte, nachdem sie den Züchter darüber informiert hatte, dass ihr Mann bedauerlicherweise allergisch gegen Hunde sei, man habe es vorher nicht gewusst. Leider. So ein Pech. Wir sprachen nie wieder über den Hund.

Aber jetzt überlegte ich mir, einen Hund anzuschaffen; seit ich mir nicht mehr sicher war, ob ich meine Türen versperrt hatte oder nicht, seit ich drohende anonyme Nachrichten bekam, seit ich wach lag in den Nächten und auf Geräusche horchte.

**FRAGEN, DIE MICH** in diesen Nächten beschäftigten:

Wer ich wäre, wenn alles zusammenbräche.

Wo ich dann stünde, im Zentrum des Sturms oder irgendwo am Rand.

Und ob ich stabil stünde.

Und wer bei mir wäre.

Wie nett man sein müsste, wie nachgiebig, wie klein und gebeugt, damit der Sturm an einem vorüberzöge, oder wer mich festhalten würde im Sturm.

Wie viele Xanax ich noch hatte.

Wer meine Freunde waren, wer meine Bekannten, wer nicht mehr.

Wie merkwürdig ich war.

Wie merkwürdig ich sein durfte. Und ob ich merkwürdiger sein durfte, weil ich machte, was ich machte, und weil ich Ludwig verloren hatte, oder im Gegenteil. Ob und wann und wie oft von mir erwartet wurde, dass ich nicht merkwürdig war, trotz allem. Wie viele Leute diese Fragen gar nicht verstanden und was man alles ausgleichen musste, um von normalen Menschen akzeptiert zu werden.

Und wie das korrekte Wort für diesen Zustand lautete. Wie lautete das korrekte Wort. Wenn ich das korrekte Wort fände, würde ich schlafen können.

Zwei. Zwei Xanax hatte ich noch.

**IN DIESER NACHT** ging ich sehr spät schlafen und schlief auch ohne Tabletten gut. Ich träumte von einem großen Hund, einem großen, langhaarigen Hund mit schwarz-weiß-braunem Fell und einem sehr sanften Blick, der vor mir herlief, in einem Laubwald, auf einer Landstraße, in einer schmalen Gasse in der Stadt, er wackelte gleichmäßig vor mir her, und zwischendurch wandte er seinen Kopf nach mir um, wie um zu sehen, ob ich noch da sei, direkt hinter ihm.

Die Sonne ging gerade auf, als ich erwachte, es regnete schon wieder nicht. Ich zog die Vorhänge auf und nahm mir vor, den Gartensprenger anzustellen. Durchs Fenster konnte ich weiter oben das blaue Fahrrad sehen, das immer noch hinter meinem Gartentor stand. Hartmann ließ es manchmal stehen, wenn er an einer anderen Stelle, die näher an seinem Haus lag, aus dem Fluss stieg. Irgendwann im Laufe des Tages verschwand es meistens wieder, oder er kam am Abend durch den Fluss gestapft und fuhr dann damit nach Hause, mit der Angel über der Schulter. Ich hörte die Hupe des Bäckerautos, das sich meinem Haus näherte, ich hätte es erwischen können, aber ich hatte noch keine Lust aufzustehen, mir etwas anzuziehen, mit dem Fahrer zu reden oder womöglich sogar mit Helga, die immer Lust auf einen Tratsch hatte. Helga war schon länger schlecht zu Fuß, nur wegen ihr blieb das Bäckerauto in unserem Vorort noch stehen, auf der Fahrt in die kleineren, bäckerlosen Ortschaften in der Gegend, und ich profitierte davon. Es ersparte mir den Weg in die Bäckerei, und es ersparte mir das Mitleid der Leute mit der verrutschten Witwe, das sich allmählich wandelte in Misstrauen gegen die Frau, die lieber allein in dem Haus ihres toten Mannes wohnen blieb, als zurück in die

Stadt zu ziehen, aus der sie dahergelaufen war. Ich ließ den Bäcker hupen und blieb im Bett. Ich klappte meinen Laptop auf. In der Nacht war schon wieder eine Nachricht gekommen, aber ich öffnete sie nicht. Stattdessen las ich eine Nachricht von Manuel, der mir schrieb, dass Diego, sein Freund, nun doch auch zu Ludwigs Geburtstagsessen käme. Ich antwortete, dass ich mich darüber freue, und las dann die Nachrichten, die in der Tennisgruppe standen. Aus dem Tennisverein hatte ich nur Ilona und Kurt zu meinem Essen eingeladen, sie waren die Einzigen, die Ludwig gekannt hatten.

Ich las eine Mail meiner Produktionsfirma und löschte ein paar Spam-Nachrichten. Wanda wollte mein Bulgogi-Rezept, und ich schickte ihr den Link der koreanischen Internet-Mutti, von der ich es hatte. Ich hörte mir ein Soundfile an, das ich im Netz gefunden hatte, wo ein Flughafenmitarbeiter aus Seattle ein Flugzeug kapert und damit herumfliegt. Während des Fluges unterhält er sich mit den Fluglotsen, die versuchen, ihn sanft auf einen sicheren Landeplatz zu dirigieren, während er in merkwürdig heiterer Stimmung erzählt, dass bei ihm wahrscheinlich ein paar Schrauben locker seien. Er sagt, dass er niemandem den Tag verderben wolle, aber irgendwann im Laufe der Aufnahme wird ihm klar, dass er genau das getan hat und dass die Situation für ihn nicht gut ausgehen wird. Kurz darauf ließ der Mann das Flugzeug auf einer unbewohnten Insel abstürzen, niemand wurde verletzt oder getötet, nur er selbst starb. Er hieß Richard Russell. Die Geschichte berührte mich. Ich machte mir eine Notiz in mein Ideen-File, vielleicht konnte ich daraus etwas machen.

Ich stand auf und ließ mir in der Küche einen Kaffee aus der Maschine, dann ging ich zurück ins Bett und las die Nachricht.

*Jetzt bist du allein, du eingebildete Dummkuh. Bist nichts, kannst nichts, kriegst keinen mehr ab, tust so, als seist du was Besonderes. Aber der Brunner will dich nicht, dein Mann wollte dich auch nicht mehr, der hatte Bessere als dich. Wolltest ohnehin abdampfen. Dein Alter hat auch jede geholzt, die nicht schnell genug durch die Tür war, und Brunner hat auch lieber Jüngere, Schönere. Geschieht dir recht. Kannst dich jetzt um Ludwigs dumme, angebumste Tochter und ihren traurigen Bastard kümmern, ihr passt ja perfekt zusammen.*

Hatte ich schon unzählige Male gelesen, in immer ähnlichen Worten und Sätzen, dazu die üblichen Informationen über Ludwigs angebliches Doppelleben, und auch Simons Privatleben. Die Nachrichten wollten mein Vertrauen erschüttern, erst das Vertrauen, das ich in Ludwig gehabt hatte, nun auch mein ohnehin längst angeschlagenes Vertrauen zu Simon. Ich verstand nicht, warum, aber es funktionierte. Aber jetzt kam auch Sophie in den Nachrichten vor, und das beunruhigte mich.

Ich drückte die Nachricht weg. Mein Kaffee war kalt geworden. Eine E-Mail meiner Agentin traf mit einem Dong in meinem Postfach ein, sie wollte noch ein paar letzte Fragen zu einem Vertrag klären, und da entschied ich, dass ich es verstehen wollte, dass ich wissen wollte, wieso das alles passierte. Ich beschloss, Valerie Adler zu schreiben.

Ich stand auf, ging in die Küche, machte mir noch einen Kaffee, drehte mir eine Zigarette, ging raus, rauchte sie nur halb, dann zog ich mich an und setzte mich an den Küchentisch. Ich suchte die Mail aus den Entwürfen, die ich schon vor Wochen begonnen hatte, ich schrieb sie fertig und schickte sie an Valeries Adresse.

*Von: ruth.ziegler@gmail.com*
*An: valerie.adler@gmail.com*
*Betrifft: Nachrichten*

*Liebe Frau Adler,*
*wir kennen uns nicht persönlich, und das würde ich gerne ändern, denn ich habe das Gefühl, das könnte uns beiden helfen. Seit einiger Zeit bekomme ich anonyme Nachrichten, die mit Ludwig und seinem, wie soll ich sagen, Nebenleben zu tun haben. Ich habe versucht, diese Nachrichten zu ignorieren, aber sie werden auch an Freunde, Verwandte und Auftraggeber verschickt, ich werde darin beschimpft, es werden wilde Lügen über mich verbreitet und über Menschen in meinem Umfeld, über Menschen, die ich liebe, und Menschen, die ich gernhabe. Jedes Nachdenken über diese Nachrichten und die Person, die sie verfasst haben könnte, bringt mich immer wieder zu einem Schluss: dass sie vielleicht aus Ihrem Umfeld stammen könnten, dass sie von einer Person geschrieben werden, die Ihnen nahesteht und die sich Rache wünscht oder Gerechtigkeit, ich weiß es nicht. Deshalb würde ich Sie gerne treffen, um mit Ihnen zu besprechen, ob Sie eine Ahnung haben, woher die Nachrichten kommen und aus welchem Grund. Vielleicht finden wir einen Weg, diese Sache zu beenden. Ich wäre Ihnen sehr dankbar, wenn Sie mir dabei helfen könnten, weil ich mir nichts sehnlicher wünsche, als dass wir alle Frieden finden und dass auch Ludwigs Andenken nicht weiter beschmutzt wird.*

*Liebe Grüße,*
*Ruth Ziegler*

Ich las die Mail fünfzigmal durch und schrieb sie noch fünfzigmal um – freundliche Grüße, liebe Grüße, beste Grüße, lg –, bevor ich damit zufrieden war, bevor ich fand, dass sie den richtigen Ton traf. Ich brauchte zehn oder fünfzehn Minuten, bevor ich es wagte, auf das »Send«-Icon zu drücken, und wahrscheinlich tat ich es schließlich nur, weil Wanda anrief, sicher irgendwas wegen des Bulgogi, und ich wollte die E-Mail los sein, bevor ich mit ihr sprach.

**SIE ANTWORTETE NICHT** am gleichen Tag und auch nicht am nächsten oder übernächsten. Ich zwang mich, nicht darauf zu warten. Ich ging Tennis spielen, schrieb ein großes Stück von meinem aktuellen Auftrag, telefonierte mit einer Regisseurin, bekam Besuch von Iris und kochte für sie, mailte mit Benni und Manuel, bereitete das Fest vor, mähte den Rasen, hängte noch mehr Lichterketten auf, telefonierte nicht mit Johanna, weil ich ihr nichts von meiner E-Mail erzählen wollte, arbeitete im Garten, dachte an Ludwig und die Geburtstage, die wir gefeiert hatten, als er noch am Leben war, und vergaß die E-Mail beinahe. Wie wenn man mit etwas Großem, Schwierigem endlich abgeschlossen hat: Man vergisst die Qual, die Anstrengung, das ganze Ereignis.

Und dann kam eine Antwort, ich bekam sie, als ich im Zahnarztwartezimmer auf meine Mundhygienebehandlung wartete.

*Liebe Frau Ziegler,*
*wer immer diese Mails verschickt: Ich bin es nicht – was Sie offensichtlich zwischen den Zeilen insinuieren wollen –, ich weiß nicht, wer so was tut und warum, ich habe damit nichts zu tun. Ich bekomme diese Nachrichten ebenfalls hin und wieder, aber ich habe eigentlich Mitleid mit der Person, die sie versendet. Ich kenne die meisten Menschen, die darin erwähnt werden, gar nicht. Was immer damals war, ist lange vorbei und spielt in meinem Leben keine Rolle mehr. Ich habe Ludwig gern gehabt, und dass er nicht mehr da ist, muss ein furchtbarer Verlust für Sie und Ihre Familie sein, und das tut mir sehr leid. Es muss Sie schrecklich mitgenommen haben, und ich verstehe, dass so was schwer zu verarbeiten ist, aber,*

*seien Sie mir nicht bös, es gibt nichts zu reden. Wir haben nichts zu besprechen, es bringt nichts. Weil ich, wie gesagt, tief in einer neuen Lebensphase stecke. Die Vergangenheit ist vergangen, und das ist gut so und es soll so bleiben.
Ich hoffe für Sie, dass Sie bald herausfinden, wer diese Nachrichten schreibt, dass die Belästigung aufhört und Sie Frieden finden. Alles Gute für Sie und Ihre Familie, LG, Valerie A.*

Frieden finden? Was sollte das heißen, Frieden finden? Wie kam sie darauf, dass ich meinen Frieden nicht hatte, sie aber schon? Was war das überhaupt für ein Tonfall, zugleich aggressiv und mitleidig und von oben herab. Ich saß im Wartezimmer und wollte schreien vor Wut, aber ich musste sitzen bleiben und mich wie eine Erwachsene benehmen. Ich setzte mir den Kopfhörer auf und suchte meine CALM-Playlist, die mir Johanna mal geschickt hatte. Ich sah zum Fenster der Praxis hinaus, bunte Menschen, die bunte Kinderwägen schoben und Hunde spazieren führten, dann wurde ich aufgerufen.

»Frau Ziegler?«

Ich bekam die Behandlung kaum mit, ich war so versunken in Valeries Worte. Sie waren zu kühl und zu kalkuliert, ich nahm sie ihr nicht ab. Wenn sie, wie sie behauptete, auch solche Nachrichten erhielt, müsste sie doch froh sein, dass ich etwas unternahm, um die Sache aufzuklären, das müsste sie doch unterstützen. Da müsste sie doch nicht so abweisend reagieren. Und wenn sie nichts davon gewusst hätte, müsste sie geschockt und entsetzt sein, oder zumindest neugierig, schließlich wurde auch ihr geliebter Ludwig angeschwärzt. So oder so, ihre Reaktion stimmte nicht: Sie wirkte vorbereitet, als hätte sie schon darauf gewartet, dass sie von mir hören würde.

Ich musste mit jemandem darüber reden, schnell. Ich rief Johanna an, kaum dass ich die Praxis verlassen hatte, aber sie hatte wohl gerade einen Patienten. Ich setzte mich in mein Auto, ließ die Tür offen und tippte meinem Therapeuten eine kurze Mail mit der Bitte um einen Notfalltermin und erhielt sofort eine Antwort, eine automatische, dass er die nächsten vierzehn Tage im Urlaub sei. Ich fuhr nach Hause, und noch vor der Haustür rief ich Simon an, obwohl ich es eigentlich nicht wollte, aber mir fiel nichts Besseres ein. Ich sagte mir, dass er schließlich in dieser ganzen Sache immer mein Verbündeter gewesen war, halb privat, halb professionell, mein Vertrauter, selbst wenn ich nun auch gegen seinen Rat gehandelt und Valerie Adler geschrieben hatte und ihre Reaktion ziemlich genau die war, die Johanna prophezeit hatte. Er hob sofort ab, und ich erläuterte ihm ohne lange Einleitung, was vorgefallen war.

»Wo bist du gerade?«

»Eben vom Zahnarzt nach Hause gekommen.«

»Kannst du mir die Mail schicken? Ich würde sie gern selber lesen. Ich ruf dich gleich zurück.«

Ich ging ins Haus an den Laptop und schickte sie ihm. Es dauerte keine fünf Minuten, bis ich ihn wieder am Telefon hatte, seine Stimme professionell und gelassen und im Beschwichtigungs-Modus.

Er fand, dass ich meine Nachricht gut formuliert hatte, dass ich ihr eine Chance gegeben hatte, die Sache ohne großes Aufheben aus der Welt zu schaffen.

»Okay, danke.«

Da war sie wieder, seine Wärme, am anderen Ende der Leitung. Er sagte: »Dennoch, ich bin nicht überrascht über ihre Reaktion.«

»Aha.« Ich konnte gerade nicht viel sagen. Nur aufsaugen.

Und er sagte noch etwas, ich kapierte es erst nicht richtig.

»Was meinst du?«

»Ist es dir nicht aufgefallen?«, sagte er. »Sie formuliert es ganz vorsichtig, aber wenn ich das korrekt lese, will sie dir subtil unterstellen, dass du diese Mails selbst schreibst.«

»Was?«

»Liest du das nicht ...«

»Wie bitte?«

»Ah, bitte entschuldige. Ich dachte, du hättest das auch so gelesen. Da, wo sie schreibt, sie versteht, dass das für dich schwer zu verarbeiten ist, dass sie Mitleid mit der Person hat, die so was schreibt. Und vor allem da zum Schluss, wo sie hofft, dass dir bald klarwird, wer diese Nachrichten schreibt, und dass du deinen Frieden finden sollst.«

»Was. Das ist jetzt ...«

»Tut mir leid.«

»Ich bin nur grad ... Das schockt mich jetzt.«

»Ich wollte dich nicht verunsichern.«

»Ja, das mit dem Frieden ist mir auch aufgestoßen, aber ich habe es ganz anders verstanden ...«

»Ja, das hat sie vielleicht auch so gemeint. Vielleicht interpretiere ich da zu viel rein.«

In meinem Inneren rotierte alles.

»Mach dir keinen Kopf deswegen, Ruth. Ich hatte nur das Gefühl, dass sie damit etwas insinuiert, aber vielleicht bilde ich mir das ja ein.«

»Das haut mich jetzt komplett um. Du glaubst, sie glaubt, dass ich die Nachrichten geschrieben habe? Ich weiß gar nicht, was ich ...«

»Ruth. Alles ist in Ordnung. Ich würde sagen – und ich sag das jetzt nicht als Therapeut, ich habe das wirklich nur ganz oberflächlich gelesen –, ich würde sagen, sie versucht, dich zu verunsichern, von sich abzulenken, sich abzuputzen.«

Mir war das nicht klar gewesen. Ich hatte nur ihr Mitleid registriert, ihre Aggressivität, und der Zorn darüber, von dieser

Frau so angesprochen zu werden, hatte mich gefühllos gemacht.

»Mir war das einfach nicht klar. Mich hat nur so gestört, dass sie mich so von oben herab abkanzelt. Ich hab das wirklich nicht so mitgekriegt. Ich muss das jetzt in Ruhe nochmal lesen.«

»Alles ist okay, Ruth. Vielleicht solltest du dich nicht zu sehr darauf einlassen. Vielleicht seh ich es ja falsch.«

»Ich denk nicht, dass du es falsch siehst, es wird mir nur erst jetzt klar.«

»Du brauchst dich nicht zu entschuldigen, Ruth. Es ist normal, dass das in dir starke Gefühle auslöst. Es ist alles okay.«

»Nichts ist okay. Nichts an alledem ist okay, tut mir leid.«

Es war eine blöde Idee gewesen, Simon anzurufen, ich hätte auf mich hören sollen. Ich beendete das Gespräch, so schnell ich konnte. »Ruf mich jederzeit an, Ruth, ja?« Sicher nicht. Ich musste nachdenken. Es musste still sein. Ich musste die Wörter noch einmal lesen, ich musste sie in eine Ordnung bringen, und ich musste sie verstehen.

Ich ging ins Haus, wo ich nochmal Valeries Mail las. Simon hatte recht, Valeries Zeilen enthielten nicht nur Mitleid, sondern auch eine Verdächtigung. Ich las es immer wieder. Es stimmte. Sie verdächtigte mich. Sie wollte mir die Schuld zuschieben.

Erst später, als ich mir ein Bier aufmachte und mich vors Haus setzte, erschöpft von diesem Tag, von dieser Wendung, als ich das Gespräch mit Simon in meinem Kopf nochmal durchging, die Sätze rekonstruierte, die Pausen dazwischen, den Tonfall, da wurde mir klar, dass ich in seinen Worten noch etwas gehört hatte, das über professionelles Interesse und freundschaftliches Mitfühlen hinausging. Ich spürte darin eine Nuance von etwas, das ich gerade woanders auch gespürt hatte, eine winzige

Schwingung einer neuen Frequenz, derselben Frequenz, auf der die Nachricht von Valerie A. geschwungen hatte: Mitleid.

Auch Simon hatte Mitleid. Simon hatte Mitleid mit mir, wie Valerie Mitleid hatte, sie beide hatten Mitleid mit der armen Besessenen, die nicht herausfand aus ihrer Trauer. Und da war noch mehr, und zwar die leise Ahnung, dass Valeries Worte in ihm etwas gesät hatten: einen Zweifel an mir. Ich ahnte, dass er es sich nun auch vorstellen konnte, dass ich es vielleicht selbst gewesen war. Ich schüttete das Bier hinunter und holte mir noch eins, dann ging ich ins Haus und schaltete den Fernseher ein, um mich abzulenken, was mir nicht gelang. Stattdessen kamen mir selbst Zweifel, Zweifel an mir. Und ich fragte mich, ob auch andere zweifelten, vielleicht schon länger, Johanna, Iris, Wanda, Wolf.

**SEBASTIAN, MEIN FRÜHERER** Fernsehkollege, mit einem halbvollen Glas Rotwein vor sich, in einem lauten mexikanischen Lokal, wie er sagte, ich solle mir mal überlegen, ob ich solche Nachrichten weiter bekommen wolle oder ob ich mir wünschte, dass das aufhört. *Will genommen werden wie eine läufige Hündin.* Ich sagte, ja, natürlich wolle ich, dass das aufhört, sofort. Sebastian, wie er fragte, wie ich dann mein Leben zu ändern gedenke, um diesen Nachrichten ein Ende zu machen. Denn vielleicht seien diese Mails ja eine Reaktion darauf, wie ich lebe. Ja, das hatte ich schon verstanden, auch wenn ich kaum glauben konnte, dass er das sagte. Dass ich das hörte, aus seinem Mund. Aus dem Mund eines Mannes, der angeberische Diskurstexte über Pop und moderne Kunst geschrieben hatte, mit dem ich nach der Aufzeichnung der Sendung durch die Bars zog, in denen unsere Freunde Musik auflegten. Der Freund, der damals mit jeder jungen, vielversprechenden Künstlerin schlief, die ihn ranließ, und manchmal auch mit jungen Künstlern, der mit zwei oder drei unserer Kolleginnen aus dem Sender etwas hatte und der gerne in Rotlichtbars ging, bevor er mit Marlene, die davor auch keine Novizin gewesen war, ins Spießerfach wechselte und Kinder kriegte. Genauso wie ich auch, als ich mit Ludwig die Kinder kriegte, aber für mich war es nur eine Lebensphase und für ihn nicht, für ihn war es eine Weltanschauung, die in ihm offenbar Moralvorstellungen aus seiner katholischen Kindheit aufweckte. Als wolle er seine wilde Adoleszenz nun wiedergutleben, so wie er offenbar der Meinung war, dass diese Nachrichten die Strafe waren für meinen Lebensstil, dafür, dass ich auf Twitter und Facebook das Maul aufriss und mit meinem Feminismus Männer verunsicherte und beleidigte.

Sebastian fand wohl, die Geschichte dieser Nachrichten habe keinen Anfang oder der Anfang sei bei mir zu suchen, die Geschichte beginne mit einer ersten falschen Entscheidung von mir und würde mit jeder weiteren falschen Entscheidung, die ich in meinem Leben traf, fortgesetzt. *Selber schuld, eitle Hure.* Und mit jeder Entscheidung, die ich falsch oder nicht getroffen hatte, die ich übersehen, verweigert oder hinausgezögert hatte und die vielleicht den Lauf der Dinge verändert, meine Schuld minimiert oder getilgt und mir so diese Strafe erspart hätte. Als sei es das ganz normale Fegefeuer, in das ein Frauenleben wie meins halt zwingend führe.

Als sei ich eine liederliche, verantwortungslose Person, die diese Nachrichten mit ihrem Lebensstil provozierte, als hätte ich mir unmittelbar nach Ludwigs Tod irgendwelche Unbekannten aus dem Internet gefischt, um mich von ihnen vögeln zu lassen, als sei ich durch die Bars gezogen und hätte mich von Fremden abschleppen lassen, als hätte ich auf Bahnhofstoiletten gierig Schwänze geleckt, *Scheissfotze, die jeden fickt, Beine breit macht für jeden Schwanz*, so wie es in den Nachrichten stand, als sei nicht Simon in der ganzen Zeit seit Ludwigs Tod der Einzige gewesen, auf den ich mich eingelassen hatte.

Aber so sah Sebastian das: Die Nachrichten handelten für ihn davon, was ich getan hatte, was ich nicht getan hatte und welche Konsequenzen das nun für mich hatte. Sie handelten von mir. Nicht die Person, die die Nachrichten schrieb, machte in Sebastians Augen Fehler, sondern die, die sie erhielt, weil sie die Nachrichten aus Gründen erhielt, die sie hätte beeinflussen können. Hättest du besser aufgepasst. Hättest du dich geschützt. Würdest du anders leben, das sagte Sebastian im Prinzip, dann hättest du diesen Dreck nicht in deiner Mailbox, und deine Freunde auch nicht. Würdest du nicht so auffallen, würdest du nicht belästigt. Lebe so, dass es andere nicht zu Untaten provoziert. *Die will auch mal wieder ordentlich durchgevögelt werden, will jeden ranlassen, immer Beine breit, will aber keiner, das grausige Stück Fleisch.* Ich weiß noch, wie ich auf Sebastians kleine, kräftige Hände mit dem fetten Ehering starrte, die in einem exakten Halbkreis um den Sockel seines Glases auf der Holztischplatte lagen. Er las meine Facebook-Postings und meine Tweets, und manche davon likte er, aber die meisten gefielen ihm anscheinend nicht. Zu selbstbewusst, zu wenig Demut, zu wenig Witwe. Würdest du richtig leben, dann würdest du auch nicht bestraft, dann müsstest du auch nicht büßen, das war es, was Sebastian sagen wollte.

Ich hatte ihn angesehen, wie man jemanden anschaut, der gerade völlig überraschend mit einem Schluss gemacht hat. Ich hatte genau gehört, was er gesagt hatte, er hatte gesagt, wenn du so was kriegst, ist es deine eigene Schuld. *Schlussverkaufsnutte.* Wenn du so was kriegst, dann willst du es wahrscheinlich. Vielleicht verdienst du es sogar. Wenn jemand so ein Wort für dich findet, musste er vielleicht nicht lange suchen, vielleicht lag es ja schon da, irgendwo in deiner Biografie, vielleicht gibt's da ja dunkle Stellen, vielleicht hast du sie nur vergessen, verdrängt, mit deinen eigenen Worten übertextet, bis du glaubtest, sie seien endgültig überschrieben, nie da gewesen. Aber vermutlich gab es sie. Vielleicht gibt es sie noch. Vielleicht tust du nur so.

Die dicken Finger seiner Ringhand hatten auf der Tischplatte Klavier gespielt, während im Hintergrund Michael Kiwanuka sang, auch daran erinnere ich mich noch, ich hatte ein paar Takte gebraucht, bis ich den Song, den ich Dutzende Male gehört hatte, endlich erkannte. Ich hatte Sebastian nicht mehr in die Augen sehen wollen, als ich ihm sagte, was ich von einem denke, der so etwas sagt, der einer Frau die Schuld dafür gibt, dass sie belästigt wird. Wir hatten längst aufgegessen und schon drei oder vier Gläser Wein getrunken, er schweren Bordeaux, ich einen italienischen Weißen. Ich brachte das Beispiel von der vergewaltigten Frau im kurzen Rock vor, die war doch dann auch selber schuld, hatte ich gesagt, oder, denn hätte sie nicht den geilen, kurzen Rock angezogen, wär ihr das nicht passiert. Sebastians Gesicht hatte sich unschön verzogen, er hatte gesagt, ihm sei bewusst, dass mir Schlimmes widerfahren sei, dass es mir schwer falle, mit dem, was mir passiert sei, fertigzuwerden, aber was ich ihm da nun unterstellte, das habe mit ihm nun wirklich nichts zu tun. In der Person, die ich hier anspräche, erkenne er sich nicht, und darüber, dass ich so von ihm dächte, darüber müsse er nun ein wenig nachdenken. Ich hatte gesagt, bitte, tu das. Ich hatte der Kellnerin gewinkt, Sebastians Ringfinger klopfte nun einen schnellen Takt in den Tisch, nein, wir wollen nichts mehr, nur die Rechnung bitte.

Wir hatten schweigend gezahlt, jeder die Hälfte der Rechnung, und offenbar dachte er noch immer nach. Wir wechselten noch ein paar belanglose Sätze über Merkel, dann gingen wir nach Hause, er rief ein Taxi, ich ging zu Fuß in die Richtung von Sophies Wohnung, während er noch darauf wartete. Auf die Mail, die ich ihm ein paar Tage später schickte, reagierte er nicht, er likte nicht mehr meine Postings und Tweets, wahrscheinlich hatte er mich gemutet; ich ihn später auch. Er hatte mich nicht entfreundet, er ignorierte mich nur konsequent. Ich hatte ihn nicht zu Ludwigs Geburtstagsessen eingeladen. Ich glaubte nicht, dass er je wieder an meinem Tisch sitzen würde oder ich an seinem.

»**Hey.**« **Es war der Tag** von Ludwigs Geburtstagsparty, und Wolf war der Erste, der erschien. Er ließ seine Reisetasche vor der Tür fallen und umarmte mich.

»Hey! Schön, dass du da bist.«

Er drückte mich länger als nötig, immer noch die Witwenumarmung, lieber zu viel als zu wenig, er konnte nicht anders. Er sah mager aus, blass und müde. Er trug alte Sneakers, die Jeans hing ihm auf den Hüften, seine Arme ragten zu dünn aus den Hemdsärmeln, er schwitzte, seine Haare klebten links und rechts an seinem Schädel, farblos und zart wie Babyhaare.

»Alles okay mit dir, Wolf?«

»Alles okay.« Ich hätte spüren müssen, dass er log. Ich hätte es spüren müssen, aber sein Lächeln und das Blau seiner Augen überstrahlten alles. »Alles okay«, sagte Wolf noch einmal, »wo sind die Kids?«

»Sophie und Molly machen Mittagsschlaf, Manuel und Diego holen Benni am späten Nachmittag am Flughafen ab, sie kommen dann gemeinsam.«

»Wo war Benni nochmal?«

»In Birmingham. Sprachferien. Er hat's gebraucht. Ist ja durchgefallen in Englisch und muss jetzt eine Extraprüfung machen.«

»Wie lange war er denn dort?«

»Drei Wochen. Bin trotzdem froh, wenn er zurück ist.«

»Du Glucke. Wie alt ist er jetzt?«

»Sechzehn. Und Glucke sagt man nicht. Man sagt Helicopter-Mum.«

»Ah, die jungen Menschen! Lauter neue Wörter immer.«

»Beziehungsweise, man klebt unter die Nachrichten der

nervtötenden Mutter einfach kommentarlos das Hubschrauber-Emoji, hat Benni unlängst.«

»Hahaha.«

»Ja.«

»Wo kann ich heute aufschlagen?«

»Über der Werkstatt diesmal? Ist das okay?«

»Sicher.«

»Kann halt sein, dass du noch Gesellschaft kriegst.«

»Kein Problem. Ich schnarche ohnehin am lautesten.«

»Geht's dir wirklich gut? Du siehst erschöpft aus.«

»Hab nur wieder mit den Mädels zu lang gefeiert.«

»Ach ja. *Forever young.* Wie lebt sich's gerade in der WG?«

»Eh gut. Alles wie immer. Nele zieht aus, aber wir haben schon eine Neue.«

»Ist das die mit den Dreadlocks und der Musik?«

»Nein! Das ist Mandy! Nele ist die Tänzerin.«

Es waren meistens junge Künstlerinnen, die in Wolfs WG zogen, junge Frauen, die von einer Stadt in die nächste übersiedelten, in eine bessere, in der sie mehr Chancen hatten, ein inspirierenderes Umfeld.

»Oke, oke. Wo zieht sie hin?«

»Berlin.«

»Na klar. Wer ist die Neue?«

»Eine junge Argentinierin.«

»Künstlerin, lass mich raten.«

»Fotografin. Assistiert bei Meyer.«

»Aha. Da kannst du dich ja gleich nach einer neuen Mitbewohnerin umsehen. Bei Meyer hält es keine lang aus.«

»Die vielleicht schon. Sie wirkt sehr zäh.«

Aus Sophies Zimmer drang Gequietsche.

»Warte, ich hol mal Molly. Kann Sophie noch ein bisschen schlafen.«

Ich ging durch den Flur in Sophies Zimmer. Sie lag in ihrem Bett, sorgfältig um Molly drapiert, die sich aufgesetzt hatte, und mich anstrahlte, als ich das Zimmer betrat.

Ich flüsterte: »Baby!«

Sophie schlug die Augen auf, ich strich ihr über die Haare und hob Molly hoch.

»Schlaf noch ein bisschen.«

»Ich komme gleich und helfe dir.« Sophies Augen fielen schon wieder zu.

»Alles gut, schlaf weiter. Wolf ist schon da und kann helfen.«

Molly klammerte sich an meinen Hals, ich küsste sie auf die Wange und schloss leise die Tür hinter mir.

»Molly!«, sagte Wolf. »Du süßes fettes Baby!«

Molly verbarg ihr Grinsgesicht an meinem Hals, als würden der Raum zwischen meinem Kinn und meiner Schulter und ihr Kopf zusammengehören, ein Puzzle aus zwei Menschen, eine Frau, ein Baby, dabei waren wir nicht mal ordentlich verwandt.

»Hast du Hunger, Süße?«

Ich setzte sie auf meine Hüfte, hielt sie mit einem Arm umschlungen und holte eines der Gläser mit Biobabybrei vom Regal.

»Warte.« Wolf nahm mir das Glas ab und schraubte es auf. Der Deckel öffnete sich mit einem Schnalzen. Er zog einen kleinen Plastiklöffel aus der Schublade. Er kannte sich bei mir aus.

Draußen zogen sich graue Wolken zusammen. Ich band Molly ein Geschirrtuch um den Hals und löffelte ihr Brei in den Mund.

»Ich hoffe, es fängt nicht an zu regnen.«

Wolf sah zur offenen Terrassentür raus.

»Denke nicht. Das verzieht sich. Wann kommen die anderen?«

»So ab sechs.«

»Wer kommt denn alles?«

»Die Üblichen. Ludwigs Brüder und ihre Frauen, Iris, Billy vielleicht, wenn es sich ausgeht. Helga, Hartmann und Faiz, der kommt später, nach Sperrstund. Ilona und Kurt. Und Johanna natürlich.«

»Simon?«

»Simon nicht.« Das unangenehme Gespräch mit Simon fiel mir wieder ein, aber ich versuchte, den Gedanken sofort wieder zu verdrängen.

Eine Millisekunde lang wirkte Wolf erleichtert. Er war der Einzige meiner Freunde, der Simon nicht besonders mochte, ich wusste nicht, ob es wegen Simon war oder wegen mir oder wegen dieses Geburtstagsessens, bei dem ich Simon vorgestellt hatte. Vielleicht hatte Wolfs Reaktion darauf, dass Simon nicht kam, damit zu tun, vielleicht nicht, vermutlich lag es an Simon, dessen Charme, anders als bei den anderen, bei Wolf nicht wirkte.

»Warum kommt Simon nicht?«

»Ach. Erstens wär's doch merkwürdig, oder, zu Ludwigs Geburtstag. Zweitens, ich hab's beendet. Also, das bisschen, das zu beenden war. Endgültig. Hat nicht mehr gepasst.« Und ich hätte ihn nicht anrufen sollen, verdammt, ich hätte Simon nicht anrufen sollen. Und obwohl ich versuchte, es zu verdrängen, kam es wieder hoch, unser Gespräch, Valeries Mail und noch etwas: Dass ich seither keine Nachrichten mehr bekommen hatte. Nichts. Und niemand hatte mir etwas weitergeschickt.

Wolf sagte nichts, er wollte wohl nicht über Simon reden. Molly sabberte ihren Obstbrei über ihren Latz, ich fing ihn mit dem Löffel auf und schob ihn ihr wieder in den Mund.

»Schmeckt's, Molly? Fein ist das, oder?«

Die Wolkendecke draußen verdunkelte die Küche. Ich glaubte, ein leises Donnern zu hören. Wolf sagte immer noch nichts.

»Hast du eigentlich mal wieder solche Nachrichten bekommen?«, sagte ich.

»Ach, schon wieder diese Nachrichten. Machst du dir immer noch so einen Kopf deswegen?«

»Hast du?«

»Nein. In letzter Zeit nicht.«

»Wie lange schon?«

»Ich weiß nicht, Ruth. Ich schau nicht wie du jeden Tag in meine Mailbox, ob ich neue Mails von irgendwelchen Idioten bekommen habe. Ich glaube, die letzte war vor drei oder vier Wochen. Hab ich sie dir nicht brav geschickt, wie du befiehlst?«

»Ja, stimmt, ich erinnere mich.«

Ich schob Molly den letzten Löffel Brei in den Mund, stand auf, setzte sie wieder auf meine Hüfte, zog ihr das Geschirrtuch vom Hals, hielt es unter den Wasserhahn und wischte Molly das Gesicht ab. Sie wehrte sich gegen das feuchte Tuch und greinte.

»Haben wir gleich, Süße. So, schon sauber.«

»Wieso ist das denn so wichtig, wann ich was bekommen habe?«

»Ich hab ihr geschrieben, deshalb.«

»Wem jetzt?«

»Dieser Valerie. Die, mit der Ludwig was hatte.«

»Aha.« Es interessierte ihn nicht übermäßig.

»Sie hat's abgestritten, aber weißt du was?«

Ich drückte Molly eine Rassel in die Patschhand. Sie schmiss sie sofort auf den Boden, mit Begeisterung, ich hob sie wieder auf.

»Was?«

»Seither ist nichts mehr gekommen. Vielleicht hat es was bewirkt, dass ich sie damit konfrontiert habe.«

»Na, dann ist es ja gut«, sagte Wolf wie jemand, der das Thema lieber nicht weiter vertiefen wollte.

»Ja, endlich«, sagte ich, während ich Mollys Rassel am Boden ertastete, »hoffentlich. Hier, Baby!«

Sophie kam die Treppe herunter, umarmte Wolf, sie unterhielten sich ein wenig, dann ging sie unter die Dusche. Ich setzte Molly in ihren Spielkäfig, steckte später mit Sophie und Wolf Fleisch auf Spieße, wir schnitten Gemüse und legten noch mehr Fleisch mit Rosmarin aus dem Garten, Knoblauch und Zitronenscheiben in eine Schüssel, mischten Olivenöl darunter und redeten darüber, mit welcher Liebe und Sorgfalt Ludwig das früher gemacht hatte an seinem Geburtstag. Wir zogen auf der Veranda den Tisch aus, ich wischte ihn ab, warf ein buntes Tischtuch darüber, und wir deckten auf.

»Apropos«, sagte ich, »was wolltest du mir erzählen, Wolf?«

»Morgen«, sagte Wolf, »wenn wir in den Wald gehen.«

**DIE ERSTEN GÄSTE** trafen ein, während Wolf noch bunte Luftballons aufblies, als feierten wir eine Kinderparty, nicht das Geburtstagsfest für einen Toten.

Wanda hing an meinem Hals, als Johanna kam. Johanna zwinkerte mir zu und gab mir dann einen Kuss auf die Wange.

»Alles gut, Schatzi?«

»Alles gut, Sweety. Schön, dass du da bist.«

»Hello, Johanna!« Wanda wechselte an einen anderen Hals. Ich schnitt hinter ihrem Rücken eine freundliche Grimasse, die nur für Johanna bestimmt war und in der sie lesen konnte, was sie eh schon wusste. Wanda hatte zu viel getrunken. Kam öfter vor, aber es wurde ihr stets nachgesehen: Sie war so nett, so charmant, so lustig, so schön. Ich dachte manchmal: In zehn Jahren, Wanda, da sieht das anders aus, deine Sauferei, da sieht das anders aus an dir. Aber jetzt noch nicht. Jetzt ging sich das noch aus. Und jetzt hatte sie Bernhard. Sie hatte Bernhard, der sie liebte und hofierte, sie war seine Prinzessin, immer schon, und sie würde es bleiben, auch wenn sie ihn oft gar nicht zu bemerken schien, er war einfach da, neben oder hinter ihr, schattengleich. Sie war schon angeschickert, als sie ankam, was ich erst fast nicht bemerkt hätte: Ich war wie jedes Mal von ihrer Erscheinung fasziniert, wie lässig sie war, wie elegant in ihrem Kleid, das sie wahrscheinlich in einem Secondhandladen gekauft hatte, was Bernhard hasste. Es war ein langes, verwaschenes Frotteekleid aus den Siebzigern, das nur sie tragen konnte und das ihren von Sommersprossen übersäten Rücken freigab. Ich kannte keine attraktivere Frau, keinen perfekteren Körper, kein sonnigeres Lächeln. Wanda sah auf jedem Foto gut aus, egal, aus welchem Winkel man sie erwischte, und wenn sie bemerkte, dass sie fotografiert wurde, warf sie sich lächelnd in Posen, die sie noch besser aussehen ließen, noch selbstsicherer. Ich hätte das auch gern gehabt, diese Sicherheit.

Ich liebte Wanda. Sie kümmerte sich um mich nach Ludwigs Tod, sorgte dafür, dass ich wieder unter Leute kam und dass Dinge erledigt, Sachen repariert wurden. Dass sie schon leicht angetrunken war, als sie mich umarmte, wäre mir nicht aufgefallen, wenn ich nicht gleichzeitig gemerkt hätte, dass Bernhard noch ein wenig übellauniger war als sonst. Wie immer versuchte Bernhard, seinen Zorn über den Zustand seiner Frau mit einer breit grinsenden Jovialität zu kaschieren, von der ich wusste, dass sie bei der ersten Gelegenheit, kaum dass Wanda sich von ihm abwendete und in irgendein Gespräch stolperte, von ihm herunterbröseln würde wie lockerer Putz, und zum Vorschein käme weiße Wut. Weil Wanda ihn ignorierte, weil er hier war, wo alle es sehen konnten, weil er hier sein musste, obwohl sein Bruder tot war, weil er mich immer noch ertragen musste, da er mit meinen Söhnen und meiner Stieftochter verwandt war, weil ich immer noch hier war, in Ludwigs Haus, auf dem Grundstück, das er gerne gekauft und lukrativ bebaut hätte, weil er mich gerne schwächer gehabt hätte, kaputter, abhängiger, bedürftiger, weil er es nicht ertrug, dass Wanda und ich trotz seiner Ablehnung eine stabile Freundschaft verband, die ihn zwang, mir gegenüber gute Miene zu wahren, weil ihm sonst die Verachtung seiner schönen Frau sicher war.

Wanda beherrschte das perfekt: Bernhard verachten. Es war kein aktiver Vorgang, sie schaffte einfach eine Aura, in der Bernhard nicht mehr nur ihr Schatten war, sondern gar nicht existierte. Je mehr Wanda Bernhard inexistent machte, desto mehr wollte er existieren, musste er seine Ohnmacht abreagieren, an jemandem, der nicht Wanda war, an jemandem, der augenscheinlich ohne Schutz war, ohne Beschützer zumindest. Ich fühlte seinen Zorn, selbst wenn er zwanzig Meter entfernt einen Korken aus einer Flasche zog, und seine Präsenz machte mir Angst, seit Ludwig nicht mehr da war. Ich musste mich selbst beschützen. Ich konnte mich selbst beschützen, aber es war anstrengend, und ich hätte nichts dagegen gehabt, wenn jemand mir diese Aufgabe abgenommen hätte. Wenn jemand geknurrt hätte zwischen Bernhard und mir, hörbar. So konnte ich mich nur auf meine Schutzsysteme verlassen oder hoffen, dass Wanda in der Nähe und noch nüchtern genug war, um ihn rechtzeitig mit einem Blick zu vernichten. Meistens war sie das nach kurzer Zeit nicht mehr, und je betrunkener sie wurde, desto wütender wurde Bernhard, desto mehr wollte Bernhard sich an mir abreagieren, mit bösen Bemerkungen und gemeinen Anspielungen, und ich passte auch an diesem Abend auf, ihm nicht zu nahe zu kommen.

Es war nicht schwer. Ich hatte Johanna, die ein Auge auf ihn hatte und der ich zwischendurch, als wir kalten Sprudel holten, erzählte, dass keine Nachrichten mehr kamen. Ich gestand, dass ich Valerie doch geschrieben hatte, was sie nicht überraschte, wie Valerie geantwortet hatte und von dem unangenehmen Gespräch, das ich mit Simon geführt und das ich bereut hatte. Deine Schuld, sagte ich, weil du keine Zeit für mich hattest, und sie hatte gesagt, ja, Mausi, kommt nie nie wieder vor.

Ich war umgeben von Freundinnen und Freunden, die mir ihre Hilfe anboten, von Wolf, von meinen Söhnen und von Manuels Freund Diego. Sie waren am frühen Abend alle gemeinsam angekommen, und ich war so froh, sie wieder in die Arme schließen zu können, gemeinsam mit meiner Stieftochter und ihrem Baby. Ich war eingehüllt von Liebe, umfedert vom Gelächter der Menschen, die ich liebte, von der Musik, die Wolf auflegte, von den Gerüchen, die Hartmann am Grill produzierte. Ein Sommerabend so warm und sanft, wie er nur sein konnte, die Sterne glitzerten über uns, es schien allen gutzugehen. Ich versuchte, nicht an Valerie zu denken, an Ludwig und Valerie und Simon und an das, was sie mir geschrieben hatte, und es gelang mir beinahe.

Als alle gegessen hatten und die ersten Leute zu tanzen anfingen, zu den Stones-Songs, die Wolf spielte, stand ich einen Moment allein an der Hauswand, mit einer Zigarette und einem Glas Champagner, und schaute mir das alles an, wie Ludwig es gesehen hätte, und spürte ihn, spürte die Freude, die ihm das alles gemacht hätte, und das Glück überragte die Traurigkeit darüber, dass er nicht da war, zumindest ein bisschen.

Am nächsten Tag wachte ich früh auf, frisch und überraschend unverkatert. Ich machte Kaffee und füllte den Wasserkocher, während die, die über Nacht dageblieben waren, noch schliefen, dann schlich ich mich hinauf in Sophies Zimmer. Sophie lag auf dem Bauch und schlief fest, aber neben ihrem Bett stand Molly schon hellwach in dem alten Gitterbett, das Ludwig für Manuel gebaut hatte, hielt sich mit ihren Patschhändchen an der oberen Stange fest und quietschte und hüpfte, als sie mich sah. Ich hob Molly aus dem Bett, sie umhalste mich, während Sophie kurz ein Auge öffnete.

»Schlaf weiter, ich kümmere mich.«

»Danke, Ruth.« Sie schlief sofort wieder ein.

Ich zog ein paar Babysachen aus der offenen Reisetasche am Boden, schloss leise die Tür und ging mit Molly ins Bad, wo ich sie auf der Kommode wickelte, während ich auf sie einredete und sie am Bauch kitzelte und ihr sagte, wie toll sie sei und wie süß und wie lustig. Sie krächzte und kicherte begeistert. Ich zog ihr einen grünen Body mit lilafarbenen Häschen an und darüber eine kurze, weiche Hose, ich kämmte ihre Haare mit einer weichen Bürste, was sie nicht so gut fand, dann hob ich sie hoch und ging mit ihr in die Küche, wo ich sie in ihren Babystuhl setzte und ihr dann ein Fläschchen aus abgekochtem Wasser und Milchpulver mischte. Ich hielt die Flasche unter das kalte Wasser aus dem Wasserhahn, drehte sie und ließ etwas Flüssigkeit auf die Innenseite meines Unterarms tropfen. Während ich feststellte, dass es noch zu heiß war, kam Wolf in die Küche. Er sah blass und müde aus.

»Es dauert ewig, bis diese modernen Plastikflascherl abkühlen, mit den alten Glasflaschen ging das so viel schneller.«

»Dir auch einen wunderschönen guten Morgen!«, sagte Wolf.

»Guten Morgen! Gut geschlafen?«

»Geht so«, sagte Wolf, während er Molly aus ihrem Sitz hob und an sich drückte. Ich beobachtete ihn mit einem gewissen Erstaunen, das kannte ich gar nicht an ihm, so eine Kinderliebe. Er hatte nie Kinder gewollt und sich auch für fremde Kinder nur so weit interessiert, als es die Freundschaft mit ihren Eltern erforderte. Er mochte meine Kinder, er erkundigte sich höflich nach ihnen, aber sie waren ihm im Prinzip fremd gewesen, erst seit sie größer waren, konnte er etwas mit ihnen anfangen.

»Darf ich sie füttern?« Was war los mit ihm? Hatte er doch wem ein Kind gemacht, vielleicht einer der Frauen aus seiner WG, wollte er mir das erzählen?

»Sicher. Moment.«

Ich testete nochmal die Temperatur, jetzt war es okay. Ich reichte ihm die Flasche, Molly schnappte gierig danach und ließ sich dann in seinen Arm sinken, konzentrierte sich ganz auf die Aufnahme von warmer Milch.

»So eine Süße«, sagte Wolf. Wir frühstückten, dann packten wir Molly in ihren Buggy und gingen los, in einen perfekten, strahlenden, sonnenwarmen Spätsommermorgen hinein, und als wir im Wald waren, kurz vor dem Baumtunnel, erzählte mir Wolf, dass er Lungenkrebs im fortgeschrittenen Stadium hatte und bald sterben würde.

**HERBST 2019**

**NACH WOCHEN DER STILLE** schrieb Simon, er hoffe, es gehe mir gut, er denke oft an mich. Ich antwortete nicht. Der Sommer verging langsam, ich war viel zu Hause, arbeitete, räumte im Haus herum, entrümpelte die Zimmer, verkaufte ein paar Dinge auf Internet-Flohmärkten, warf einiges weg. Ich hatte ein großes Bedürfnis nach Aufgeräumtheit, nach leerer Luft, nach Übersicht und einer zuverlässigen Ordnung, jedes Ding an seinem Platz, nach einer Ruhe des Blicks. Simon störte diese Ruhe, indem er dann immer wieder schrieb, er vermisse mich und die Gespräche mit mir. Er likte meine Fotos auf Facebook und Instagram, kommentierte freundlich einige Tweets von mir, aber ich antwortete weiterhin nicht. Ich wollte nicht mehr. Simon war Vergangenheit für mich, jemand aus einer anderen Zeit, ich hatte ihn schon fast ganz aus meinem System hinausgeräumt.

Auch die Nachrichten hatten aufgehört. Ich fragte nach bei Wanda, bei Johanna, bei Danica: nichts. Ich traute dem Frieden nicht ganz. Aber ich gewann langsam mein Selbstvertrauen zurück. Ich studierte mich nicht mehr im Spiegel, um zu überprüfen, ob mein Hintern wirklich so fett war, wie die Nachrichten behaupteten, ob ich vielleicht ganz anders aussah, als ich mich selber wahrnahm. Nichts kam mehr. Vielleicht hatte ich doch richtig gehandelt, hatte meinen Instinkten zu Recht vertraut.

Ich verbrachte viel Zeit mit Molly. Ich kümmerte mich um Wolf, zu sehr, seiner Meinung nach.

»Hast du keinen anderen Kerl, dem du auf die Nerven gehen kannst, was ist mit dem Schweizer?«

»Ich hab dir doch gesagt, es ist aus.«

»Ja, schon ungefähr achtmal.«

»Es ist aus. Fix. Vergiss ihn. Wie geht's weiter bei dir?«

Er sagte, er wisse es noch nicht.

Ich stand auf der Veranda und rauchte möglichst still, damit Wolf es nicht bemerkte, während ich mit ihm telefonierte. Es wurde Herbst, man sah und roch ihn überall, ein heftiger Wind wehte, harte Böen, die die Weiden am Fluss knacken ließen.

»Wie, du weißt es nicht. Weiß es dein Arzt nicht?«

»Meine Ärztin. Sie will, dass ich sofort mit einer Chemo beginne. Aber ich weiß nicht.«

»Bist du irre?«

»Nein. Mein Leben.«

»Ja schon, aber du willst es doch jetzt nicht sofort beenden.«

»Ruth. Bitte.«

»Nein, echt jetzt, Wolf. Ich will, dass du mit einer Behandlung anfängst. Du kannst doch nicht einfach nichts tun.«

»Stell dir vor, das kann ich schon.«

»Lass ich nicht zu.«

»Bitte, Ruth, ruf den Schweizer an. Such dir ein anderes Opfer. Mir ist das gerade ein bisschen zu viel Bemutterung.«

**UND DANN WAR DA DIE SACHE** mit Sophie, die an mir nagte. Schon lange an mir nagte. Sophie hatte mir mit sechzehn oder siebzehn einmal gesagt, dass sie keine Feministin sein wolle. Wir diskutierten beim Abendessen, und danach, als sich Ludwig und die Jungs vom Tisch geschlichen hatten, redeten wir weiter. Sophie sagte, sie könne nicht nachvollziehen, warum ich wegen der kleinsten Ungerechtigkeit, die Frauen widerfuhr, so ein Fass aufmachte. Es gäbe viel ärgere Probleme auf der Welt, ist es nicht viel schlimmer, dass wir Jungen vielleicht gar keine Zukunft haben, weil ihr Erwachsenen den Planeten konsequent zerstört habt? Ich sagte, ja, das ist auch wichtig, du hast recht, aber dennoch. Ich erzählte ihr von einer Bekannten, die ihren Job verloren hatte, weil sie sich in ihrer Firma darüber beklagt hatte, dass sie von Männern angemacht wurde. Ich sagte, wie arg ich das fände, dass hier, wie so oft, das Opfer bestraft werde, entfernt werde, damit die Täter keine mehr seien, wie wieder die Kerle zusammenhielten. Sie sagte: »Aber das passiert Männern doch auch«, und ich flippte aus, weil ich dieses Aber-die-Männer-Argument nicht mehr hören wollte, und schon gar nicht in meiner eigenen Familie. Ich hatte einen anstrengenden Tag hinter mir, ich war gereizt. Sie sagte, ja, aber sie habe zum Beispiel einen schwulen Klassenkollegen, der sei verprügelt worden, nachts in einer U-Bahn-Station, weil er da in High Heels und mit Lippenstift auf die U-Bahn gewartet hatte. Verprügelt, verstehst du, sagte Sophie, und dass sie das schlimmer finde, als wenn einem in der Arbeit was Anzügliches gesagt oder auf der Straße nachgepfiffen werde. Ich fragte sie, ob sie sich nicht belästigt fühle, wenn ihr so was auf der Straße passiere, und sie sagte, es sei ihr noch nie passiert. Das glaubte ich ihr nicht, was ich ihr auch sagte, woraufhin sie zornig wurde und gekränkt war, weil ich ihre eigenen Erfahrungen kleinredete, und ich sah, wie sie kämpfte, um ihre Meinung, um eine Haltung und darum, die Qualität ihres Erlebens selbst beurteilen zu dürfen. Ich hatte ein schlechtes Gewissen, dass ich sie so angefahren hatte. Ich fragte, so sanft wie möglich: Wirklich, bist du sicher? Hast du dich nicht im Bus gefürchtet, erst unlängst, als du vom Tanzunterricht heimgefahren bist, weil dich dieser Kerl die ganze Zeit anstarrte? Sie sagte, das sei was ganz anderes gewesen, der sei auf Drogen gewesen oder so was, unberechenbar, deshalb habe sie Angst gehabt. Ich versuchte, nicht wieder so ungläubig zu schauen, aber ich erinnerte mich genau, dass sie die Geschichte anders erzählt hatte an dem Abend, dass sie wirklich verängstigt war. Ich fragte sie, ob ihr klar sei, warum Ludwig ihr eine Kreditkarte gegeben und ihr angeordnet hätte, vor allem nachts immer ein Uber zu benutzen, egal, von wo sie heimmusste, und sie sagte, ja, weil ihre Mutter und ihr Vater und ich überängstlich seien, sie habe nicht darum gebeten. Ich sagte, nein, wir sind nicht überängstlich, wir sind realistisch. Ich sagte, weißt du, wie viele Frauen heuer schon von ihren Männern oder Exmännern ermordet wurden? Sie sagte, was hat das damit zu tun? Ich sagte: 43. Weißt du, wie viele Männer von ihren Frauen ermordet wurden? Null wahrscheinlich, sagte Sophie, genervt. Einer, sagte ich, ich hatte es am Vortag gelesen, aber ich sagte es so sanft wie möglich, ohne Triumph, weil ich den Punkt überschritten hatte, an dem sie bereit war, das Gespräch mit mir weiterzuführen oder mir auch nur zuzuhören. Ein Wort zu viel, und man bewirkte das Gegenteil von dem, was man mit dem Gespräch erreichen wollte.

Vielleicht gab ich mir auch deshalb für die ganze Geschichte mit ihrer Schwangerschaft, mit dem Baby, mit dem Vater, von dem ich nichts wusste, nur Schlimmes ahnte, irgendwie eine

Mitschuld. Ich fühlte mich mitverantwortlich. Vielleicht hatte ich Sophie mit meinem Pessimismus zu sehr provoziert, sie zum Widerspruch herausgefordert und dazu, mir zu beweisen, dass die Welt nicht so war, wie ich sie sah. Die Männer nicht so schlecht. Die Frauen nicht grundsätzlich benachteiligt, nicht immer das Opfer. Nicht jedem Mann war grundsätzlich zu misstrauen, nicht an jeder Ecke lauerte Gefahr. Man musste Männern wahrscheinlich so entgegentreten, wie Sophie es tat: stark, autark und selbstbewusst. Sophie fand, wenn man nicht wie ein Opfer auftrat, dann wurde man auch keins. Ich stimmte ihr zu, ich fühlte mich ja nicht als Opfer, aber anders als sie sah ich überall Gefahr.

Ich war in Wien, hatte meine Termine abgearbeitet, war in der Bibliothek gewesen, bei meinem Vater im Heim, der mich erst nach einiger Zeit erkannt hatte und dann auch schnell wieder vergaß. Ich hatte für Sophie und mich Essen vom Asiaten besorgt, Sushi für mich, Bibimbap für sie, California Rolls und ein paar Flaschen Tiger Beer für uns beide. Danach hatte ich Molly den Schlafanzug angezogen und ihr auf dem Sofa eine Geschichte vorgelesen, ich brachte sie ins Bett und sang ihr das slowenische Schlaflied vor, das mir meine Mutter immer vorgesungen hatte und an das Molly sich vielleicht irgendwann erinnern würde, später, wenn sie erwachsen war, so wie Manuel, der es kürzlich im Auto angestimmt hatte, als wären nicht zwölf oder mehr Jahre vergangen, seit er es das letzte Mal gehört hatte. Molly schlief, bevor ich die letzte Strophe beendet hatte. Ich ging zurück in die Küche, wo Sophie schon den Tisch abgeräumt und Mollys Gekleckse weggewischt hatte. Wir hatten schon jede ein Bier getrunken, ich holte uns ein zweites aus dem Kühlschrank.

    Ich weiß nicht, warum ich sie an diesem Abend fragte. Ich weiß nicht, warum es der richtige Zeitpunkt zu sein schien, nach den fast zwei Jahren, die ich nicht danach gefragt hatte, weil Sophie deutlich gemacht hatte, dass sie nicht gefragt werden wollte. Aber jetzt fragte ich.

Ich sagte: »Willst du es mir nicht endlich erzählen?«

»Was erzählen?«, sagte Sophie, die genau wusste, was.

»Wer Mollys Vater ist«, sagte ich. »Und warum du noch nie darüber gesprochen hast.«

Sie wurde so ernst, wie ich sie seit sehr langer Zeit nicht gesehen hatte.

Sie sah mich an und sagte: »Es gibt keinen.«

»Es muss einen geben.« Diesmal würde ich nicht zurückweichen.

»Es gibt keinen Vater, Ruth.«

Und dann erzählte sie mir endlich, was geschehen war oder was geschehen sein musste, denn sie konnte sich an das meiste nicht erinnern. Der Großteil der Nacht war in ihrer Erinnerung nicht vorhanden, oder nur als traumartige Fetzen. Sie war in einer Bar gewesen und hatte auf eine Freundin gewartet, die dann nicht gekommen war. Sie war geblieben. Sie hatte getrunken. Sie hatte sich mit Leuten unterhalten, sie sagte: »mit Leuten«. Sie hatte noch mehr getrunken, Wodka Red Bull und anderes. Und das Nächste, woran sie sich erinnerte, war, dass sie nackt in einem fremden Bett bei einem fremden Mann aufwachte und dann in einen fremden Hausflur kotzte und dass es früher Morgen war und dass sie irgendwie nach Hause taumelte und weiterkotzte. Ich dachte, warum hast du mich nicht angerufen, warum hast du mich nicht angerufen. Sie sagte, es war nicht das erste Mal gewesen, dass sie zu viel getrunken hatte, und es war nicht das erste Mal, dass sie mit einem Mann nach Hause ging, den sie gerade erst getroffen hatte, meistens, nachdem sie ihn bei Tinder gematcht hatte. Aber es war das erste Mal, dass sie sich an gar nichts erinnern konnte, an nichts.

Sie verdrängte die Nacht, es war ihr peinlich, sie schämte sich. Ihr war klar, dass irgendwas nicht stimmte, und sie wollte diese Blamage vergessen, sie hatte sie eigentlich schon vergessen, als ihr klarwurde, dass ihre Periode überfällig war. Weißt du, meine Tage kamen immer unregelmäßig, es war nicht das erste Mal, und ich nahm es überhaupt nicht ernst, weil, weißt du, ich bin ja keine Idiotin, ich schlafe doch nicht ohne Kondom mit meinen Tinder-Dates, niemals, also was sollte schon sein. Aber es war was, eindeutig. Ich verdrängte es, bis es sich nicht mehr verdrängen ließ, dass ich schwanger war. Ich sah es schon im Spiegel. Und mir wurde langsam klar, was in der Nacht wirklich passiert war, dass ich nicht einfach nur zu viel getrunken hatte. Als ich endlich zur Gynäkologin ging, war ich in der 18. Woche.

Ich sagte: »Sophie«. Ich versuchte, nicht zu weinen.

Sophie sagte: »Warte.« Sie hatte ihr blondes Haar zu einem hohen Dutt zusammengerafft, und die Tapferkeit schnitt ihr scharfe Linien ins Gesicht, die ich nicht sehen wollte, ich wollte nicht, dass meine schöne, kluge Stieftochter so tapfer sein musste. Und dann erzählte sie mir, warum sie niemandem sagen wollte, wer der Vater ihres Kindes war, warum sie es immer noch nicht sagte, auch mir nicht, warum sie seinen Namen in einem Safe in sich verschloss: Weil sie keinen Beweis hatte, dass es eine Vergewaltigung war. Sie sagte endlich das Wort: Vergewaltigung. Weil sie sich an nichts erinnern konnte. Weil sie getrunken hatte, richtig viel getrunken. Weil sie davor mit vielen Männern geschlafen hatte, nach der Trennung von Lukas. Sie sagte, glaub nicht, dass ich nicht weiß, dass ich das darf, trotzdem. Es ist anders bei Frauen.

Sie sagte, wenn sie nicht schwanger gewesen wäre, dann hätte sie ihn vielleicht angezeigt, als ihr richtig klarwurde, was geschehen sein musste. Sie hätte sich vielleicht eine Anwältin genommen, sie hätte Zeugen gefunden, sie hätte das durchgezogen. Aber sie war schwanger, und sie konnte das Kind nicht mehr wegmachen, und sie hatte es im Ultraschall gesehen, es hatte Arme und Beine, und sie hatte seinen Herzschlag gehört, es war schon ein Kind, es war schon ihr Kind. Ihr Kind. Sie wollte es, egal, woher es kam. Und sie hatte solche Angst, dass der Mann von ihrem Kind, dass er von Molly erfahren könnte. Dass er behaupten würde, es sei alles einvernehmlich geschehen, eine betrunkene, achtlose Frau und ein betrunkener Mann, und dass er vielleicht einen Vaterschaftsanspruch stellen würde, es könnte sein, es wäre möglich. Dass er vor Gericht gehen, dass er behaupten würde, es sei alles einvernehmlich geschehen, es könnte sein, es wäre möglich. Sie hatte Angst, dass man ihm glauben würde. Der Gedanke machte sie panisch, dass er Sorgerechtsansprüche auf sein Kind stellen könnte, dass sie gezwungen würde, von einem Richter, einem Gericht, ihrem Vergewaltiger sein Kind zu überlassen, einmal die Woche, jedes zweite Wochenende, zwei Wochen im Sommer.

Ich konnte überhaupt nichts sagen.

Das ist schon passiert, Ruth, sagte Sophie, weißt du, solche Dinge passieren, ich habe es gelesen. Ja, ich hatte auch eine dieser Geschichten gelesen, es war in Amerika passiert, es konnte überall passieren.

Würde man mir glauben, wäre das sicher? Das wäre alles andere als sicher, Ruth. Ich habe keine Erinnerung und keine Beweise, sagte Sophie, und niemand, den ich kenne, dem ich vertraue, war dabei. Es war irgendeine Bar, in der ich vorher nie war, und es waren irgendwelche Leute, und ich war betrunken, und es war meine Schuld, dass ich nicht heimgegangen bin, als Bibi anrief und sagte, dass sie nicht kommt. Ich hätte gehen können, ich hätte gehen sollen, nichts wäre geschehen. Ich habe es nicht gemacht. Ich bin ein Risiko eingegangen, ich wusste doch, dass solche Dinge passieren und dass man aufpassen muss als Frau, und ich habe nicht aufgepasst. Und ja, ich weiß, dass es trotzdem nicht meine Schuld ist, was mir passiert ist, aber das kratzt in mir. Dass ich es verhindern hätte können, wenn ich anders gehandelt, wenn ich nicht so viel getrunken hätte, wenn, wenn. Aber es ist geschehen. Und niemals werde ich irgendjemandem seinen Namen sagen. Ich kenne ihn nicht. Ich weiß nicht, wer es ist, ich habe sein Gesicht vergessen, ich habe seinen Namen vergessen. Er ist ausradiert. Man bekommt ihn auch unter Hypnose nicht aus mir heraus. Niemals. Molly hat keinen Vater.

Sophies Haare hatten sich gelöst und fielen ihr ins Gesicht. Sie nahm einen Schluck von dem Bier und sah mich an. Ihre Augen waren durchsichtig grau, wie die von Ludwig.

Nicht einmal dir, Ruth, würde ich erzählen, wenn ich ihn getroffen hätte, während ich Molly im Buggy vom Park nach Hause schob, sagte sie. Ich würde dir nicht erzählen, dass ich beinahe ohnmächtig geworden wäre vor Panik, und ich würde dir nicht erzählen, dass er mich nicht mal erkannt hat, weil ich jetzt eine Mutter bin, eine Mutter mit einem kleinen Kind, keine Schlampe in einer Bar mehr, der man etwas in den Drink schüttet, ohne dass sie es merkt, weil sie so betrunken ist. Ich würde dir das nicht erzählen, niemandem würde ich das erzählen.

Sophie, sagte ich.

Es gibt ihn nicht, sagte Sophie, Molly hat keinen Vater, ich weiß nicht, wer er ist, und so kann es auch niemand anderer je erfahren. Ich habe zu viel Angst, dass er Molly bekäme, wenn er wollte. Dass er sie berühren dürfte. Dass er sie auch nur ansehen dürfte. Ich weiß seinen Namen nicht mehr, er ist weg, niemand kann, niemand wird je seinen Namen erfahren, du nicht, meine Mutter nicht, meine beste Freundin nicht, niemand. Er hat keinen Namen. Er hat kein Gesicht. Es gibt ihn nicht, er existiert nicht.

Sophie, sagte ich.

Mehr sagte ich nicht, ich nickte nur, ich hielt ihre Hand, offenbar schon länger, sie war ganz verschwitzt. Ich konnte nichts sagen, nur nicken. Ich verstand sie. Es war defensiv, und es war nicht, was man von Frauen in unserer Gesellschaft erwartete. Es bewahrte einen Täter vor der Strafe, die er verdiente, aber in erster Linie schützte es sie selbst. Und Molly. Es war fraglich und zu unsicher, ob die Gesellschaft sie beschützen würde, es war ein Risiko, das sie nicht eingehen wollte, in dieser Zeit, in der es nicht darauf ankam, ob etwas wahr war, sondern darauf, wer es glaubte und wie viele. Sie rettete sich und ihr Kind, das war ihre Entscheidung.

Wir saßen ziemlich lange da und schwiegen, und danach sagte ich ihr, glaube ich, wie sehr ich sie liebte und wie sehr ich Molly liebte und dass wir eine Familie seien und dass ich immer da sein würde und wie unfassbar tapfer sie sei und wie gut ich sie verstünde und noch ein paar andere Dinge, die nicht annähernd reflektieren konnten, was sie erlebt hatte und was ich fühlte, aber was ich fühlte, war belangloser Scheißdreck im Vergleich zu dem, was sie erlebt hatte, und es spielte auch überhaupt keine Rolle, was ich fühlte. Wir tranken das Bier, und irgendwann hörten wir Molly weinen, und wir gingen gemeinsam zu ihr, und Sophie hob sie aus dem Bett und nahm sie in den Arm, und ich nahm sie in den Arm, sie beide, und so standen wir und hielten einander fest, im dunklen Zimmer, bis Molly wieder eingeschlafen war.

Als wir wieder am Tisch saßen, quietschte Sophies Handy, und ich versuchte, über irgendetwas zu reden, das uns nicht zerriss und das nicht wie eine völlig marginale Lappalie wirkte neben dem, was sie mir gerade erzählt hatte. Sie warf einen verstohlenen Blick auf die Nachricht auf ihrem Handy und lächelte.

Ich lächelte zurück.

»Ich hab da einen kennengelernt«, sagte sie, obwohl ich gar nicht gefragt hatte, während ihre Daumen eine Antwort tippten, »einen Netten, denk ich.« Sie lächelte immer noch.

»Er bringt dich zum Lächeln, das ist gut«, sagte ich. Es hörte sich kitschig an wie in einem billigen Drehbuch, und sie merkte es und lachte.

»Ruth, wär's okay, wenn ich noch ausgehe? Oder hast du heute noch was vor?«

»Ich habe nichts vor. Ich bleibe hier.« Und es war nicht nur in Ordnung, ich war froh darüber, und ich bewunderte sie unendlich dafür, dass sie nach allem, was passiert war, weitermachen konnte, weiterleben konnte, in eine andere Richtung schauen, viel besser als ich, und ich liebte sie sehr.

**ICH HATTE DEN NACHMITTAG** mit Schreiben verbracht, hatte diese Phase geläuterter, strahlender Klarheit nach einem bewölkten, gewitterigen Abend genutzt, um mit meinem Buch weiterzukommen. Während ich schrieb, hatte ich mich von allen sozialen Medien ausgeloggt, hatte auch WhatsApp stummgeschaltet. Niemand konnte sehen, wann ich online war und ob ich etwas gelesen hatte oder nicht, und die Nachrichten meiner Freunde erreichten mich geräuschlos.

Benni war nach dem Mittagessen verschwunden, es hatte wie meistens an meinen Schreibtagen Pasta mit irgendeiner Sauce gegeben, dazu Gartensalat. Er aß mein Essen, ohne zu meckern, wahrscheinlich, damit ich nicht davon anfing, wie gerne er alles gegessen hatte, was sein Vater gekocht hatte. Und damit ich nicht weinte, weil genau das die Momente waren, in denen mir Ludwig am meisten fehlte, Ludwig und die laute, einigermaßen glückliche Familie, die wir einmal gewesen waren und die sich jeden Morgen und jeden Abend am Küchentisch traf, um zu essen. Jetzt aßen Benni und ich Nudeln mit Soße, und wir taten so, als sei das etwas ganz anderes als früher, eine neue Veranstaltung, die die Familienessen von früher gar nicht ersetzen oder auch nur daran erinnern wollten. Ein bisschen wie diese Wohnbauten, die jetzt überall aus dem Boden schossen, auf denen früher alte Häuser gestanden hatten, Häuser, in denen Menschen über Jahrzehnte und Jahrhunderte gelebt hatten, Familien gegründet, geliebt, gekocht, gearbeitet, gestritten und sich wieder versöhnt hatten. Bis irgendein Immobilienunternehmer oder eine Bank oder eine Versicherung sie den Erben abkaufte, die mit dieser Art von Familienhaus nichts mehr anfangen konnten, von denen keiner das Geld hatte, um den anderen Erben ihre Anteile abzukaufen, es zu übernehmen, herzurichten und fit zu machen für die Gegenwart. Es war einfacher, die Geschichte, die die ehemaligen Bewohner mit dem Haus verbanden, die Erinnerungen an das Leben, das man darin gelebt hatte, in einer Foto-Mediathek abzulegen und das Haus zu verkaufen und auszuhalten, dass es verschwand und alles, was darin geschehen war.

Ich saß mit meinem Computer am Tisch meiner aufgeräumten Wohnküche, Regen floss über meine Fenster, als eine neue E-Mail von Simon kam. Noch glänzte meine Wiese grün, aber der Herbst war schon zu spüren, zu sehen, in den welkenden Blättern, in der Farbe des Lichts. Simon schrieb, er respektiere meine Entscheidung, nicht mit ihm zu sprechen, aber er habe wieder eine Nachricht erhalten und er wolle mich nicht beunruhigen, aber er denke, ich sollte das wissen. Als ich seine Mail las, spürte ich, wie die Besorgnis wieder nach mir griff, wie meine Ruhe implodierte. So lange waren keine Nachrichten mehr gekommen. Ich schaute in die Messenger-App, und da stand es, offenbar schon seit Stunden: Karolina Kracht will sich mit dir verbinden.

Ich schaute zur Verandatür hinaus, auf den Fluss, der in der Ferne leuchtete. Kein Hartmann in der Nähe, die Angelsaison war vorbei, im Herbst und im Winter sah ich ihn selten. Überhaupt niemand war da, der Blick vor mir war völlig menschenleer, die Natur still und unbewegt. In manchen Momenten machte mir das Angst, diese fast leblose Ruhe, als sei sie ein Spiegel meiner Existenz. Standbild, menschenlos. Oder wie im Drehbuch: AUSSEN, GARTEN, NACHMITTAG. Menschenleere. SPÄTER. Keine Menschen mehr da, keine, die mich ertrugen, keine, die ich ertrug, vielleicht nicht mal ich selbst. Ich spürte, wie sich etwas umlegte in mir. Wie etwas nachgab, weil

Simon in diesem Moment genau meine Existenz materialisierte, mich ins Leben zurückzog, und ich hasste das Gefühl sofort, als ich es identifizierte, als ich spürte, was diese paar Sätze mit mir machten. Ich stand auf, um es abzuschütteln, ich fischte den Tabak vom Regal, drehte mir eine, und das machte nichts besser, denn ich merkte, dass meine Hände fahrig waren, dass sich eine innere Aufregung in meinen Körper hineinzitterte und mich aufwühlte.

Ich warf mir eine Jacke über und ging raus mit der Zigarette, hinunter zum Fluss im frühen Dunkel. Ich stand frierend am Wasser und dachte nach.

Ich würde Simon nicht antworten. Der Gedanke an ihn löste ein Unbehagen aus, das ich nicht genau lokalisieren konnte. Es kam nicht vom Herzen, es kam von woanders. Ich wollte keine Minute mehr an diese Nachrichten verschwenden, ich hatte ein Leben. Ich dachte über eine Stelle im Text nach, an der ich gerade schrieb, über einen Charakter und über ein Hobby, das zu ihm passen würde, das es ihm erlaubte, Leute zu treffen und sich zu unterhalten, und aus dem sich gute Filmbilder kreieren ließen. Kegeln vielleicht.

Als ich ins Bett ging, nahm ich meinen Laptop nicht mit, ich las ein paar Seiten eines französischen Romans, schaffte es aber kaum, der Handlung zu folgen. Ich schaltete den Fernseher ein, den ich mir kurz nach Ludwigs Tod gekauft und vor mein Bett gestellt hatte, weil mich sein Licht von düsteren Gedanken ablenkte, weil die Wörter, die daraus drangen, für mein Leben keine Bedeutung hatten und mich deshalb einschlafen ließen.

Ich wachte im Morgengrauen auf, mit pochenden Kopfschmerzen. Ich tastete nach der Tablettendose auf dem Nachttisch und schälte eine Schmerztablette aus ihrer Verpackung. Ich versuchte, wieder einzuschlafen, und schaffte es nicht, ich fand nicht zurück in meinen Traum, von dem nur noch das Bild eines unbekannten Zimmers mit merkwürdigen Möbeln übrig war, das sich in keine Geschichte mehr einfügen ließ. Ich lag bewegungslos auf meinem Kissen, um den Schmerz in meinem Kopf nicht zu provozieren, und während es vor dem Fenster zu regnen begann, schaute ich die Nachrichten der Nacht an.

Da waren gleich zwei Nachrichten von Frauen mit Fantasienamen, die ich nicht lesen wollte, dazu einige WhatsApps von Johanna, Danica, Wolf und Sophie, in denen sie mich über weitere Nachrichten informierten. Es ging wieder los, es ging alles wieder los.

**ICH HATTE EINE DREHBUCHBESPRECHUNG** in der Stadt, die nicht so lief, wie ich sie mir vorgestellt hatte. Das Produzententeam schien sich etwas anderes erwartet zu haben, obwohl ich den Text schon einmal genau in ihrem Sinne umgeschrieben hatte. Ich hatte ihnen die Notizen unseres letzten Gesprächs vorgelesen, an das sie sich nicht mehr zu erinnern schienen und sich offensichtlich auch nicht mehr erinnern wollten. Ich erlebte das nicht zum ersten Mal, aber es stresste mich immer wieder aufs Neue. Es wurde nicht besser dadurch, dass mich Kräutler nach der Besprechung zur Seite zog und mich auf die Nachrichten ansprach, er habe schon wieder welche erhalten, ob ich nicht endlich etwas dagegen unternehmen wolle? Und was sei das für eine Geschichte mit diesem Simon, die darin vorkam, das war doch dieser Schweizer Promi-Psychologe auf der Abschiedsparty vom Händler? Ich sagte, dass es mir leidtue, dass er den Scheiß immer noch bekomme, und dass Simon nur ein Freund, ein guter Bekannter sei, aber er schien mir nicht zu glauben. Er schien Mitleid mit mir zu haben.

Und genau das ärgerte mich, dieses Mitleid, um das ich nicht gebeten hatte, das ich nicht brauchte, und als ich nach Hause kam, eröffnete mir Benni, er wolle die Schule wechseln, und zwar wolle er an eine Schule in Wien, er wolle zu Sophie ziehen, sie sei einverstanden. Grad, dass er seine Reisetasche noch nicht gepackt hatte. Ich brauchte sehr viel Energie und erzwungene Gelassenheit, um ihm die Sache auszureden.

»Nein, Benni.«

»Warum nicht? Ich bin fast siebzehn. Meine Schule hier ist schlecht, du sagst das selber immer, du sagst immer, dass meine Lehrer Pfeifen sind.«

»In der Stadt kannst du genauso an Pfeifen geraten, das hast du nie in der Hand. Und das weißt du auch. Und deine Noten werden nicht besser, wenn du die Schule wechselst. Sie würden besser werden, wenn du mehr lernen würdest.«

»Ja, aber vielleicht habe ich Glück und finde eine Schule, an der gute Leute unterrichten, und dann lerne ich auch lieber.«

»Das bezweifle ich, Benni.«

»Zum Beispiel die Schule, an der Tim ist.«

»Für die Schule, an der Tim ist, müsstest du erst ein paar Förderkurse absolvieren. Oder mindestens eine Klasse unter Tim einsteigen und ein Jahr oder zwei verlieren. Und ich glaube nicht, dass du das willst.«

»Besser, als weiter in diese Schule hier zu gehen.«

»Hier hast du jetzt noch zwei Jahre, Benni. Die drückst du jetzt durch, dann machst du, was du willst. Dann ziehst du in die Stadt oder woanders hin.«

»Ich will aber jetzt schon in die Stadt ziehen.«

»Ist mir schon klar, dass es darum geht.«

»Ich versauere hier.«

»Du meinst bei mir?«

»Nein, Mama, du weißt genau, was ich meine.«

»Danke. Was isst du da?«

»Vegane Chicken Nuggets.«

»So was gibt's?«

»Ja, Mama. Und: doch, irgendwie schon. Also, das mit dem Versauern.«

»Ich fang gleich an zu weinen.«

»Bitte nicht. Es ist okay hier mit dir, aber vielleicht würde mir ein anderes Umfeld auch guttun. So frischer Wind. Außerdem wäre ja eh Sophie da.«

»Sophie hat mit Molly schon genug am Hals. Die kann sich nicht um noch ein Kind kümmern.«

»Ich bin kein Kind mehr. Ich könnte ihr helfen mit Molly. Babysitten und so.«

»Nein, Benni. Nein. Du machst zuerst die Schule fertig. Diese Schule ist total in Ordnung. Du hattest noch nie so eine tolle Klassenlehrerin wie jetzt.«

»Ich finde sie arsch.«

»Ich nicht. Sie ist eine wirklich gute Lehrerin. Und sie mag dich. Bitte mach diese Schule jetzt fertig. Danach kannst du machen, was du willst.«

»Das ist noch so lange.«

»Zwei Jahre, Benni, das schaffst du. Ich helfe dir.«

»Du? Haha. Du hast überhaupt keine Ahnung mehr davon, was wir alles lernen müssen.«

Das stimmte leider. »Deshalb bezahle ich Alex fünfundzwanzig Euro die Stunde.« Alex war der Nachhilfelehrer, der Benni grad so über die Runden brachte.

Er schmollte. Ich wartete. Er würde es gleich sagen.

»Wenn ich hier weitermache: Können wir dann einen Hund haben?«

Es war die eine Forderung, die früher oder später immer kam.

»Benni. Das hatten wir doch schon durch. Es geht einfach nicht. Ich schaff das nicht, ich bin viel zu viel unterwegs.«

»Ich kümmer mich.«

»Das geht nicht, du musst ja in die Schule. Wer soll dann auf den Hund aufpassen?«

»Ein Hund würde mir guttun.«

Wir hatten die Diskussion schon ein Dutzend Mal geführt. Ich schaffte es nicht, mich um noch ein Lebewesen zu kümmern, ich war mit Kümmern jetzt schon so gefordert, dass mein Sohn ausziehen wollte. Und es tat mir leid, dass ich die Debatte immer auf die gleiche Weise beenden musste, immer mit den gleichen Worten: Es geht nicht, es tut mir leid, es geht nicht. Kein Gebrüll, kein Türenknallen, wir stritten nicht. Wir stritten nie. Es war uns zur Angewohnheit geworden, seit Ludwigs Tod: Die Kinder kritisierten mich nicht, ich maßregelte sie nicht, wir gaben uns nur gegenseitig kleine, freundliche Hinweise auf Verfehlungen, Bedürfnisse, Ängste oder Gefahren. Wir waren immer noch nicht bereit, uns gegenseitig wehzutun, dem noch fühlbaren Schmerz neuen hinzuzufügen, und ich hoffte, wir würden auf diese Weise über Bennis Pubertät kommen, und wie es aussah, konnte es sich ausgehen. Vielleicht war es in anderen Familien gut und wichtig, Dinge auszusprechen, ich sah es bei Danica, ich sah es bei Freunden von Benni, ihr Wording war klar und direkt, so wie es bei uns früher gewesen war.

Wir konnten brüllen, wir hatten es früher getan, es war Familienfolklore, aber wir hatten es uns abgewöhnt, als Ludwig nicht mehr mitbrüllte, Ludwig, der in Krisensituationen lange still vor sich hin brodelte und dann plötzlich überkochte, man sah, wie es ihn zerriss, wie er nicht mehr kontrollieren konnte, was aus ihm herausbrach und -spritzte. Es war so irrational, dass es sogar die Kinder, als sie noch klein waren, nicht ernst nehmen konnten. Was Ludwig in solchen Situationen von sich gab, hatte dadaistische Qualitäten, es war nicht echt, wie ein übertriebenes Rollenspiel, das Kinder sich ausgedacht hatten. Er redete verrücktes Zeug, wie ein Spielzeugritter, der auf einen anderen einhieb. Ich selber ertappte mich immer wieder, wie ich ihn dabei beobachtete, die eine Hälfte von mir unbeteiligt und mit einem fast literarischen Interesse, die andere bemüht, ihn nicht zu verletzen. Ich wollte ihm das Gefühl lassen, dass ich seine lachhaften Ausraster ernst nahm. Er wusste das alles, glaube ich. Er wusste es jedenfalls später, wenn er wieder zu sich kam, nachdem er ins Badezimmer gegangen war und sich mit einem Wattestäbchen die Ohren geputzt hatte, was er, wie er mir erzählte, beruhigend und ermutigend fand, und sich in einen Sessel fallen ließ und ein paar lange Augenblicke in die Luft starrte und die abwartende Erstarrung seiner Familie auf sich wirken ließ, bevor irgendwer zu lachen anfing. Das war unser Exit aus jedem Krach: lachen. Einer fing an, meistens Ludwig, dann durften alle mitlachen. Es wurde schwieriger, als wir nicht mehr stritten, als wir alles behutsam ausdiskutierten, um dem anderen nicht wehzutun. Aus dieser Vorsicht, aus diesem stillen Konflikt gab es dann keine Exit-Strategie, keinen Lachausgang. Es konnte nur langsam verebben oder mit einem Kompromiss beendet werden, von dem das zurückblieb, was man zurückgehalten hatte, eine kleine Wut, eine kleine Kränkung, eine Unebenheit. Genauso gut konnte man versuchen, dem Konflikt gleich ganz aus dem Weg zu gehen, ihn proaktiv zu vermeiden, und wenn ich früher laut schimpfend durchs Haus gelaufen war und die Sachen aufgehoben und das schmutzige Geschirr eingesammelt hatte, die die Kinder einfach fallen und stehen ließen, klaubte ich sie jetzt wortlos auf und räumte sie weg.

Mit Benni war es nicht dieses trotzige Hineinfressen, diese aggressive Kampfstille, sondern ein behutsames, fast lächelndes Zurücknehmen der eigenen Bedürfnisse, ein Abwägen, das fast immer zugunsten des anderen ausging. Krach gab's nur bei Gefahr in Verzug, wenn jemand leichtfertig ein Risiko einging, wenn man Angst hatte. Er war ein nettes Kind. Mir war bewusst, wie ungewöhnlich es war, sich mit seinen Kindern gut zu vertragen, wenn sie in der Pubertät waren oder knapp darüber. Davor war es selbstverständlich und später, wenn sie erwachsen waren, wünschenswert, weil es auch etwas darüber aussagte, was man für eine Verbindung zu ihnen aufgebaut hatte in ihrer Kindheit. Aber wenn sie zwischen vierzehn und achtzehn waren, wurde beinahe erwartet, dass Kinder und Eltern sich stritten. Wir hatten diesen Drive nicht, wir hatten diese Konflikte nicht, und sie fehlten mir nicht, ich verstand mich gut mit meinen Kindern, wir sprachen auf Augenhöhe, und ich verstand nicht, was daran nicht in Ordnung sein sollte. Benni war ein nettes Kind, und die Kinder, die er mit nach Hause brachte, waren ebenfalls nett, jedenfalls in meiner Gegenwart.

Auch deshalb hätte ich Benni gern den Hund erlaubt, er wohnte allein mit seiner versponnenen Mutter, und er verbrachte trotz seiner Fahrräder viel zu viel Zeit mit Computerspielen. Eine Zeitlang hatte ich ihm in der Nacht den Computer abgedreht, es hatte dazu geführt, dass er nicht mehr heimkam, bei irgendeinem Freund übernachtete und dort Dinge machte, die ich nicht kontrollieren konnte. »Was Sechzehnjährige halt so machen«, wie Manuel meinte, den ich deswegen mal anrief.

»Was machen Sechzehnjährige heutzutage?«

»Das willst du, glaub ich, lieber nicht wissen«, sagte Manuel.

»Ich war auch mal sechzehn, mein Kind. Will ich schon.«

»Willst du nicht.«

»Macht es Benni denn?«

Er machte eine Pause, die sagte, ich sei alt, die Welt habe sich verändert.

»Was, Manuel?«

»Ich glaube, Benni macht keinen zu großen Unsinn. Nicht, soweit ich weiß. Ich glaube, er ist ein sehr vernünftiger Teenager. Noch.«

»Bist du eigentlich auch ein vernünftiger Teenager?«

»Nein. Ich bin schon erwachsen.«

»Bist du nicht. Du bist neunzehn. Also, bist du ein vernünftiger Neunzehnjähriger, Manuel?«

»Kein Kommentar, Mutter, kein Kommentar. Außer, du erzählst mir, was du mit neunzehn gemacht hast. Und zwar ehrlich.«

»Na, okay, ich vertraue dir.«

»Haha«, sagte Manuel.

Das tat ich wirklich: Ich vertraute ihm. Er war ein vernünftiger Junge, Manuel, strukturiert, selbstbewusst, nicht so verschroben und zurückgezogen wie Benni. Er hatte allerdings auch nicht zusehen müssen, wie sein Vater starb, und das war sicher gut für seine seelische Gesundheit. Manuel hatte getrauert, wie ich getrauert hatte und Sophie, aber er hatte nie, wie Benni, unter dem Gefühl gelitten, dass er es verhindern hätte können. Dass es nicht passiert wäre, wenn er nach dem Mittagessen auf der Hütte nicht so getrödelt hätte. Dass dann der Mann mit der neongrünen Jacke und dem dunklen Helm längst die halbe Piste weiter unten gerast wäre und nicht direkt in seinen Vater hinein. Wir wussten alle nicht genau, wie erfolgreich die Versuche gewesen waren, Benni seine Schuldgefühle zu nehmen. Wie viel an vermeintlicher Schuld er in seiner Seele hortete, die ihn innerlich vergiftete und verhinderte, dass er ein normales Grundvertrauen behielt. Vielleicht hatte er dieses Grundvertrauen an diesem einen Tag im Februar verloren, und vielleicht gab es niemanden, der es ihm wiedergeben konnte, ich nicht, Sophie nicht, sein Bruder nicht und vielleicht auch nicht sein Therapeut.

Ich drehte Benni seinen Computer wieder auf, und er spielte wieder zu Hause, und ich konnte wenigstens dafür sorgen, dass er zwischendurch für seine Prüfungen lernte, damit er nicht auch dieses Schuljahr wiederholen musste wie das Schuljahr nach dem Tod seines Vaters.

Was hatte ich gemacht, als ich so alt war wie Benni und Manuel? Ich hatte mich mit meiner Mutter gezofft, viel mehr, als Benni sich jetzt mit mir zoffte, was aber vermutlich auch daran lag, dass ich ihm mehr durchgehen ließ, als es meine Mutter getan hatte. Ich hatte viel gelesen. Ich hatte mit Stefan geknutscht, seit ich fünfzehn war, in seinem Zimmer mit den Clash-Plakaten, seine Mutter war irgendwie lustiger gewesen als meine, auch wenn er das nicht fand. Stefan war ein Träumer. Er war vier Jahre älter als ich, das machte was aus zu der Zeit und in dem Alter. Er war nett und liebevoll, aber auch ein schwieriger Typ. Er und seine Stachelfrisur zogen dann in eine Wohngemeinschaft am Stadtrand, in ein altes Fabrikgebäude, in eine halbverlassene Gegend. Die anderen Typen hatten unzuverlässige Gemüter, sie konnten sehr lustig sein und sehr aggressiv, je nachdem, was sie genommen hatten oder ob sie dringend was brauchten. Ich fühlte mich unsicher in ihrer Gegenwart, und als ich merkte, dass Stefan nicht für meine Sicherheit garantieren würde, verlor ich erst das Vertrauen zu ihm und dann die Liebe oder das, was ich in diesem Alter dafür hielt. Er hatte ein sehr schönes, ganz warmes Lächeln und einen feinen, hellhörigen Humor, und er starb an einer Überdosis, als er vierundzwanzig war. Ich erfuhr es erst lange danach, und ich glaubte es erst so richtig, als ich seine Mutter zufällig in einem Einkaufszentrum traf, sie war ganz grau im Gesicht, es war klar, dass etwas nicht stimmte. Und als sie mich erkannte und das Erschrecken auf meinem Gesicht sah, die plötzliche Erkenntnis, dass Stefan wirklich tot war, sein Tod nicht nur ein Gerücht, kam sie auf mich zu und nahm mich in den Arm, und ich fing sofort an zu weinen und heulte ihr die Bluse und den Busen darunter nass. Sie war eine große Frau und ihre Bluse war voller rosafarbener Blümchen, das weiß ich noch.

**WOLF WEIGERTE SICH BEHARRLICH,** etwas gegen seinen Krebs zu unternehmen. Er wolle einfach geschehen lassen, was geschah, er sah keinen Sinn darin, sich durch sinnlose Behandlungen zu quälen, sich die Lebensqualität, die er noch habe, rauben zu lassen. Er bekomme Medikamente, die ihm die Schmerzen ersparten. Dieser Fatalismus passte zu ihm, Wolf hatte immer so gelebt, die Dinge kamen und geschahen, und er nahm sie an, er verhandelte nicht mit seinem Schicksal, er akzeptierte es. Aber ich verhandelte, ich verhandelte verbissen mit ihm, denn so gut ich ihn verstand und sosehr mir bewusst war, wie egoistisch das war, konnte ich nicht zulassen, dass noch jemand in meinem Umfeld starb. Ich sagte ihm das so, ich gab das zu, und er sagte mir, was er mir vor kurzem schon einmal gesagt hatte, dass es hier nicht um mich gehe.

Ich verbündete mich mit seinen Mitbewohnerinnen, vor allem mit Mandy, die, als ich mich hinter Wolfs Rücken mit ihr in Billys Bar auf einen Kaffee traf, ständig in Tränen ausbrach, als sei sie nicht Wolfs Untermieterin, sondern seine künftige Witwe. Ich führte einen Feldzug für das Leben, eine Marketingkampagne für Wolfs Weiterleben, und irgendwann sagte Wolf mir, wenn ich das nicht stoppte, wenn ich nicht anfing, seine Entscheidung zu akzeptieren, wenn ich nicht damit aufhörte, auf ihn einzureden, ihn von etwas überzeugen zu wollen, das für ihn nicht in Frage käme, würde er auf meine Gesellschaft verzichten, zwar natürlich nur ungern, aber er würde es tun. Es sei, das müsse ich endlich zur Kenntnis nehmen und akzeptieren, seine Entscheidung, sein restliches Leben, sein Tod.

Wenn ich ihn besuchte, stand er in dem großen, abgeranzten Zimmer seiner Wohnung, das er als Atelier nutzte, und malte, als sei alles wie immer, als würde er mit seinen großformatigen Bildern noch eine Ausstellung eröffnen. Er machte mir seufzend Kaffee, bot mir einen seiner mit Farbklecksen übersäten Holzsessel an. Ich wusste, dass er mich nur aus alter Freundschaft nicht gleich wieder hinauskomplimentierte.

»Ich weiß schon, dass du mich retten willst, weil du Ludwig nicht retten konntest«, sagte Wolf, »weil du dafür keine Chance bekommen hast. Aber ich sag dir was: Die hast du auch jetzt nicht. Es liegt nicht in deiner Hand. Du kannst den Tod auch dann nicht aufhalten, wenn du ihn kommen siehst. Also, meinen nicht. Es liegt nicht in deiner Hand, Ruth, also lass los.«

Ich hatte immer noch ein Aber auf der Zunge, viele Aber, ich schluckte sie hinunter, und als er mir sagte, dass er sich in einem Hospiz anmelden werde, fing ich an zu weinen und gab auf. Er sagte: »Es ist gut, Ruth«, und dann sagte er mir, dass er wieder zu rauchen angefangen habe, weil es jetzt schon egal sei, und ich heulte noch lauter, aber dann gingen wir hinunter, in den Park vor seinem Haus, setzten uns auf eine Bank und rauchten gemeinsam, und ich fing langsam an, mich an den Gedanken zu gewöhnen, dass er sterben würde, wenn auch noch lange nicht daran, dass er nicht mehr da sein würde.

Später, in der Wohnung, als Molly in meinem Arm einschlief, wurde mir bewusst, wie froh ich war, dass er mir das Ultimatum gestellt hatte, dass ich nun aufhören konnte zu kämpfen, dass ich aufgeben durfte.

**ICH SCHLIEF SCHLECHT** und träumte wirres Zeug. Wolf kam nie vor in den Träumen, nur Ludwig tauchte auf, und immer wieder der große, gefleckte Hund mit dem weichen Fell, der vor mir herlief.

Die Nachrichten kamen weiter, aber ich wollte nichts mehr mit ihnen zu tun haben. Ich kapitulierte. Ich hatte versucht, sie loszuwerden, ich war gescheitert. Nun verschob ich sie ungelesen in den Troll-Ordner und wollte sie einfach vergessen. Was mir auch gelang, zumindest, bis mir Billy eines Abends sein Handy mit einer neuen Nachricht unter die Nase hielt, als ich auf einen Absacker an seinem Tresen saß.

Ganz schön kranke Fans hast du, sagte er, und irgendwie tat mir dieser Satz gut. Es ging nicht um mich, es hatte nichts mit mir zu tun, es gab einfach ein paar kranke Idioten in meiner Umgebung, Pech. Ich erklärte ihm müde, wen ich verdächtigte. Er sagte, ja, komisch, auch weil Ludwig jetzt doch schon ziemlich lange tot war. Das hatte ich so noch nicht gedacht, aber es stimmte: Ludwig war jetzt schon ziemlich lange tot, und wir alle hatten es geschafft weiterzuleben, wieso schaffte sie es nicht.

»Woher weiß sie von deinem Neuen?«, fragte Billy. Es war nicht viel los in der Bar.

»Ist er nicht mehr. Aus dem Fernsehen, glaub ich, wir wurden mal gefilmt, auf so einer Party«, sagte ich, »und vielleicht hat sie uns mal wo gesehen. Ich weiß auch nicht.«

»Aha«, sagte Billy. »Er kommt jetzt übrigens öfter mal.« Etwas in mir klickte.

»Wer?«

»Dein Schweizer.«

»Simon? Ach, wirklich?«

»Ja, netter Typ, ich mag ihn.«

Ich war zwei- oder dreimal mit Simon bei Billy gewesen, für einen Apero nach der Arbeit, so nannte er es, sie hatten sich überraschend gut verstanden, er und Billy, vielleicht, weil Billy aus der Gegend an der Schweizer Grenze kam und sie beide in einem ähnlichen Dialekt sprachen. Ich verstand nichts von dem, was sie redeten, und das machte ihnen offensichtlich Spaß. Sie kippten ziemlich schnell Schnäpse zusammen, ich hatte meistens nach einem genug. Einmal war Simon noch geblieben, als ich nach Hause ging, ich hatte ihm noch einen schönen Abend gewünscht, nein, natürlich ist das okay, bleib doch noch, ich muss morgen früh raus, viel Spaß, aber insgeheim war ich gekränkt, dass er nicht mit mir nach Hause ging. Später hatte Billy Andeutungen gemacht, irgendwas mit Drogen, und ich hatte es nicht ernst genommen, ja, hatten sie halt einen zusammen gekifft, machten wir doch alle mal, aber Billy meinte etwas anderes. Jedenfalls kannte Billy Simon, und er wusste auch, dass es vorbei war, schon länger, und er meinte grinsend, irgendwer sollte es auch dieser Frau sagen, er könnte das ja übernehmen. Ich sagte, hüte dich, und Billy krähte sein kehliges Lachen und stellte mir noch einen Averna Sour hin.

»Er ist übrigens meistens nicht allein.«

»Soso.«

»Ja, meistens hat er irgendein Mädel im Schlepptau.«

»Wieso erzählst du mir das?«

»Dachte, es interessiert dich.«

»Tut es nicht.«

»Kennst du sie?«

»Wen jetzt. Die Mädels?«

»Nein, die Frau, die dir diese Mails schickt«, sagte Billy, »Kennst du sie persönlich?«

»Nein. Eine Freundin hat mir von ihr erzählt, eine, die sie

von früher kannte. Die hat ihr auch geraten, sich an Ludwig zu wenden, wegen ihrer neuen Küche. Super Idee. Und Wanda hat die beiden mal irgendwo zusammen gesehen. Ich kenne sie nur aus den Mails in Ludwigs Computer.«

»Au. Und du selbst hast sie nie gesehen?«

»Nicht persönlich, nein. Nur mal mit ihr geschrieben.«

»Wie geschrieben?«

»Ich habe ihr gesagt, sie soll aufhören, diese Nachrichten zu schicken. Vor ein paar Wochen.«

»Hat ja nicht so gut funktioniert. Hat sie geantwortet?«

»Ja. Sie hat abgestritten, dass sie es war. War aber nicht sehr überzeugend. Hat danach auch eine Zeitlang aufgehört.«

»Okay.«

In meinem rechten Augenwinkel bemerkte ich, wie der Kerl, der immer die Frauen belästigte, sich einen freien Barhocker suchte.

»Billy, echt jetzt. Er ist ja immer noch da.«

»Jaaa. Aber ich habe mit ihm geredet. Er reißt sich jetzt zusammen.«

»Aha. Da dürfen wir ja alle gespannt sein, wie lange.«

»Jetzt lass den mal. Was ist mit der Frau?«

»Ich weiß, wer sie ist. Ich hab sie mal gegoogelt. Und sie schreibt ziemlich viel auf Facebook. Also, früher jedenfalls. Ich hab sie blockiert. Ich will nicht, dass sie weiß, was ich tue, und ich will nicht wissen, was sie tut.«

»Warum nicht?«

»Ich will mich nicht mit ihr beschäftigen. Ich will nicht anfangen, mich für sie zu interessieren. Und Johanna hat mir auch davon abgeraten.«

»Clever. Aber ich könnte reinschauen.«

»Lass es.«

»Es interessiert mich aber.«

»Aber mich nicht. Ich will nichts über sie wissen, ich will nicht wissen, was sie macht und was mit ihr ist.«

»Komisch«, sagte Billy. »Ich würde es wissen wollen.«

»Kannst du ja, bitte, steht dir frei. Aber sag mir nichts.«

»Wie heißt sie?« Er holte sein Handy unterm Tresen hervor. Ich spürte, wie ich nervös wurde.

»Valerie. Valerie Adler. Aber ich will es nicht wissen, Billy. Und du solltest dich mal um den netten Kerl kümmern. Er winkt schon. Er will Schnaps. Damit er lockerer wird, zum Frauen-Angraben.«

»Er soll noch ein bisschen winken. Ich will die jetzt sehen. Ah«, sagte Billy. »Interessant.«

»Was ist interessant?« Der Kerl fuchtelte jetzt mit beiden Armen.

»Augenblick«, sagte Billy, »bin gleich zurück.« Sein Handy lag vor mir. Ich zwang mich, nicht darauf zu schauen, sondern beobachtete Billy, wie er zu dem Kerl ging, abnickte, was der ihm sagte, und dann Bier in ein großes Glas schäumen ließ, das er vor den Kerl hinstellte. Der Kerl zwinkerte zu mir rüber, als Billy wiederkam, ich ignorierte es. Arschloch. Billy nahm sein Smartphone wieder in die Hand, scrollte, kniff die Augen zusammen, er wirkte überrascht.

»Was ist.«

Er starrte auf sein Smartphone.

»Bist du dir sicher mit dem Namen? Valerie? Adler?«

»Ja.«

»Interessant«, sagte Billy wieder.

»WAS IST? Kennst du sie etwa?«

»Nein«, sagte Billy, »aber du solltest dir das vielleicht mal ansehen. Weil.«

Er schob das Handy zu mir rüber und drehte es in meine Richtung.

»Ich will's nicht wissen.«

»Schau. Es. Dir. An.«

Ich schaute.

Es war ein Selfie von Valerie, aber außer ihrem Gesicht stimmte nichts an dem Bild. Also, nichts an dem Bild passte zu dem Bild, das ich von ihr hatte.

»Oh«, sagte ich.

»Sag ich doch«, sagte Billy.

Neben Valeries strahlendem Gesicht sah man noch ein zweites, einen Männerkopf, der sich hinter ihren braunen Wuschelhaaren ins Bild drängte. Der Mann strahlte ebenfalls. Ich kannte ihn nicht, und er sah Ludwig überhaupt nicht ähnlich, aber er hatte seine Arme um Valerie gelegt, eine Hand mit einem dicken goldenen Ring lag auf ihrer Hand, an der der gleiche Ring glänzte, und beide Hände lagen auf Valeries Bauch, auf ihrem sehr, sehr runden Bauch. Billy beugte sich über das Handy.

»Da steht, sie kriegen Zwillinge«, sagte er, »bist du ganz sicher, dass diese Frau diese Nachrichten schreibt?«

Ich starre immer noch das Foto an.

»Äh.«

»Also, ich war ja noch nie schwanger, aber mich würde das ein wenig wundern«, sagte Billy.

»Es ... Ich ... Ich weiß nicht. Das ist jetzt«, sagte ich. »Das überrascht mich jetzt. Das haut mich um.« Ich schob Billys Smartphone wieder zu ihm hinüber, und ich fragte ihn, ob er mir noch einen Averna Sour machen könnte, aber er hatte die Flasche schon in der Hand.

Sophie und Molly schliefen schon, als ich heimkam, ich schlich mich leise durch die Wohnung, nahm eine halbe Xanax, als ich mich hinlegte, später noch eine halbe, aber ich schlief nicht ein. Ich holte mir meinen Laptop auf den Bauch, loggte mich bei

Facebook ein, entfernte die Blockierung und starrte das Bild an. Ihr glückliches, rotwangiges Lächeln. Da war kein Ludwig in diesem Bild, keine Vergangenheit, nur Zukunft, strahlende, leuchtende Zukunft. In dem Bild stand alles auf Anfang. All die neuen Dinge, die mit dem ersten Kind ins Leben kamen. Sie hieß jetzt nicht mal mehr Adler, nur noch auf Facebook, sie hatte den Namen aufgegeben, für den Namen des Mannes, der seine Hände um ihren Bauch gelegt hatte. Sie hieß jetzt Allamoda, Valerie Allamoda, wie eine französische Chanson-Sängerin. Das Foto mit dem dicken Bauch war das letzte, das sie gepostet hatte, vorgestern erst, es war ganz neu, und sie hatte ein paar dieser peinlichen Hashtags drangehängt, #twinmum #expecting #happyfamily #newlife #lifeisbeautiful. Ich scrollte mich ihre Timeline entlang in ihre Vergangenheit, und da war alles: das Hochzeitsfest an einem sonnigen Spätsommertag, ihr kleiner, runder Bauch im enganliegenden, langärmligen weißen Spitzenkleid, sie drückte ihn beim Brauttanz an den frischen Gatten, der so happy aussah, dass es fast unangenehm war. Er trug einen schmalen blauen Anzug, ein Hemd mit offenem Kragen, und er sah Ludwig auf beinahe beleidigende Art nicht ähnlich. Es gab in ihrer Galerie kein Foto von Ludwig.

An all dem, was ich sah, hing eine große tiefschwarze Ahnung, eine besorgniserregende Gewissheit: Sie war es nicht. Wieso sollte eine Frau mit so viel Glück in und vor sich, solche Nachrichten schreiben? Es war undenkbar, sie konnte es nicht sein. Aber wenn sie es nicht war, wer war es dann? Plötzlich merkte ich, wie angenehm es gewesen war, sie als Verdächtige zu haben, wie einfach. Der Verlust dieser Gewissheit löste in mir eine Angst aus, die mich brutal überrollte. In meinem Umfeld, meiner Umgebung gab es einen großen Unbekannten, einen verborgenen Feind, der mir Böses wollte. Es musste jemand sein, der mich gut kannte. Jemand aus meinem engeren

Kreis. Wer kam in Frage? Was stand in diesen Nachrichten, wer kam darin vor? Ludwig, Simon, ich, Valerie, Sophie, andere Frauen. Wann hatte es angefangen? Simon. Wann waren die Nachrichten ausgeblieben, wann öfter gekommen? Dieses unbestimmbare Unbehagen, das ich unlängst beim Gedanken an Simon gespürt hatte, kroch wieder in mir hoch, bekam plötzlich eine Form. Simon. In mir klappte etwas zu wie das Rasiermesser in der Ockhams-Knife-Theorie, die ich unlängst in ein Drehbuch eingebaut hatte und die sagte, dass die einfachste Theorie allen anderen vorzuziehen und fast immer die richtige sei.

**ICH DACHTE VIEL** an Ludwig in den Tagen, die folgten. Seine Zuversicht. Wie er in Menschen immer erst das Gute gesehen hatte. Die Sicherheit, die er mir gegeben hatte. Solche Dinge waren nicht passiert, als er noch gelebt hatte, so ein Misstrauen hatte ich mit ihm an meiner Seite nie gespürt. Ich verkroch mich in der hölzernen Höhle, die er für uns, für mich gebaut hatte, und ich vermisste ihn. Ludwig mochte kleine Räume, er sagte, es müsse nur genug Außen hereinkommen, große Fenster, Schiebetüren aus Glas, die den Raum nach draußen öffneten. Er schimpfte immer darüber, dass alles viel zu groß geworden sei, die Autos, die Häuser, die öffentlichen Gebäude sowieso. Die Küchen, die er bauen sollte. Ein Wochenende in einem modernen Wellnesshotel an einem See, das er zum Geburtstag bekommen hatte, verbrachte er damit, sich über den vielen brachliegenden Raum zu beschweren, riesige Hallen zwischen den Trakten, die nur für die Luft gebaut worden waren, die sie umhüllten, und dafür, dass sich die Gäste, wenn sie in ihren Bademänteln aus weichem, weißem Luxusfrottee hindurchwandelten, wertvoller fühlten, luxuriöser, wichtiger. Sie waren der Mittelpunkt der Welt, Königinnen und Könige, so viel Platz war verschwendet worden, nur damit sie größer atmen konnten. Nutzlose Hüllen für reine Leere, Bauten ohne Zweck und Funktion, die nichts taten, als Landschaft zu verschandeln, die vielen die Aussicht nahmen, um wenigen eine luxuriösere zu verschaffen. Eine Privatisierung des Blicks sei das, schimpfte Ludwig, den Blick auf diesen See zu verstellen, den nur noch die Reichen exklusiv sehen dürften, aus den riesigen Fenstern ihrer riesigen Zimmer, die nur sie sich leisten konnten. Herrenmenschen-Kubatur. Neben dem Hotel gab es noch ein kleineres altes Haus im

Originalstil der Gegend, das scheinbar zum Hotel gehörte. Es war nicht schön, und offensichtlich hatten verschiedene, wenig geschmacksichere Besitzer daran herumrenoviert, und als der Direktor des Hotels während einer seiner Befindlichkeitserkundigungen an unserem Frühstückstisch vorbeikam, fragte Ludwig nach dem Haus, das man durchs Fenster sehen konnte. Der Direktor schaute ihn begeistert an und sagte, ja, ist Ihnen das Haus aufgefallen? Genau, sagte Ludwig. Der Direktor strahlte wie die Sonne, als er sagte: Ja! Das reißen wir weg! Mit der Begeisterung eines Fünfjährigen, der Weihnachtsgeschenke aufmacht. Da bauen wir große Ferienapartments hin, für Gäste, die mit ihren Familien und ihren Nannys kommen und das Hotelangebot nutzen wollen, ich wünsche Ihnen einen herrlichen Tag, lassen Sie sich verwöhnen! Ludwig wollte sofort abreisen.

Er ließ mich nie wieder ein Hotel aussuchen. Er sah sich gerne mit mir *Fixer Upper* an, weil er dann ohne Unterlass auf die moderne Welt und die Amerikaner schimpfen konnte. Die Serie, sagte Ludwig, sei wie ein grässlicher Unfall, von dem man nicht wegsehen konnte, sieh dir diese Hallen an, diese riesigen, grauenhaften Küchen, in denen, ich schwör's dir, keiner je kocht, Tische für zwölf Leute, an denen nur Mikrowellenscheiße serviert wird. Übertreib nicht so, sagte ich. Und wer leidet darunter, ich, die Leute sehen das und wollen dann auch solche Herrschaftsküchen, alles riesig und klobig und bieder. Er verehrte Joseph Eichler und Richard Neutra und ihre Häuser, und das Haus, das er für uns gebaut hatte, orientierte sich an ihnen; das honigfarbene Holz, die einfachen Einbauschränke und Regale, die funktionellen Lösungen. Er hätte gern alle Küchen so gebaut wie die Küchen in den Neutra Bungalows, schlichte gewachste Holzfronten ohne Griffe, nur mit eingefrästen Grifflöchern, nur das Nötigste an Geräten. Aber die Leute wollten so was nicht mehr, sie wollten große Küchen wie in *Fixer Upper*, und oft ließen sie sich von Ludwig einen Vorentwurf und einen Kostenvoranschlag für eine Küche aus edlem Holz machen, ließen ihn planen und tüfteln, er legte ihnen eine perfekte, sorgfältig durchdachte Lösung vor, und dann ließen sie sich eine Küche aus Edelstahl bauen, klinisch und kalt wie ein OP-Saal. Ludwig verstand es nicht, und ich verstand, dass ihn das frustrierte. Aber Ludwig verstand ohnehin nie, wie man sich gegen Holz entscheiden konnte. Ludwig konnte stundenlang darüber sprechen, wie Holz wuchs und in welchem Tempo, wie es lebte, wie es arbeitete, wie es alterte, wie schnell es nachwachsen konnte, was für ein Glück wir hatten, dass wir so viel davon hatten, so viele Wälder, so viele Bäume. Ich beobachtete ihn, wie er minutenlang einen Holzbalken des Hauses, das er gebaut hatte, anschaute oder den Esstisch aus Weißtanne, wie er ihn berührte, streichelte. Er streichelte auch die uralten Sessel, die darum herumstanden, er hatte sie einzeln auf Flohmärkten gekauft und hergerichtet, jeder hatte eine Geschichte, die wir nicht kannten, und für jeden dachte sich Ludwig eine neue aus und erzählte sie den Kindern. Für ihn waren diese Möbel kaum weniger lebendig als etwas, das atmete. Er sprach mit dem Holz, wenn er glaubte, allein zu sein, er lobte es wie einen braven Hund, und wenn man ihn dabei ertappte, genierte er sich nicht einmal dafür, so selbstverständlich und normal war es für ihn.

Vielleicht ließ er sich auch deshalb in der Erde begraben, damit er noch eine Weile in einer Kiste aus Holz liegen und sich damit verbinden konnte, und als mir das klarwurde, pflanzte ich anstelle der verwelkten Tomaten einen Baum auf sein Grab, einen kleinen Apfelbaum, weil die Friedhofsordnung große Bäume verbot. Mir wäre eine Kastanie passender vorgekommen, oder eine Blutbuche. Der Baum auf Ludwigs Grab war auch kahl jetzt. Aber dieses Haus aus Holz, mit Ludwigs Händen daran, voll von seiner Liebe: Es war warm, es war unser Zuhause.

**BENNI WAR SCHON WIEDER** nicht wach zu kriegen. Ich rüttelte an ihm, stellte ihm eine Tasse Kaffee neben das Bett.

»Raus jetzt.«

Ich schichtete gerade Papiere aufeinander, als er endlich verschlafen aus seinem Zimmer schlurfte. Auf einem Teller gammelten ein paar übrig gebliebene Pommes in halbvertrocknetem Ketchup.

»Morgen.«

»Morgen, mein Schatz.«

»Was machst du da?«

»Termin mit der Steuerberaterin vorbereiten.«

»Ach, deshalb schaust du so.«

»Ja, und weil du dein Mitternachtsessen wieder mal nicht weggeräumt hast. Wärst du vielleicht so nett?«

»Zu Befehl, Comandante.« Er schlurfte um den Tisch herum, und ich wunderte mich wieder, wie unendlich langsam ein junger Mensch einen Teller hochheben, über dem Mülleimer abkratzen und in die Spülmaschine räumen konnte.

»Tisch abwischen wäre auch schön.«

»Passive-aggressive, Mutter.« Aber er tat es.

»Danke, hervorragende Mitarbeit. Ich fahr dann in die Stadt. Komme morgen wieder.«

»Viel Spaß. Grüße an Sophie. Ich geh nach der Schule zu Emily.«

»Gut. Und du solltest dann mal in die Gänge kommen. Du kommst schon wieder zu spät. Anziehen, Abmarsch. Ist ja wie bei einem Kleinkind. Brauchst du Geld?«

»Immer.«

Ich legte ihm zwei Zehner auf den Tisch. Er wedelte beim

Hinausgehen mit beiden Händen, Daumen und kleiner Finger abgespreizt, und sagte irgendwas wie »Schiiisch«, aber ich konzentrierte mich schon wieder auf meine Papiere. Das mit dieser Emily schien was Ernstes zu sein. Ich hatte sie getroffen, als sie mal bei uns zu Besuch war. Sie hatte mir gefallen. Sie hatte kurzes Haar, eine tiefe, kratzige Stimme und Humor.

Ich fuhr in die Stadt, brachte den Steuertermin hinter mich, holte Molly vom Kindergarten ab und kümmerte mich um sie, bis Sophie von ihrem Job bei einem Lieferservice nach Hause kam. Dann ging ich los und klingelte bei Johanna.

Ich ging rauf in den dritten Stock, das Haus hätte mal ein bisschen Renovierung vertragen, grauer Putz bröselte von der Wand. Im zweiten Stock drang laute Musik durch eine der Türen, es klang, als würde dort eine Band proben, und offenbar war das auch so, wie Johanna mir noch im Flur bestätigte, nachdem ich sie umarmt und ihr zwei kalte Flaschen Prosecco in die Hand gedrückt hatte.

»Sie gehen mir so auf die Nerven da unten, mit ihrem Gescheppter. Macht mich das alt?«

»Na ja.«

»Wir waren doch früher immer mit Kerlen aus Bands zusammen. Und jetzt spießere ich hier rum wie die ärgste Trutsche.«

»Ich weiß nicht«, sagte ich. »Haben wir uns ein bisschen Spießerei nicht verdient, nach all dem, was wir früher aufgeführt haben?«

»Du meinst, indem wir alle Nachbarn genauso genervt haben, wie es die unter mir jetzt mit mir machen?«

»Haha, ja. Wir waren nicht immer schon verspießert. Wir wissen, warum wir es jetzt sein wollen. Sag den Krachheinis da unten das exakt so. Dass du dir deine Ruhe verdient hast mit all dem Lärm, den du früher gemacht hast.« Ich streifte mir die Schuhe von den Füßen.

»Ma, bitte, lass sie an. Ich hab ja zum Glück keine Kleinkinder mehr, die den Boden ablecken.«

»Darauf lass uns anstoßen. Ich zieh sie trotzdem aus.«

»Wie es beliebt. Wir dinieren heute im Westflügel.«

Wir gingen in ihre abgerockte Küche mit dem großen Holztisch, den Ludwig ihr aus zwei alten Tischen zusammengezimmert hatte und auf dem sich Arbeitsunterlagen stapelten.

Ich ließ mich in den Sessel fallen, in dem ich immer saß.

»Es gibt Essen?«

»Das war natürlich ein Witz. Wir können Pizza bestellen, wenn du magst.«

»Später vielleicht. Erst mal genügt mir Sprudel.«

»Voilà.« Sie verräumte eine der Flaschen im Kühlschrank, öffnete die andere auf ihrer vollgestellten Küchentheke und füllte zwei Weingläser. Geschirr stapelte sich auf der Abtropffläche, es glänzte noch feucht.

»Du hast extra wegen mir abgewaschen! Das rührt mich so.«

»Oder!«, sagte Johanna. »Mach ich nicht für jeden!«

»Wo sind die Mädels?«

»Keine Ahnung. Sie kommen, wenn sie Hunger haben. Und stets erwartet sie eine große Enttäuschung.«

Sie hatte zwei Töchter, Leo und Fritzi, beide waren über zwanzig und wohnten noch bei Johanna.

»Sie überleben's.«

»Ja, cheers. Also, was gibt's?«

Ich sagte ihr, was es gab. Es war nicht leicht.

»Die anonymen Nachrichten.«

»Oje, ja.«

»Hat ja eine Zeitlang aufgehört, nachdem ich der Adler geschrieben habe. Und jetzt ...«

»Ja, ich weiß. Die Letzte hab ich dir eh brav geschickt, so wie du es immer willst. Obwohl ich nicht finde ...«

»Warte. Du musst dir was anschauen.« Ich fingerte mein Smartphone aus meiner Tasche und tippte auf das Facebook-Zeichen.

»Offenbar hat deine Intervention leider doch nichts genützt.«

»Ja. Nein. Ich muss dir was zeigen. Oder hast du es schon gesehen?«

»Was soll ich gesehen haben?«

Ich zeigte ihr das Facebook-Foto mit dem schwangeren Bauch und den zwei Ringhänden. Scrollte weiter runter auf das Hochzeitsidyll.

Sie schaute mich überrascht an. Sie hatte es ganz offensichtlich noch nicht gesehen.

»Das ist aber sehr interessant.«

»Ja, oder. Ich glaube, sie kann es nicht sein.«

»Sieht jedenfalls nicht so aus, als würde sie Ludwig noch nachweinen.«

»Nein, überhaupt nicht.«

»Sehr merkwürdig.«

Johanna stand auf, ging zum Kühlschrank und holte die Proseccoflasche raus.

»Mehr als merkwürdig.« Sie schenkte mir nach, stellte die Flasche zurück und scrollte sich dann durch Valeries Facebook-Galerie, so wie ich es getan hatte.

»Schönes Paar. Bissl kitschig, diese Hochzeit. Wie aus einem Magazin.«

»Ja, oder? Aber.« Und dann stellte sie die Frage, die mich auch verfolgte.

»Aber wenn sie es nicht ist: Wer ist es dann?«

»Genau, wer ist es dann. Darüber denke ich jetzt seit Tagen nach.«

»Und du hast schon einen Verdacht.«

»Ja, aber es klingt bizarr. Wirklich völlig abartig. Und deshalb wollte ich es zuerst mit dir besprechen. Es ...«

»Wer?«

»Ich frage dich jetzt was. Du antwortest nicht gleich. Du hörst es dir an und denkst darüber nach.«

»Okay.«

Es fiel mir sehr schwer, es auszusprechen. Ich stotterte herum.

»Was jetzt?«, sagte Johanna.

»Könntest du dir vorstellen, dass es Simon ist?«

Wie Johanna mich ansah. Später sah ich diesen Blick noch öfter bei anderen. Diesen Bist-du-irre-geworden-Blick.

»Wie?«

»Ich sagte doch, du sollst nicht gleich antworten.«

»Du glaubst wirklich, es ist Simon?«

»Ja. Ich glaube, es ist Simon.«

»Warum glaubst du das?«

»Es ging los, nachdem ich anfing, mit ihm auszugehen. Und die Nachrichten sind immer dann gekommen, wenn ich es beendete. Und als ich wirklich gar nicht mehr wollte und ihm nicht mehr antwortete, tauchte plötzlich sein Name in den Nachrichten auf. Und ich hab ihn deswegen natürlich angerufen.«

»Interessant.«

»Und die ganzen Informationen in den Mails: Ich habe ihm das alles erzählt. Und was ich ihm nicht erzählt habe, könnte Benni ihm erzählt haben.«

»Du traust ihm zu, dass er Informationen aus einem vertraulichen Klientengespräch verwendet? Also, das fällt mir schwer, das zu glauben.«

»Ja, mir auch. Trotzdem.«

»Ja, aber ... Das ist ... Ich muss darüber nachdenken. Ich geh mal aufs Klo.«

»Gut. Ich lauf nicht weg.«

Sie kam zurück, mit einem Ernst in ihren Augen, den ich selten bei ihr gesehen hatte. Zuletzt, als ich ihr von Wolfs Tumor erzählt hatte. Und damals, als sie ihr drittes Kind verlor.

Sie sagte: »Ruth, ich will ehrlich zu dir sein. Ich kann es mir nicht vorstellen. Aber erklär's mir nochmal.«

Ich erklärte es ihr nochmal, und ich musste zugeben, dass mein Verdacht in erster Linie auf Indizien basierte und darauf, dass es Valerie nicht sein konnte. Johanna hörte sich alles an. Dann sagte sie, sie wolle drüber schlafen, sie müsse darüber in Ruhe nachdenken, und ich sagte, ja, gut, und wir bestellten Pizza und sprachen über andere Themen, über Wolf und seine Weigerung, sich helfen zu lassen, über unsere Kinder und den letzten Tratsch. Um Mitternacht stieg ich in ein Taxi.

Johanna rief mich am nächsten Tag an, am frühen Nachmittag, und sagte: Mausi, hör zu, ich nehme das ernst, was du sagst, und ich halte es nicht für vollkommen undenkbar, und ich werde es mir weiter durch den Kopf gehen lassen, aber ich kann es mir einfach nicht vorstellen, dass Simon so was macht. Ich sagte: Hmm, ja, gut, wahrscheinlich hast du recht. Ich sagte, am besten, ich vergesse es einfach wieder, und das tat ich auch.

**ICH WEISS NICHT MEHR,** wieso ich Simon doch wieder schrieb, nachdem ich wochenlang auf keinen seiner Kontaktversuche reagiert hatte. Vielleicht hatte es mit Johanna zu tun. Es hatte mich verunsichert, dass sie sich nicht vorstellen konnte, was ich mir vorstellte. Vielleicht spielte das schlechte Gewissen eine Rolle, weil ich ihn verdächtigt hatte, vielleicht seine Uneindeutigkeit in Bezug auf Valeries Mail. Es quälte mich, dass er mich vielleicht auch so sah, und ich wollte nicht als die crazy Witwe aus der Beziehung mit ihm aussteigen, oder als die hysterische Exgeliebte, die unwiderruflich beleidigt war.

Irgendwann antwortete ich Simon auf eine harmlose SMS: *»Hey, hoffe, dir gehts gut, du hast mir doch mal von dieser Super-Autowerkstatt erzählt, hast du da eine Nummer.«* Ich schickte ihm die Nummer; *bitte, hier, alles Beste für dich und dein Auto.* Weitere solcher SMS kamen: *»Hey, wie gehts. Du, wie hiess nochmal das Restaurant neben dieser schönen Stiege im Zentrum, in dem wir im Frühling mal waren.«* »*Cucina Gina, buon appetito«*, schrieb ich zurück und fragte natürlich nicht, mit wem er da hinwollte. Ging mich nichts an, war mir egal.

Dann traf ich ihn zufällig in dem Kaffeehaus, in dem ich manchmal, wenn ich in der Stadt war, mit meinem MacBook saß, zu viel Kaffee trank und ein ordentliches Schnitzel aß. Ich bemerkte ihn erst, als er schon vor meinem Tisch stand, in einem grau karierten Tweedsakko, mit einem zartlilafarbenen Schal um den Hals. Er trug jetzt einen Bart mit ein paar sehr dekorativen weißen Stellen und eine Ledermappe unter dem Arm. Er lächelte, und kurz danach saß er, ohne dass ich eine Chance gehabt hätte, mich dagegen zu wehren, an meinem Tisch, und noch eine Weile später standen Weingläser vor uns, und ich bemerkte, dass es draußen dunkel geworden war. Ich war reserviert. Ich sagte, dass ich dann mal heimmüsse, ich hätte Babysitterdienst, Sophie wolle ausgehen, hatte er denn nichts zu tun? Nichts Wichtigeres. Er lächelte sein Simon-Lächeln. Ich taute auf. Er parierte meine Witze mit genau der richtigen Dosis Sarkasmus, das hatte ich immer an ihm gemocht. Er bestellte noch mehr Wein. Ich spürte wieder, wie seine Wärme in mich hineinkroch und mich ausfüllte und ganz weich machte. Er war lustig. Er war nett, er fragte interessiert nach Benni, Sophie und Molly. Das Licht der weißen Kugellampen wurde abgedimmt, alles wurde ganz sanft. Ich hatte meinen Laptop längst zugeklappt. Leises Stimmengewirr wehte von den anderen Tischen zu uns, ich fühlte mich geborgen. Sie war wieder da, diese alte Vertrautheit, als wäre sie nie weg, als sei alles andere nur ein dummer Irrtum gewesen. Ich erzählte ihm von Wolf, und er reagierte genau richtig darauf. Zwischendurch ging ich aufs Klo und sah mich im Spiegel mit roten Backen grinsen. Das Lokal war zu stark beheizt, ja, und als ich zurückkam, war mein Glas wieder voll. Er erzählte mir von einer Frau, mit der er sich vor einiger Zeit eingelassen hatte, und wie er es bereute, denn nun stelle sie ihm nach, auf Twitter und Facebook, mit SMS und Mails, und manchmal lauere sie ihm auf Veranstaltungen auf, zu denen er eingeladen war, er sei froh, sagte er, endlich wieder mit einer einigermaßen normalen Frau zusammenzusitzen, und dann sprachen wir doch noch über die Nachrichten und über Valerie, und ich konnte ihm endlich sagen, wie mich seine Reaktion getroffen hatte, nachdem ich ihm ihre Mail weitergeschickt hatte, weil ich den Eindruck hatte, dass er mich eben nicht für normal, sondern für ein bisschen verrückt hielt, und er lächelte und sagte, das tue er natürlich, aber, und dieses Aber enthielt so vieles, was mir guttat, was ich endlich wieder mal hören wollte, und kurz bevor ich leicht schwankend endlich aufstand, um nach Hause zu gehen, gestand ich ihm, dass ich ihn doch tatsächlich einen Moment lang verdächtigt hatte, der Verfasser der anonymen Nachrichten zu sein. Er lachte mich nicht aus, sondern grinste und sagte, das sei wirklich ein sehr interessanter Gedanke und wir sollten ihn bald vertiefen.

Ich schlief in der Stadtwohnung, und als ich am nächsten Nachmittag in mein Haus zurückfuhr, regnete es, als würde es nie wieder aufhören, ein steter, vorhangdichter Regen, beständig und gleichmäßig, als gäbe es auf der Welt gar kein anderes Wetter. Auf der Veranda stand das Wasser und darunter in der Wiese auch. Mir war klar, dass die Bauern sich freuten, aber ich freute mich, als der Regen endlich aufhörte, die Sonne sich durch die Wolkendecke zwängte und etwas Licht durchließ. Ich hatte Simon im Kopf und diese überraschende und merkwürdig schöne Begegnung mit ihm und kriegte ihn nicht mehr raus.

Ich schlüpfte in Leggins und Laufschuhe, steckte mir Kopfhörer in die Ohren und lief in den Wald. Die Luft war feucht, schwer, ich fand es anstrengend, sie ein- und auszuatmen. Ich lief den Weg entlang, den ich immer lief, weg von der Stadt, weg vom Fluss, den ich auf einer Fußgängerbrücke überquert hatte, in der Nähe von Wandas Haus. Ich lief ein Stück über ein Feld, es endete an einer Wand aus Wald. Das Waldstück war groß und dicht, nur dieser matschige Weg, auf dem ich lief, führte hindurch, in seine Ränder trampelten die Pilzsammler im späten Sommer ihre Pfade, wenn sie frühmorgens durch den Mischwald krochen. Sie lösten sich über den Winter wieder auf und wurden im Frühjahr neu getrampelt. Sonst gab es dort nur Bäume, Buchen, Eichen, Spitzahorn und Eschen. An einer Stelle führte der Weg durch einen Tunnel aus überwiegend toten Fichten, ein dunkles Loch, über dem die trockenen, braunen Wipfel der fast kahlen Bäume zusammenschlugen und sich überkreuzten, zerstört vom Borkenkäfer. Bald würden die Forstarbeiter kommen und alle Bäume fällen, wie sie es schon weiter oben gemacht hatten, wo früher Wald war und jetzt nicht mehr. Jetzt war der Exwald nur noch ein pickeliger, vernarbter Hügel, bar dessen, was ihn einst zum Wald gemacht hatte. Zwischen den Baumstümpfen wucherte das Unterholz, das nun überraschend viel Licht bekam und reichlich Feuchtigkeit, und es fand zu mehr Größe als üblich, bald würde es die Stümpfe gleichmäßig überwuchert haben. Weiter unten war der Wald dicht belaubt und weitläufig, und der Weg, auf dem ich lief, führte in einem weiten Bogen in das schattige Grün hinein.

Ich ging diesen Weg, wenn ich schrieb, wenn ich mir Geschichten ausdachte, wenn ich nachdenken musste, und ich lief, wenn ich unruhig war oder wenn der Schorf aufbrach, der sich über den Verlust von Ludwig gebildet hatte, und ich das wunde Durcheinander in meinem Inneren nur durch meine schnellen Schritte und durch den Sound in meinen Ohren wieder in einen Takt brachte. Songs von Father John Misty, Tocotronic, James Blake, Margaret Glasby, Sophie Hunger und Mitski, Songs, die Sophie auf mein Handy geladen hatte, die fand, dass man nicht immer nur Beatles und Joni Mitchell hören könne, wie man zu Joni Mitchell überhaupt laufen könne, das kapiere sie gar nicht, da, horch, zum Laufen brauchst du was unaggressiv Rhythmisches, etwas Heiteres, Entspanntes. Und ja, es war gut, es ließ mich aus meiner Anspannung heraus und wieder zu Atem kommen, es drückte meine Atmung aus meinem Kopf in meinen Bauch, lichtete den grellen Stressnebel in meinem Bewusstsein, besänftigte den Zorn und die Angst. Ich lief, weil mir das Laufen die bösen Geister austrieb, so sagte es

Manuel einmal, ich hörte es nicht gern, er hätte das nicht sehen sollen, niemand sollte es sehen.

Ich lief den Bogen aus. Ich war kurz vor dem toten Tunnel, als sich ein Stück dahinter eine Gestalt aus dem Schatten schälte, ich konnte nicht feststellen, ob Mann oder Frau, und bevor ich es erkennen konnte, verließ die Gestalt in einer geduckten Bewegung den Weg und verschwand im Wald. Ich stoppte ab, keuchend, atemlos, riss mir die Stöpsel aus den Ohren und beobachtete die Stelle, an der ich die Person gesehen hatte. Sie war nicht mehr da, sie kam nicht zurück. Es gab keinen anderen Weg in diesem Wald als den, von dem die Gestalt verschwunden war, sie musste in den Wald gelaufen sein. Vielleicht stand sie da hinter einem der Bäume. Mein Herz schlug schneller, während ich weiter in das Dunkel des Tunnels starrte. Nichts bewegte sich, die Person kehrte nicht zurück auf den Weg, aber ich glaubte, in meiner Nähe ein Knacken zu hören, das meinen Blutdruck weiter in die Höhe trieb. Ich drehte um und lief mit meinen Ohrstöpseln in der Hand zurück, so schnell ich konnte, wie auf der Flucht, durch den Wald und aus dem Wald hinaus und über das offene Feld, schaute dabei immer wieder hinter mich, ob da jemand war, ob mich jemand verfolgte, aber nichts war da, niemand. Vielleicht war gar nichts da gewesen. Erst auf der Holzbrücke blieb ich stehen und drehte mich keuchend zu der Wand aus Wald und der kleinen Öffnung, durch die der Weg hineinführte. Nichts bewegte sich. Niemand kam heraus. Vielleicht hatte ich mir die Gestalt nur eingebildet, ein Windstoß, der die Neigung der Bäume kurz verschoben hatte, ein Einfall von Licht, ein Schatten zwischen Schatten. Aber vielleicht auch nicht. Ich dachte, dass ich vielleicht doch einen Hund haben sollte, einen großen Hund, so einen Hund, wie er mir manchmal im Traum erschien.

Oder einen Mann, vielleicht hatten die anderen recht. Vielleicht sollte ich mich nicht so verschließen. Vielleicht war es doch nicht so gut, allein zu bleiben, nicht sicher genug. Vielleicht sollte ich das Alleinleben nicht so glorifizieren. Ich lief nach Hause, ich duschte, ich zog mich an, und als ich mich wieder an meinen Computer setzte, fand ich eine Mail von Simon, der mich fragte, ob ich am Wochenende was vorhätte, er habe da einen Termin in Triest und ein schönes Hotel für zwei Nächte. Ich zwang mich, zwei Stunden lang nicht zu antworten, zwei Stunden, in denen ich mir all die Gründe aufzählte, die dagegensprachen und in denen ich darauf wartete, dass er es zurücknahm, wie schon einmal, aber er tat es nicht, und ich dachte, vielleicht gibt es doch eine Chance für uns beide, und später fragte ich mich, wie ich so dumm sein konnte, aber ich sagte zu.

**WIR FUHREN IN MEINEM AUTO** nach Triest. Er hatte gesagt, er fahre nicht so gern, das wunderte mich ein bisschen, aber ich sagte, kein Problem, ich fahre gern, aber, ich sagte es ihm gleich, damit er sich nicht wunderte, ich rede nicht so gern beim Autofahren. Wundert mich nicht, sagte Simon, du redest ja sowieso nicht so viel. Ich sagte, wahrscheinlich schreibe ich deshalb, ich schreibe lieber. Er sagte: Frau fährt, Mann schweigt. Ich sagte, so strikt sei es dann auch wieder nicht.

Ich holte ihn am Sonntag früh vor seinem Haus ab. Er sah verschlafen aus. Er hatte seinen Bart abrasiert. Er gefiel mir. Er hatte eine Lederreisetasche dabei, sie sah teuer aus, wunderbar dickes, weiches, honigbraunes Leder, man wollte es sofort anfassen, streicheln, eine Wange daran reiben. Er schob die Tasche in den Kofferraum meines Kombis, neben meine Ikea-Tasche aus bunt gemustertem Nylon. Ich drückte den Kofferraum zu und entdeckte eine neue Schramme im Lack, gleich neben der Delle, die ich beim Rückwärtseinparken kassiert hatte. Ich startete das Auto, reihte mich in den Verkehr ein, und wir fuhren los, Richtung Italien.

Ich hatte mir von Manuel eine Playlist zusammenstellen lassen.

»Was willst du denn hören?«, fragte Manuel am Telefon. Ich sagte, am liebsten etwas Beschwingtes und Modernes, und er lachte mich aus, wer sagt denn heute noch beschwingt, das macht dich total alt.

»Ja, halt was zum Autofahren«, sagte ich und war unangenehm berührt, weil mein Sohn mich auslachte, »etwas, das nicht nervt.« Es nervte mich, dass er mich auslachte.

»Wo fährst du denn hin?«

»Triest.«

»Aha. Mit Johanna?«

»Nein.«

»Wer fährt mit?«

»Geht dich nichts an, mein Sohn. Mach mir einfach die Playlist, ich will nicht länger als nötig italienische Sender hören müssen.«

»Wolltest du früher immer, wenn wir nach Italien gefahren sind. Du hast dich richtig auf diesen Italopopscheiß gefreut. Und außerdem weiß ich ohnehin, wer mitfährt«, sagte Manuel.

»Woher willst du denn das wissen?« Ich fand das merkwürdig, und es war mir unangenehm.

»Erstens hat mir Sophie was erzählt, verrat mich nicht. Zweitens, ach egal.«

»Was meinst du?«, sagte ich.

»Nichts«, sagte Manuel.

»Es ist eindeutig was«, sagte ich, »also, zweitens?« Er schwieg, und er schwieg zu lange, und ich wusste, was zweitens war. Ich nahm einen großen Schluck von meinem Wein und sprach ihn darauf an, und er sagte, ja, er habe vor ein paar Wochen so eine schlimme Nachricht bekommen, sehr crazy Unsinn, es tue ihm leid, dass er davon angefangen habe, er wolle mich nicht beunruhigen. Ich war extrem beunruhigt, dass nun auch eins meiner Kinder diese ekelhaften Nachrichten bekam, aber ich wollte es mir nicht anmerken lassen. Ich würde mit Benni darüber reden müssen.

»Es beunruhigt mich eher, dass du es mir nicht erzählen wolltest, weil du offenbar denkst, man müsse mich schonen«, sagte ich. »Es tut mir leid, dass du diesen Dreck jetzt auch abkriegst. Schick mir die Nachricht bitte weiter.«

»Mama, ich finde das ziemlich übel, was da drinsteht.«

»Ja, aber bitte mach dir keine Sorgen. Ich denke, ich weiß, woher das kommt, ich ...«

»Woher? Wer schreibt dir so was?«

»... ich erzähl's dir dann mal, okay? Schick's mir einfach mal weiter.«

»Mach ich gleich.«

»Das ist so scheiße, dass du davon jetzt auch belästigt wirst. Ich hatte gehofft, es hätte aufgehört, aber dann ging es wieder los.«

»Alles gut, Mama. Ich halt das aus. *Du* tust mir leid.«

»Danke. Denk bloß nicht weiter darüber nach. Und stell mir diese Playlist zusammen, bitte. Und mach auf keinen Fall irgendeinen Amore-Unsinn rein.«

»Ooooch. Aber du darfst dich dann nicht beschweren, wenn's nichts wird mit deinem Schatzi.«

»Er ist nicht mein Schatzi, Schatzi. Wir sind nur Freunde.«

»Ja, klar.«

»Apropos Schatzi, wie geht's mit Diego?«

»Alles wunderbar. Wir ziehen vielleicht zusammen.«

»Super. Das finde ich gut. Diego ist super.«

Ich hatte ihn noch einmal daran erinnern müssen, aber dann hatte er mir einen Link zu einer Spotify-Playlist gemailt, und die spielte ich nun. Sie fing an mit fröhlichem Soul, Bill Withers, *Lovely Day*.

»Schön!« Simon grinste mich an.

»Ja, Manuel wollte mir unbedingt eine Playlist mit auf die Reise geben. Keine Ahnung, was da noch alles kommt, sei besser auf das Schlimmste gefasst.«

»Das ist dein älterer Sohn, oder? Der, der in Antwerpen lebt?«

»Amsterdam. Aber sonst stimmt alles.«

Wir redeten nicht viel während der Fahrt, Simon ließ die Lehne seines Sitzes nach hinten rasten, ich konzentrierte mich auf die Autobahn. Ein Schild sagte: »Nach Kärnten«, und Richtung Kärnten fuhren wir. Ich beobachtete ihn im Augenwinkel, er lag von mir leicht weggedreht und schien zu schlafen.

Ich fuhr und ich hörte Manuels Musik, und ich dachte über Manuel und Diego nach und freute mich, dass es ihnen so gutging zusammen in Amsterdam, und ich freute mich auf das Hotel, das Abendessen, eine Bar mit Blick aufs Meer, auf dem die Lichter von ein paar Booten glitzerten und weit entfernt die großen Frachtschiffe vorbeifuhren. Während Simon neben mir döste, gelang es mir nicht, nicht an Ludwig zu denken, der auf Reisen immer aus jedem Kilometer etwas Besonderes zu machen versuchte. Am Anfang hatte ich das geliebt, wie Ludwig aus jedem Moment, den wir gemeinsam erlebten, unseren Moment machte, als sei das WIR, das wir bildeten, dieser Hybrid aus mir und ihm, ein eigenständiger Organismus, der die Welt mit eigenen Augen wahrnahm. Die Playlist spielte Lana Del Rey, Tame Impala, Oehl, Aretha Franklin und, darüber würde ich mit Manuel sprechen müssen, Herbert Grönemeyer, während ich auf einer kurvigen Autobahn durch grüne Täler fuhr, durch Kärnten, und über eine fast unsichtbare Grenze. Jetzt sang Lucio Dalla aus dem Lautsprecher, Antonello Venditti und Adriano Celentano, als hätte Manuel sich ausgerechnet, wann wir in Italien ankommen würden, und das hatte er vermutlich auch. Simon bemerkte es.

»Manuels Playlist ist super, die musst du mir dann schicken.«

»Ja, find ich auch, ich richte es ihm aus. Hast du Spotify?«

»Ja.«

»Erinnere mich einfach nochmal daran, dass ich dir den Link whatsappe.«

Kurz nach der Grenze hielten wir an einem Autogrill, um auf die Toilette zu gehen, und danach fragte ich Simon, ob er vielleicht mal fahren wolle. Er fragte besorgt, ob ich müde sei, und ich war es, stritt es aber ab, und er sagte, ich sei eine fantastische Fahrerin, und wenn's für mich okay sei, genieße er gern weiterhin das Privileg, mein Beifahrer zu sein.

Dann waren wir in Triest.

Wir fuhren von der Autobahn ab, und schon strahlte uns das Meer entgegen, tief unter uns, endlos neben uns, als bräche der Planet dahinter ab. Blaue Adria auf der rechten Seite, kilometerlang. Man war am Meer ein anderer Mensch, oder man war zwei andere Menschen. Allein die Tatsache, dass man das Glück hatte, am Meer zu sein, schaffte Gemeinsamkeit. Man war in Italien, mit jemandem, den man gernhatte.

»O Gott, schau wie schön.«

»Ein Wunder, jedes Mal wieder«, sagte Simon.

»Fantastisch.«

Die Küstenstraße hatte uns einen grünen Hügel hinuntergeführt, schwitzende, keuchende Radfahrer mit knallroten Gesichtern waren uns entgegengekommen und Hunderte Vespas mit jungen Menschen. Es gab Parkplätze zum Meer hin, von denen Wege und Treppen zum Strand hinunterführten. Ich ließ mein Fenster herunter, um den Ozean riechen zu können, Simon tat es mir gleich, der Autolärm brandete über uns, aber ich roch nichts, nur Straße und heiße Luft. Eine Erinnerung an eine Reise mit meinem ersten Freund, Stefan, wurde in mir wach, meine erste Auslandsreise ohne meine Eltern, genau so ein Parkplatz am Meer war das gewesen, vielleicht exakt dieser hier, auf dem wir spätnachts angehalten und dann mit unseren Schlafsäcken in einem wackeligen Minizelt übernachtet hatten, neben unserem verbeulten alten Peugeot, und ich hatte mich zu Tode gefürchtet, bei jedem Geräusch, ich war überzeugt, von Räubern ermordet zu werden, lag die halbe Nacht wach, während Stefan neben mir schnarchte und überhaupt nicht auf mich aufpasste. Ich entspannte mich erst, als das Morgengrauen ins Zelt hereindämmerte, und danach war ich gerädert vor Schlaflosigkeit und Angst vor weiteren solchen Nächten. Ich bestand darauf, auf richtigen Campingplätzen mit Toiletten zu schlafen, was Stefan unsäglich spießig fand. Geld ausgeben dafür, dass man sich mit Kleinbürgern zwischen Wohnwägen und Vorzelten drängte.

Ob es wohl der Parkplatz hier gewesen war, an dem wir eben vorbeigefahren waren? Ich wollte die Geschichte Simon erzählen, als mir klarwurde: In dieser Gegend war ich mit Stefan gar nicht gewesen, niemals, hierher war ich nur mit Ludwig gefahren. Stefan und ich, wir waren in dem Peugeot ganz woanders unterwegs gewesen, in der Cinque Terre, an ähnlichen am Meer gelegenen Parkplätzen vorbei, also nichts zu erzählen, das für Simon einen Sinn ergeben hätte, das irgendwas mit dem hier oder mit uns zu tun hatte.

Wir fuhren jetzt bergab, in langen Kurven die Küste entlang, bis das Meer auf gleicher Höhe direkt neben uns lag, glitzernd, kräuselnd, strahlend. Die Straße war von Häusern gesäumt, Restaurants und Bars, Hotels, Supermärkten und Läden, deren Eingänge im Sommer wohl hinter Luftmatratzen, Wasserbällen und Strohhüten verschwanden. Und im Hintergrund schimmerte diesig die Silhouette der sonnenbleichen Stadt.

Das Hotel, in dem wir wohnten, sah einigermaßen edel aus, K&K-Schick, der daran erinnern sollte, dass Triest einmal ein Teil von Österreich gewesen war. Es lag direkt am Meer, an der Barcola, etwas außerhalb der Stadt. Wir betraten es durch ein hohes, von Säulen gesäumtes Portal, innen Mahagoni und viel

Bronze, Stuckdecken, Ölbilder von Maria Theresia, Perserteppiche auf Marmor. Ein winziger Aufzug brachte uns in den zweiten Stock. Wir hatten ein großes Balkonzimmer, mit hohen Decken, dunkelgelben Vorhängen und gestreiften Tapeten, das Bett war groß, es gab eine Minibar, alles schien perfekt zu sein, und erst als ich den Vorhang öffnete, während Simon dem Concierge ein Trinkgeld zusteckte, bemerkte ich, dass der Balkon zwar terrassengroß und von einer üppigen Balustrade umsäumt war, aber auf die vierspurige Straße hinausging, auf der wir zugefahren waren und von der, als ich die Balkontür öffnete, Lärm und Gestank ins Zimmer brandeten. Die Aussicht bestand aus einem langgezogenen alten Industriegebäude, einem Speicher oder dergleichen, niedrig, aber gerade hoch genug, um den Blick aufs Meer zu verstellen, nur ein winzig kleines blaues Dreieck zwischen zwei Gebäuden ließ den Ozean erahnen.

»Oje«, sagte Simon, »hab ich mir schöner vorgestellt. Lass uns das mal verschönern.« Er zog den Vorhang wieder zu, nur noch ein Streifen Licht fiel quer übers Bett. Dann rief er den Zimmerservice an und bestellte eine Flasche Champagner.

»Wird gleich besser, wart ab.« Wir kippten aufs Bett, er fiel von links, ich fiel von rechts, es war wie ein kleines Umfallballett, und nachdem Simon nochmal aufgestanden war, um das Klopfen an der Tür zu beenden und den Champagnerkübel vom Concierge entgegenzunehmen, fielen wir erneut, fielen aus unseren Kleidern heraus, als wären wir noch jung und als wäre das ganz normal.

Der Sex mit Simon war dann gut, wenn wir irgendwann zu dem Punkt kamen, an dem wir ineinander verschwammen, an dem ich nicht mehr so genau sagen konnte, wo ich aufhörte und wo der andere anfing, wenn wir durchlässig wurden, wenn das

Denken endlich die Kontrolle über mein Fühlen verlor. An den Punkt, an dem alles so sehr stimmte, dass ich kaum mehr zu atmen wagte, um nur nichts aus dem Gleichgewicht zu bringen. Simon flüsterte in mein Ohr, er fragte, ob es mir gutgehe, und ich konnte nicht antworten. Konnte nur meinen Kopf einen Millimeter bewegen, um zwischen unseren Wangen eine winzige, zustimmende Reibung zu bewirken, nur nicht zu viel. Vorsichtig den Krampf in meinem Bein lockern, ohne dass er es merkte, ohne dass es den Moment ruinierte. Aber in diesen Moment hineinzukommen, war nur in den ersten Nächten mit ihm leicht, dann nicht mehr. Für mich nicht, für ihn nicht. Wir hatten beide unsere Geschichte. Mich machte Sex verlegen, weil ich ihn fast mein ganzes Leben lang nur mit Ludwig gehabt hatte, der mich auswendig kannte und ich ihn. Jetzt brauchte ich Alkohol, um mir meine Kanten weich, meine Ungelenkigkeit geschmeidiger, die Stimmen in meinem Inneren stumm zu trinken. Simon hatte andere Probleme, die er selbst unbekümmert auf zu viel Stress schob, die aber weiter an meiner Unsicherheit zündelten, denn vielleicht lag es ja, entgegen allen Beteuerungen Simons, doch auch an mir, vielleicht war nicht er das Problem, sondern ich. Er hatte nichts davon je angesprochen, es war etwas, das ich mir aus Fetzen und Fragmenten zusammengebastelt hatte, die er mir aus seinem Leben erzählt hatte, von früheren Affären, von denen ich wusste, von den Bildern in seinem Instagram-Account, überwiegend Selfies, viele davon mit anderen Frauen, die meisten davon jünger, mit denen ich mich verglich, ob ich es wollte oder nicht.

Mein Hirn arbeitete, immer, analysierte, warum ich nicht zu ihm passte und er, weil er nicht Ludwig war, nicht zu mir, außer, wenn wir uns im Kuss nicht sehen konnten, wenn die Distanz zwischen uns zu gering war, um irgendetwas zu erkennen. Der Kuss, die Elektrizität unserer Berührung. Es löste sich auf in der Sekunde, in der sich unsere Münder lösten, in der ein Abstand zwischen unseren Gesichtern und unseren Leibern entstand und wir uns wieder wahrnahmen. Die gegenseitige Fremdheit erkannten. Die biblische Geschichte vom Erkennen, sie ist falsch. Das Erkennen führt nicht zur Vereinigung, es trennt jede Verbindung. Das Erkennen ist rational und grob und erbarmungslos, es beleuchtet ungnädig die Unterschiede.

Nichts davon sagte ich, aber er musste mein Gegrübel gespürt haben, die Skepsis gegenüber dem, was hier, in diesem Augenblick geschah oder was geschehen würde, wenn ich mich fallen ließe. Dabei war es genau das, was ich doch eigentlich anstrebte, für die Nächte und Nachmittage mit ihm, aber alle Absicht verlängerte und erschwerte den Weg zu dem Moment, in dem wir vorübergehend eins waren, in dem wir kurz zueinander passten, unmittelbar vor dem Nichtmehr.

Als ich danach auf dem Balkon eine rauchte, während er ins Badezimmer ging, fand ich eine Nachricht von einer Frau ohne Gesicht in meiner Messenger-App. Unter mir brüllte ein LKW vorbei. Ich wusste nicht, ob ich ihm davon erzählen sollte, ich wollte nicht schon wieder darüber reden, aber als ich zurück ins Bett stieg, hielt er mir sein Smartphone hin.

»Schau mal.« In seiner Nachricht stand fast dasselbe wie in meiner, dass Ludwig mich verlassen wollte, dass ich ein trauriges altes, einsames Weib sei, seit Ludwig tot sei, dass keiner mich mehr wolle, schon gar nicht der Brunner.

Es schlug mir auf die Stimmung. Es machte mich traurig.

»Stimmt ja nicht.«

»Was.«

»Was da drinsteht. Über dich. Und über mich.«

Ich sagte: »Weißt du was, ich will nicht mehr über die Nachrichten reden. Es ist elend, wie sie uns dominieren. Ich will's nicht mehr.«

Er küsste mich und sagte »gut«, und so war es dann auch.

Wir zogen uns an und fuhren mit dem Taxi in die Stadt, liefen durch das Zentrum, tranken Negroni in einer Bar. Es war so kitschig schön, die alten Gebäude, das warme Kopfsteinpflaster, das Licht auf den Plätzen, der Negroni weich im Nervensystem. Ich griff nach seiner Hand, als wir zum Restaurant spazierten, und er hielt sie fest. Wir gingen den Kai entlang, es war genau, wie ich es mir vorgestellt hatte, die Lichter der Stadt spiegelten sich im schwarzen Wasser, und dann aßen wir in einem Restaurant an der Mole, direkt am Segelhafen, mit weißen Tischtüchern und Tischlampen mit warmem Licht. Wir aßen Tatar aus ganz frischen Fischen, Spaghetti Vongole, die nach Meer schmeckten, Thunfisch mit Caponata in einer Erbsensoße. Wir redeten über das Essen und über unsere Familien und wie wunderbar es hier war. Wir steckten uns gegenseitig Gabeln in den Mund, und ein paarmal küssten wir uns. Ich fand es gut, verliebt auszusehen, zu zweit zu sein, mit Simon, richtig gut, auch wenn er sehr oft auf sein Handy sah, das störte mich. Sonst störte mich nichts.

Danach gingen wir noch in eine kleine Bar, und der Weg war lang, weil wir uns viel küssten, und das war gut, und in der Bar tranken wir Cocktails, lästerten über die anderen Gäste und redeten dann doch wieder über die Nachrichten, weil er danach fragte, weil er wissen wollte, wie ich darauf gekommen war, dass er sie geschrieben haben könnte. Ich wollte wirklich nicht mehr darüber reden, es war mir peinlich, dass ich ihn verdächtigt hatte, aber er insistierte, auf eine nette, scherzende Art. Also erklärte ich es ihm. Er hörte mir zu, sehr aufmerksam, er widersprach mir nicht, er ließ mich ausreden und sagte dann, ja, das sei plausibel, er wäre in meiner Situation wahrscheinlich auch auf den Gedanken gekommen und könne gut verstehen, warum ich mir nicht mehr sicher war, dass die Nachrichten von Valerie stammten; er aber sei nach wie vor überzeugt davon. Eigentlich mehr denn je. Er erklärte es mir: Er vermute eine dissoziative Persönlichkeitsstörung, sie führe auf der einen Seite das Leben, das sie auf Instagram und Facebook so leidenschaftlich und überzeugend herzeige, führe aber daneben, ganz heimlich, noch ein anderes, das dann solche Nachrichten generiere, in denen sie den Hass und die Trauer ableite, weil sie eigentlich ein anderes Leben hätte führen wollen, eines mit Ludwig. Dass sie nur das zweitbeste Leben bekommen hatte, den zweitliebsten Mann. Er hatte mir das so ähnlich schon einmal erklärt, aber Valeries Hochzeits- und Babybauchfotos hatten mich derart verunsichert; jetzt ergab es wieder Sinn für mich, war nachvollziehbar, besänftigte alle Irritation. Wir tranken noch mehr Cocktails, es gab lange Küsse, Umarmungen, mein Gesicht an seinem Hals, sein Geruch, den ich vermisst hatte, und am nächsten Morgen konnte ich mich nicht mehr an die Fahrt ins Hotel erinnern und kaum mehr an die Nacht, aber das, woran ich mich erinnern konnte, an das erinnerte ich mich gern.

Den nächsten Vormittag verbrachte er an der Universität, davor frühstückten wir unter dem Dach des Hotels auf einer ausladenden Terrasse, wo wir endlich den Blick aufs Meer hatten, den unser Zimmer vermissen ließ. Es war kühl, aber wir wollten unbedingt im Freien sitzen, die Frühstückskellnerin brachte uns Decken. Ich hatte Kopfschmerzen und entschuldigte mich für meine Wortkargheit. »Hab ich geschnarcht?«

»Nicht schlimm«, sagte Simon, auch er wirkte angeschlagen. Ich sah ihn an und dachte darüber nach, ob wir noch mehr solche Morgen verbringen würden, und ich war mir nicht sicher. Ich war mir auch nicht sicher, ob ich es wollte. Ich war eigentlich lieber mit mir allein und unbetrachtet, so kurz nach dem Aufstehen, mit meinem müden, bleichen Morgengesicht, mit meinen Gedanken, für die ich noch keine Worte fand.

Wir fuhren mit dem Taxi zur Universität und verabschiedeten uns vor der monumentalen Treppe, und dann wanderte ich hinunter in die Stadt, die ich schon kannte, aber bisher war ich immer nur mit Ludwig da gewesen, und ohne ihn war es ganz anders. Ich aß in zwei Bars Cichetti und trank Espresso und kaufte ein Kleid in einem Designerladen und italienische Lebensmittel in einer Markthalle am Kai, in der Nähe des Lokals, in dem wir gegessen hatten. Ich ging am Meer entlang, setzte mich auf eine Bank und sah den Möwen zu. Ich beobachtete die Leute, die vorbeigingen, ich sah mir die Paare an und dachte darüber nach, ob ich ein Teil davon sein wollte. Kleine Kinder liefen die Uferpromenade entlang, ihnen hinterher ihre Mütter, elegante ältere Frauen mit eleganten Hunden.

Simon hatte gesagt, er melde sich vielleicht zu Mittag, aber er rief nicht an, und gegen zwei fuhr ich zurück ins Hotel, duschte, erkundigte mich nach Benni, arbeitete ein bisschen, probierte das neue Kleid an. Simon kam um vier, er wirkte erschöpft und nicht besonders gut gelaunt, er küsste mich beiläufig, dann sagte er, wir würden uns am Abend mit ein paar Dozenten treffen, sie hätten ihn in eine Osteria eingeladen, er habe nicht absagen können. Ich hatte nichts dagegen, natürlich nicht. Er ging duschen, und als er zurückkam, war er aufgekratzt, und wir schliefen miteinander, schnell und überraschend effizient.

Mein Telefon hatte währenddessen geklingelt, ich hatte es mit einer Hand stummgedrückt, nun warf ich mir den Hotelbademantel über und ging mit Handy und Zigarette auf den Balkon, um zu schauen, wer angerufen hatte. Simon schien zu schlafen, ich zog leise die Tür hinter mir zu. Es war Johanna und sie hatte auch eine Textnachricht geschickt. *Ruf mich an.*

Es war nicht Johannas Art, Nachrichten ohne Emojis oder irgendeinen dummen Witz zu verschicken. Ich setzte mich auf einen der Holzliegestühle und rief sie zurück.

»Was gibt's?«

»Hey, stör ich dich?«

»Ich hab dich gerade angerufen.« Feuerzeug. In der Tasche vom Bademantel hatte ich zum Glück in der Früh eins vergessen.

»Aber du hast nicht abgehoben vorhin. Wo bist du?«

»Äh. Triest.« Es gab auf diesem Balkon keinen Schatten. Die Sonne brannte auf mein Gesicht, ich stand auf und drehte ihr den Rücken zu.

»In Triest? Warum weiß ich davon nichts?«

»War eine Spontanentscheidung.«

»Warum bist du in Triest? Mit wem? O Gott, sag nicht, du bist mit ...«

»Erzähl ich dir dann, wenn ich zurück bin.«

»Verdammt, das ist ...«

»Das ist was?«

»Im Ernst jetzt, Ruth? Ich dachte, es sei jetzt endgültig und unwiderruflich aus?«

»Ist es wohl doch nicht.«

»Hattest du nicht ein ganz, ganz schlechtes Gefühl bei ihm? Hast du mir nicht erzählt, dass du glaubst ...«

»Ich hab mich geirrt, zum Glück.«

Es waren gerade Welten zwischen uns, nicht nur die Distanz nach Triest. Es stimmte nichts.

»Ich ruf dich besser ein anderes Mal an.«

»Nein, du wolltest mir was erzählen.«

»Kannst du jetzt reden, oder kannst du nicht reden?«

»Ich sitze allein auf einem Hotelbalkon. Du kannst reden. Du klingst, als müsstest du was loswerden.«

»Ja, aber es ist wohl gerade extrem schlechtes Timing. Extremst.«

»Werd es los, Johanna. Lass es raus.«

»Es wird dir nicht gefallen. Nicht jetzt. Ich ging wirklich von einer total anderen Sachlage aus.«

»Ja, sorry, things change. Sag jetzt.«

»Also, Ruth. Ich bin mir nicht mehr sicher, ob du nicht doch recht hattest mit deinem Verdacht.«

»Was?« Ich drehte mich instinktiv um, die Tür zum Zimmer war zu. »Sprich bitte. Ich höre zu.«

»Also, mich hat die Sache nicht losgelassen. Und ich hab mich ein bisschen umgehört, in meinen Psychokreisen. Und ich habe tatsächlich einiges erfahren.«

»Okay.« Ich war alarmiert.

»Er ist ...« Unter mir donnerte ein LKW vorbei und verschluckte Johannas Worte.

»Was hast du gesagt?«

»Simon ist offenbar nicht ganz freiwillig aus der Schweiz weggegangen«, sagte Johanna, »es gab da wohl Geschichten.«

»Was für Geschichten?« Der Hotelbademantel war viel zu warm.

»Drogengeschichten, komische Sachen mit Frauen. Und offenbar musste er unlängst seinen Führerschein abgeben, wegen DUI.«

»Wegen was?«

»Driving under the influence. Er hat wohl einen Unfall verursacht, wie ich gehört habe, wurden Leute verletzt. Es heißt, er habe fast zwei Promille gehabt und sei voll auf Koks gewesen.«

»Was? Si...?« Ich konnte mich gerade noch zurückhalten. Ich hatte die Tür im Blick, sie war zu. Die Sonne brannte in meinen Nacken. Meine Zigarette war längst ausgeraucht.

»Ja.«

»Glaub ich nicht. Glaub ich überhaupt nicht. Klingt für mich nach einem Gerücht.«

»Es ist eine verlässliche Quelle, soweit ich es beurteilen kann. Tut mir leid.«

»Hmm. Ich weiß nicht.«

»Wie seid ihr nach Triest gefahren?«

»Mit meinem Auto.«

»Aha. Warum ist er nicht gefahren?« Sie war immer so schnell, es gab kein Entkommen.

»He, was fragst denn du so bescheuert, es ist seit längerem völlig normal, dass auch Frauen Auto fahren.«

Sie ließ sich nicht darauf ein.

»Hat er gesagt, warum?«

»Ja. Weil's ihm keinen Spaß macht. Er fährt nicht gern Auto.« Ich schaute nochmal, ob die schalldichte Terrassentür auch wirklich geschlossen war.

Johanna schwieg.

»Bist du noch da?«

»Ja. Weißt du, was er für ein Auto hat?«

»Ja. Wieso?«

»Was hat er für eins?«

»Du nervst heute, sorry, Johanna. So einen Geländewagen. BMW glaub ich.«

»Ach. Geländewagen.« Sie machte eine Pause. Ich wartete, aber ich wusste es selbst schon.

Sie sagte: »Er hat so ein Auto, und du glaubst ihm, dass er nicht gern fährt?«

Ja. Nein. Ja.

Ich sagte: »Ich kann jetzt nicht weiterreden, sorry. Ich meld mich, sobald es geht.«

»Ruth, pass auf dich auf. Ruf mich an, sobald es geht. Wenn irgendwas ist. Du weißt eh.«

»Was soll denn sein, Johanna. Ich denke, es ist alles gut. Wirklich. Ich glaube das nicht. Ich glaube das überhaupt nicht. Und wenn ... Aber danke.«

Ich legte den Zigarettenstummel auf der Balkonbrüstung ab. Ich starrte die geschlossene Tür an. Ich wollte da nicht rein. Ich musste da rein.

Er war wach und tippte etwas in sein Smartphone, als ich die Tür hinter mir schloss.

»Alles okay?«

»Jaja«, sagte ich, »Johanna. Eine von ihren Töchtern macht Trouble. Business as usual.«

»Ich glaube, wir sollten dann mal los«, sagte er.

»Ich geh schnell unter die Dusche«, sagte ich.

Wir gingen in eine Osteria, ein kleines, gemütliches, unauffällig schönes Lokal, mit fantastischem Essen und freundlichem Personal. Später sah ich auf der Facebook-Seite des Lokals, dass David Byrne auch schon mal da gewesen war. Ich dachte den ganzen Abend über das nach, was Johanna mir erzählt hatte, aber es fiel nicht auf, dass ich nicht viel redete und nur blöd in die Runde lächelte, weil alle fast die ganze Zeit Italienisch sprachen. Ich konnte kein Italienisch. Ich hatte erst am Abend vorher gemerkt, wie gut Simon es sprach, natürlich, er war Schweizer, die beherrschten alle drei Sprachen. Jetzt plauderte er charmant mit zwei jungen Frauen und einem älteren Professor der örtlichen Uni, und ich aß mein Essen, so langsam ich konnte, und obwohl mir nicht nach Lachen zumute war, lächelte ich, wenn Simon mir erläuterte, worum es ging, oder wenn sie zwischendurch mal Englisch redeten, aus Höflichkeit mir gegenüber. Ich ging mehrmals auf die Toilette, um ein paar Minuten allein zu sein, um ungestört denken zu können, und ich überlegte, ob ich einfach durch einen Hinterausgang verschwinden sollte, durch die Küche, wie in einem Film, ins Hotel fahren, meine Sachen zusammenraffen, mich in mein Auto setzen, verschwinden, aber ich tat es nicht, obwohl ich es vielleicht hätte tun sollen.

Irgendwann sagte ich, dass ich Kopfschmerzen hätte, ob es für Simon in Ordnung sei, wenn ich mir schon mal ein Taxi ins Hotel nähme, und dass er bitte noch mit seinen Leuten weiterfeiern solle. Simon zögerte nur kurz, fragte, ob das wirklich okay sei für mich, und ich sagte, ja, vollkommen okay, ich bräuchte nur Schlaf, und dass ich am nächsten Tag, wenn wir nach Hause fuhren, einen klaren Kopf haben wollte. Er ließ mir ein Taxi rufen, und als es kam, küsste er mich und drückte die Tür hinter mir zu. Im Taxi konnte ich endlich denken, unbeobachtet, ungestört. Ich erwog erneut, einfach heimzufahren, aber ich war müde und ich hatte zu viel Wein getrunken.

Er kam erst Stunden später ins Hotel, ich wusste nicht, wie spät es war. Ich war zwischendurch eingeschlafen und wachte auf, als er leise ins Zimmer kam. Er ging ins Bad, dann legte er sich neben mich, und ich hörte, wie er auf seinem Smartphone wischte und tippte. Ich lag von ihm weggedreht und versuchte, gleichmäßig zu atmen, ich wollte nicht, dass er merkte, dass ich wach war, aber es schien ihn gar nicht zu interessieren, und nachdem er das Smartphone weggelegt hatte, horchte ich auf seinen Atem und hörte ihn bald leise und rhythmisch schnarchen. Ich starrte die Wand neben meinem Bett an, ein breiter Streifen Licht fiel von der Straße durch die Vorhänge ins Zimmer. Der steife Stoff warf perfekte, vollkommen gleichmäßige Wellen, die von einem helleren Gelb bis fast ins Dunkelgrau changierten. Ich starrte den Vorhang an, bis ich mir nicht mehr sicher war, ob der Stoff wellenförmig war oder ob einfach lauter aufgeschnittene Rohre nebeneinanderlagen, die sich nach innen wölbten. An meiner Seite atmete Simon. Ich konnte nicht mehr sagen, was real war, und irgendwann schlief ich ein.

Am nächsten Morgen wachte ich vor ihm auf, schlich mich leise ins Badezimmer und kroch dann geräuschlos wieder ins Bett. Es war noch früh, ich hatte nicht lange geschlafen. Er lag bewegungslos neben mir, ich beobachtete den Lichtstreifen, der von draußen hereinfiel, und ließ meinen Blick wieder in der Wellenskulptur verschwinden, vom Morgenlicht so perfekt ausgeleuchtet, dass sie wie ein naturalistisches Gemälde wirkte. Ich hörte, wie sich sein Atem veränderte, wie er sich streckte, dann war er wieder ruhig. Auch ich lag still, während ich realisierte, dass er jetzt wach war, sich zur Seite drehte, ein wenig hochrutschte und sein Smartphone zur Hand nahm. Er schien nicht zu realisieren, dass ich neben ihm lag, dass ich ebenfalls wach war, und falls er es doch realisierte, spielte es keine Rolle für ihn, nicht in diesem Moment und nicht in den nächsten Minuten. Ich wollte nach Hause, sofort. Erst als ich ihm einen guten Morgen wünschte, mit einer Stimme, die verschlafen klingen sollte, obwohl sie längst wach war, drehte er seinen Kopf leicht zu mir. Er sagte: Guten Morgen, hast du gut geschlafen, er nahm mich nicht in den Arm, sondern wischte weiter über sein Handy. Ich küsste ihn auf die Wange, um eine Art von Normalität herzustellen, und er lächelte zerstreut und küsste mich nicht zurück, und ich glaube, es war dieser Moment, in dem mir klarwurde, dass es stimmte, was Johanna mir erzählt hatte. Und nicht nur was Johanna mir erzählt hatte. Ich brauchte einen Kaffee, drei Kaffee, und ich wollte nach Hause, sofort, ich fühlte mich hilflos ohne Koffein. Schließlich stand ich auf und ging ins Badezimmer, der Honeymoon war vorbei.

Nachdem wir uns fast schweigend angezogen und unsere Sachen eingepackt hatten, fuhren wir in den vierten Stock hinauf und frühstückten auf der an diesem Tag warmen Terrasse. Ich schaute aufs Meer, wo Ruderer ihre Spuren zogen, ich trank viel starken Kaffee und versuchte, meine Unruhe unsichtbar zu halten. Ich hatte das Gefühl, innerlich zu zittern, ich befürchtete, man könne es sehen. Simon saß mir gegenüber, in einem blau-weiß gestreiften Polo-Shirt, frisch und ganz glattrasiert, die Haare noch feucht von der Dusche. Er strich konzentriert und gleichmäßig Butter auf ein halbes Panini, ließ eine Scheibe Schinken von der Gabel darauf rutschen, platzierte einen Streifen Käse auf dem Schinken, nahm das Brötchen in die Hand, führte es zum Mund, pausierte und sagte, ohne mich anzuschauen: »Sag mal, wir fahren doch wieder über Kärnten zurück, oder?«

Ich sagte: »Ja, das war der Plan.« Simon biss in sein Brötchen. »Gut.« Er kaute konzentriert.

Ich goss mir Kaffee nach, schaute aufs Meer, versuchte, es gleichgültig wirken zu lassen, wartete.

Simon sagte: »Sag mal, wäre es okay, wenn du mich in Klagenfurt rauslässt, oder auf einer Raststätte kurz davor?« Er schaute mir jetzt in die Augen, das erste Mal an diesem Tag. Er legte sein Brötchen auf den Teller. Er lächelte auf eine Weise, die mir nicht gefiel, aber ich konnte in der Sekunde nicht sagen, wieso, erst später erkannte ich die Qualität dieses Lächelns.

Im Augenblick war ich damit beschäftigt, entspannt zu wirken. Das, was Johanna mir erzählt hatte, nicht in meinem Gesicht zu erkennen zu geben.

Ich sagte: »Ja, natürlich, kann ich schon machen, kein Problem.« Ich hätte gern ein bisschen überzeugender geklungen. Ich zwang mich, nicht zu fragen: Warum, was hast du vor und warum hast du das nicht schon früher gesagt?

Er sagte: »Bist du sicher?«, und auch das hätte etwas überzeugender klingen können. Ich wusste jetzt, was an seinem Lächeln vorhin nicht stimmte: Es war falsch, aufgesetzt.

Ich sagte: »Wirklich kein Problem«, und wartete, dass er mir sagen würde, was er in Klagenfurt zu tun hätte, dass er mir irgendeine unproblematische, kränkungsreduzierende Erklärung dafür liefern würde, warum das nötig war, aber er tat es nicht. Musste er ja nicht, er verkürzte ja nur unsere gemeinsame Heimfahrt. Ich war ganz wach jetzt. Er hatte mich benutzt, um nach Triest und dann nach Klagenfurt zu kommen. Er hatte keinen Führerschein. Ja, er hätte mit dem Zug fahren können, aber mit mir war es bequemer.

Nach dem Frühstück packten wir unsere Sachen in den Kofferraum und fuhren los. Wir sprachen nicht, die ganze Fahrt über nicht. Er setzte sich einen großen Kopfhörer auf, klappte seine Ledermappe auf und schlief sofort ein, er hatte wohl auch nicht viel geschlafen in der Nacht. Ich dachte wieder über das nach, was Johanna mir erzählt hatte, zwei Promille, Koks, Verletzte. Ich überlegte, ob ich ihn einfach nach dem Unfall fragen sollte, einfach fragen, ob es stimmte, aber irgendetwas hinderte mich daran, und ich wollte ihn auch nicht wecken, ich war froh, dass er schlief. Ich fuhr ohne Pause bis Kärnten, dann weckte ich ihn auf, und kurz vor Klagenfurt dirigierte er mich auf eine Raststätte. Es war das Erste, was wir redeten seit Triest. Ich fragte nicht, was er auf der Raststation wollte, und er sagte es nicht, und erst als das Auto auf einem Parkstreifen stand, war sein Lächeln wieder da, sein Strahlen, seine Wärme. Es sei so schön gewesen mit mir. So toll, dass ich mitgekommen sei, er habe es genossen. Er danke mir für diese fantastischen Tage. Ich spielte das Spiel mit, lächelte, dankte zurück, wünschte ihm eine schöne Zeit. Er wünschte mir eine gute Heimfahrt. Er küsste mich auf die Wange, als er ausstieg.

Als ich langsam davonfuhr, winkte ich ihm noch einmal zu. Er hatte sich bereits abgewandt und blickte suchend über den Parkplatz, er drehte sich nicht mehr nach mir und meiner sinnlos winkenden Hand um. Dann sah ich im Rückspiegel, wie sich bei einem Auto, das am Rande des Parkplatzes stand, die Fahrertür öffnete. Eine Frau stieg aus und winkte Simon zu, der nun, ich sah es nur noch stark verkleinert, auf die Frau und das Auto zuging, dann sah ich nichts mehr, weil ich mich darauf konzentrieren musste, die richtige Ausfahrt zu nehmen, die mich wieder auf die Autobahn Richtung Wien brachte. Ich musste mich darauf konzentrieren, zu schalten und zu beschleunigen und unfallfrei einzubiegen.

Es gelang mir nicht, Ruhe in meinen Kopf zu bringen, in dem drei Carl-Orff-Chöre gegeneinander ansangen, und dass ich viel zu schnell fuhr, bemerkte ich gar nicht. Ich war ein Rauschen, ein Sturm, der ein Auto über die Autobahn schoss, Kilometer um Kilometer, an vielen Ausfahrten vorbei, bis ich wieder Umrisse bekam, ein Körper wurde, ein Mensch, der in voneinander unabhängigen Mechanismen funktionierte. Hier atmete ich, hier lenkte ich, hier drückte mein Fuß aufs Gas, hier sahen meine Augen, wie sich der blau-gelbe Sattelschlepper vor mir viel zu schnell vergrößerte, wild blinkend, bis er mein komplettes Gesichtsfeld ausfüllte. Mein Fuß, der sich wie von selbst ins Bremspedal stemmte, verhinderte, dass ich in den Stau vor mir hineinkrachte, aber es war so knapp, dass das Rauschen von einem neuen überdeckt wurde, einer Mischung aus Schock und Schreck und Erleichterung und aus Scham, dass ich aus

Unachtsamkeit beinahe zu Tode gekommen wäre. Sie kam ums Leben, weil ein Mann sie verarschte. Sie wurde von einem LKW zermalmt aufgrund falscher, völlig bescheuerter Erwartungen. Hast du keine Erwartungen, wirst du nicht enttäuscht, sagte Iris im Inneren meines Kopfes mit ihrem Hab-ich's-nicht-gesagt-Tonfall, für den ich sie jedes Mal anschreien wollte, aber jetzt nicht. Hast du keine Erwartungen, wirst du nicht enttäuscht. Hast du welche, bist du eine dumme Ziege und selber schuld. Ruth Ziegler starb viel zu früh in einer Karambolage infolge einer Unachtsamkeit aufgrund von akuter Dummheit. Ruth Ziegler kam ums Leben, weil ein Mann mit ihr gespielt hatte, dem sie nicht hätte trauen sollen, aber sie tat es dennoch. Ruth Ziegler ging viel zu früh von uns durch einen Unfall infolge geistiger Vernebelung und kindischer Verliebtheit in einen Mann, mit dem sie bereits Schluss gemacht hatte, die trauernden Hinterbliebenen werden sie für immer als Idiotin in Erinnerung behalten.

Der LKW setzte sich langsam wieder in Bewegung, die Kolonne kam ins Rollen, beschleunigte und bewegte sich dann in einem langsamen Tempo, das mir half, mich zu sammeln, wieder ein normaler Mensch zu werden.

Ich kroch mit 80 km/h über die Autobahn, und mein Kopf rief das letzte Jahr ab, die letzten eineinhalb Jahre, was war wann geschehen, was hatte wann in den Mails gestanden, was hatte Simon davor gemacht, danach? Wann hatte er angefangen, ein Spiel mit mir zu spielen, ab wann hatte ich es zugelassen? Ich hatte es zugelassen. War er wirklich zufällig in diesem Kaffeehaus aufgetaucht, in meinem Kaffeehaus, in dem ich immer schrieb, manchmal sogar Fotos davon auf Instagram postete? Die Stimmen in meinem Kopf brüllten durcheinander. Hast dich reinlegen lassen, hast dich freiwillig und ohne Not in diesen Mist reingeschmissen, jetzt musst du dich wieder rausbuddeln. Du hattest es doch gewusst. Du warst ja schon weg, hast ihm misstraut, hattest ihn fast vergessen, und dann hast du dich in vollem Wissen um die Folgen wieder darauf eingelassen, obwohl du es schon wusstest. Selber schuld. Das braucht dich nicht zu wundern. Du nimmst einen Zug von der Zigarette und bist wieder süchtig. Selber schuld. Ich musste sofort runter von der Autobahn. Ja, Zigarette, ich brauchte jetzt eine. Einen Moment der Stille. Ich wollte jetzt eine rauchen, jetzt sofort.

Bei der nächsten Gelegenheit fuhr ich von der Autobahn ab, in irgendeinem Kaff in Kärnten, wo ich um einen Kreisverkehr fuhr und auf dem riesigen, fast leeren Parkplatz vor einem Möbeldiscounter einparkte. Ich fischte meine Tasche vom Rücksitz, drehte mir eine Zigarette, stieg aus in die kühle klare Luft und zog den Rauch ein wie eine Ertrinkende die rettende Luft. Es wirkte sofort, ordnete mich, machte mich für einen trügerischen Moment gesund. Alles war okay. Hier war ich, gesund, intakt, an mein Auto gelehnt.

Ich atmete, ich erinnerte mich daran, dass ich das konnte, atmen, in den Bauch hinein, zehnmal, ganz tief. Ich war intakt, und an den Stellen, an denen ich es nicht war, würde ich es bald wieder sein. Das ließ sich leicht reparieren, keine Schäden am Fundament. Ich hatte nichts falsch gemacht. Ich hatte nur zugelassen, dass jemand anderer was falsch machte mit mir, mich beschädigte, oder es zumindest versuchte. Niemand hatte es gesehen. Oder nicht viele. Äußerlich war ich gesund, heil. Und es war jetzt zu Ende. Er konnte mir nichts mehr antun. Es ging bis hierher, und weiter ging es nicht mehr, es wurde hier, jetzt auf diesem Parkplatz unter einem riesigen rotierenden Stuhl, ausgeschaltet und beendet. Ich würde heimkommen und weiterleben. Ich konnte es ablegen, einfach aufhören damit. Wenn ich wieder einstieg in dieses Auto, würde es nicht mitkommen, ich ließ es hier, trat es aus wie meine Zigarette.

Ein älterer Mann, der einen übervollen Einkaufswagen vorbeischob, sah mich missbilligend an, ich schickte ihm eine Kusshand, und obwohl mir kalt war, beschloss ich, mir noch eine zu drehen und noch eine zu rauchen und noch eine hier auf diesem scheißelenden Parkplatz auszutreten, und warum, weil ich's kann, Arschloch.

**SOPHIE RIEF MICH AN,** als ich gerade Lebensmittel im Kühlschrank verräumte und die Verpackungen der Snacks wegwarf, von denen Benni sich ernährte, wenn ich nicht da war. Ich war heimgekommen, ich hatte mich besser gefühlt, ich lenkte mich mit Kümmern ab, ich musste alles wieder in Ordnung bringen, mich, mein Haus, Bennis Chaos. Johanna alles erzählen, abwaschen, putzen, einkaufen, kochen, normal sein.

»Die alte Feuerstein stand heute wieder vor der Tür«, sagte Sophie.

»O Gott«, sagte ich.

»Sie hat geklopft und geklopft und nicht aufgehört.«

»Du Arme.«

»Ich war grad aus dem Schlafzimmer gekommen und hörte sie schon brüllen draußen und blieb ganz leise, damit sie denkt, ich sei nicht zu Hause, aber dann fing Molly an zu schreien, und das hat sie natürlich gehört.«

»Du hast aber nicht aufgemacht, oder?«

»Leider doch.«

»O nein! Hab ich dir nicht ...«

»Hast du, Ruth, aber ich dachte, jetzt weiß sie, dass ich da bin, und dann hört sie nie auf.«

»Ja, aber.«

»Und ich hatte Mitleid mit ihr.«

»Sophie. Man darf mit der Feuerstein kein Mitleid haben. Sie hat ihr ganzes Unglück selber verursacht. Ich hatte auch mal Mitleid mit ihr. War ein Fehler.«

»Was war da?«

»Nichts Wichtiges, nur ärgerlich. Erzähl du mir lieber, wie es weiterging.«

»Sie stand im Morgenmantel vor der Tür und hat herumgebrüllt, dass sie jeden Tag über den Kinderwagen stolpert, und dass der Kinderwagen nicht im Flur stehen darf ...«

»Darf er.«

»Ja, eben, und ich hab versucht, ihr das höflich klarzumachen.«

»Hahaha.«

»Weißt, sie stand da in einem rosa Morgenmantel und mit ihren rot geränderten Augen und ihren klebrigen Haaren, sie sah aus wie der Tod. Wie alt ist die überhaupt?«

»Ich habe keine Ahnung. Sie muss eigentlich schon weit über achtzig sein, fast neunzig wahrscheinlich. Sie war schon eine böse alte Hexe, als ich noch studiert habe. Allerdings hat sie sich damals zumindest angezogen, bevor sie durchs Haus randalierte. Damals lebte ihr Mann noch. Den hat sie auch so terrorisiert. Ich glaube, er hat sich vor ihr in den Tod geflüchtet.«

»Du bist arg, Ruth.«

»Oder sie hat ihn umgebracht. Am Morgen ging er noch fit und munter einkaufen, in seinem grünen Trachtenjanker wie jeden Tag, danach wurde er nie mehr gesehen. Und niemand im Haus hat je herausgekriegt, was passiert ist.«

»Das ist schon ein bisschen hart.«

»Wenn du ihr noch ein paarmal die Tür aufmachst, sagst du das nicht mehr. Wart eine Sekunde, ich schalte auf Lautsprecher.«

»Willst dir eine drehen, was? Ich hätte jetzt ehrlich gesagt auch gern eine.«

»Fang ja nicht wieder an zu rauchen. Ich hör auch auf. Das mit Wolf ...«

»Ja, ich denk auch oft an ihn.«

»Was war dann mit der Feuerstein?«

»Ach, sie hat mir vorgejammert, dass niemand ihr hilft, und die Studenten im zweiten Stock, die eine Zeitlang für sie eingekauft haben, helfen ihr auch nicht mehr, niemand hilft ihr mehr, dass sie so eine arme Seele sei ...«

»Wenn jemand keine arme Seele ist, dann ja wohl sie!«

»... und dass ihr Knie kaputt sei und auf den Augen habe sie Grauen Star und der Putz falle von ihren Wänden und niemand repariere das, und das Krankenhaus habe sie heimgeschickt, obwohl sie offensichtlich schwere gesundheitliche Probleme habe, niemand kümmere sich um sie.«

»Ogottogott.«

»Ich sagte, es tue mir leid, aber ich sei mit dem Baby gerade sehr eingedeckt, und da hat sie ihren Bademantel hochgehoben, das musst du dir vorstellen, sie hat vor mir ihren Bademantel hochgehoben und geschrien: Da, sehen Sie die wunden Stellen, sehen Sie das nicht!«

»Meine Güte, du armes Mausi.«

»Ja, und ich hatte die ganze Zeit Molly auf dem Arm, die hat immer nur gegrinst, und da fing sie zum Glück vor Schreck an zu weinen.«

»Ach Molly, das gute, gute Kind.«

»Ja, ich war ihr sehr dankbar in dem Moment. Ich hab der Feuerstein quasi die Tür auf die Nase gedrückt. Ich habe sie dann noch eine Zeitlang jammern gehört, dann ging sie.«

»Soll ich mal mit ihr reden, wenn ich da bin?«

»Ich glaube nicht, dass das einen Sinn hat.«

»Vielleicht sollte man mal den psychosozialen Dienst anrufen oder so. Oder ihren Sohn. Sie hat doch einen Sohn, wo ist denn dieser Sohn abgeblieben?«

»Keine Ahnung, hab noch nie einen Mann bei ihr gesehen.«

»Ich lass mir was einfallen.«

»Ist ja nicht schlimm, Ruth, ich wollt's dir nur erzählen.«

»Ja, gut, dass du das gemacht hast.«
»Du, Ruth, noch was.«

Die Nachricht, die sie bekommen hatte, war schlimmer als die vielen anderen, die ich schon gelesen hatte. Ludwig kam darin vor, ich, die verliebte Kuh, die sich vor dem Brunner auf den Bauch wirft. Aber auch Molly, der fehlende Vater, die Adresse der Wiener Wohnung wurde genannt, Mollys Kinderwagen in der exakten Farbe beschrieben, die lilafarbenen Dinosaurier auf ihrem Overall, den Sophie ihr anzog, wenn sie mit ihr spazieren ging. Zum ersten Mal seit langem stieg mir das Blut in den Kopf, fühlte ich richtige Angst.

»Mach mir einen Screenshot davon.«
»Ist ziemlich sicher ein Fantasiename.«
»Ja, ich weiß. Ist es immer.«
»Hast du eine Ahnung, wer das schreibt? Du klingst so komisch.«
»Schick's mir. Und mach dir keine Sorgen. Ich glaube, ich weiß, woher das kommt.«
»Ich mach mir keine Sorgen. Na ja, okay, das Foto. Das ist irgendwie beunruhigend.«
»Was für ein Foto?«
»Ein Foto von mir. Als ich es sah, dachte ich zuerst, der Kerl ... Mollys ...«
»O Gott, Sophie. Nein, ganz bestimmt nicht. Mach dir keine Sorgen.« Das hatte ich schon mal gesagt.
»Aber du machst dir offenbar welche.«
»Nein. Es nervt mich nur. Ich bin mir ziemlich sicher, wer diese Nachrichten schreibt. Ganz gewiss nicht dieser Kerl.«
»Wer dann?«
»Ich erzähl's dir dann. Schick's mir gleich weiter.«

Sie schickte es mir. Es war zwei Tage zuvor abgesendet worden, in der Nacht von Montag auf Dienstag, kurz vor drei Uhr früh. Es war ein Foto dabei, nie zuvor war ein Foto dabei gewesen, das Foto zeigte Sophies Knie unter dem Rand ihres rotweiß gestreiften Kleides, auf einem Einzelsitz der U-Bahn, der Buggy mit Molly stand vor ihr. Ich rief Sophie nochmal an und fragte sie möglichst ruhig, ob sie wisse, wann das Foto gemacht worden sein könnte. Sie dachte kurz nach und sagte, warte, das müsse am Samstag gewesen sein, da sei sie mit Molly mit der U-Bahn zum Markt gefahren und habe dort Kira getroffen.

Nur zur Sicherheit schaute ich auf Facebook, was mit Valerie los war, ob irgendwas in ihren Postings darauf hindeutete, dass sie endgültig übergeschnappt war, dass es vielleicht doch sie sein könnte. Was ich fand, war ein Foto von zwei Frühchen, die in der Nacht von Samstag auf Sonntag geboren worden waren, mit Schläuchen in den Nasen und kleinen gestrickten Hauben auf den winzigen Köpfen, auf der nackten Brust ihres Vaters schlafend.

Ich sah das Foto von den Frühchen, ich sah das Foto von Sophies Knien – *süsses Kind, scharfe Mutti* –, ich las die Nachricht, ich weinte. Die Nachricht wusste Dinge, die niemand wissen konnte, fast niemand, und es enthielt die Worte *altes Schnarchweib* und *tut absolut alles, damit sie endlich mal wieder ordentlich genagelt wird* und *Italien*. Ich erinnere mich, dass sich in diesem Moment aufrichtete, was die ganze Zeit auf mich zugekrochen war, ich hatte es gesehen, wie es sich in meine Richtung bewegte, ich hatte es schon im Visier, ich hatte es gespürt, vor mir, neben mir, dann war es davongehuscht, und ich hatte beschlossen, es nicht mehr zu sehen. Jetzt stand es da, monumental, und es grinste mich bösartig an.

**WINTER 2020**

**DIE ERINNERUNG,** was danach passierte, ist diffus. Der Winter brach plötzlich herein, mit brutaler Schärfe und eisigem, dunkelgrauem Regen. Dann verzog er sich wieder, als hätte er nur gewarnt, vor dem, was noch kommen würde, und ließ noch einmal den Spätsommer leuchten. Alles vermischte sich, die Jahreszeiten, die Ereignisse, die Erinnerungen. Eine Brandung aus Arbeit und Verantwortung und neuen Aufträgen kam auf mich zu; ich musste zwei Treatments abgeben, mich um meine Steuern kümmern und Benni immer wieder dazu überreden, mehr für die Schule zu tun und an dieser Schule durchzuhalten. Kräutler verschob einen Film, den er mit seiner Firma hatte produzieren wollen, mit einer mauen Begründung, die ich nicht ganz verstand, und ich wurde das Gefühl nicht los, es habe mit den Nachrichten zu tun. Das flache Dach des Hauses musste repariert werden, nach all den Jahren war die Teerpappe leck geworden, früher hatte sich immer Ludwig darum gekümmert, jetzt musste ich es selbst machen, Handwerker anrufen, Kostenvoranschläge einholen, und schob es vor mir her. Ich hätte Ludwigs Bruder Bernhard fragen können, aber ich scheute mich davor, es würde ihm eine Genugtuung verschaffen, mir generös auszuhelfen, bei der Holzkiste, wie er das Haus verächtlich nannte. Vielleicht würde ich einfach beim nächsten Mal Wanda gegenüber erwähnen, dass es bei starkem Regen in den Arbeitsraum tropfte, zwischen die Bretter hindurch, sie würde sofort auf Troubleshooter-Modus schalten, die Reparatur in die Wege leiten, die zielführenden Arbeitsschritte planen und die richtigen Leute für die Ausführung finden. Wanda verstand sofort, wenn etwas gebraucht wurde oder erledigt werden musste, wenn ein Problem zu lösen war, als würde alles in ihr nur gespannt darauf warten, dass endlich eine Aufgabe an sie herangetragen wurde, die andere für unlösbar hielten. Sie wusste immer sofort, wer anzurufen, wem in den Hintern zu treten war, wer die Sachen hatte, die man brauchte, und wo es sie gab, und ich dachte immer, sie hätte daraus einen Beruf machen sollen. Es würde ihr viel besser liegen, als das, was sie tatsächlich machte, als Versicherungsjuristin, gut bezahlt, aber ohne Leidenschaft.

Vielleicht auch deshalb wollte ich Sophie unterstützen, die einen Job angeboten bekommen hatte, sie half beim Bühnenbild eines Theaterstücks an einem kleinen Theater aus. Sie brauchte einen neuen Anfang nach Mollys Geburt, die ihr Erwachsenwerden, ihre Studienpläne erst mal in eine andere Richtung gelenkt hatte, und der Job war besser als der bei dem Lieferservice und passte zu den Plänen, von denen sie mir kürzlich erzählt hatte und die mich erst völlig überrascht hatten, weil Sophie eigentlich immer schon Theaterwissenschaften oder Journalismus studieren wollte. Was sie an jenem Abend erst etwas zögerlich, dann zunehmend euphorisch vor mir ausbreitete, war etwas ganz anderes, und dann doch auch nicht, weil Sophie fast die Einzige gewesen war, die nach Ludwigs Tod seine Werkstatt benutzt hatte. Benni auch, ja, aber nur für seine Fahrräder. Sophie dagegen hatte während der Schwangerschaft eine Wiege für Molly getischlert, mit Plänen aus dem Internet und YouTube-Anleitungen, die Ludwig verachtet hätte, aber er war nicht da, um ihr zu helfen, um es ihr zu zeigen, mit der Sorgfalt und Ruhe, mit der er immer gearbeitet hatte und die Sophie von ihm geerbt hatte, wie offenbar auch die Liebe zu Holz. Sie wollte eine Tischlerlehre beginnen, bald schon, sie hatte bereits einen Platz in einer Tagesstätte für Molly gefunden, und Kira, ihre Freundin, die nicht weit entfernt wohnte und eher lustlos irgendein realitätsfernes Studium durchzog, würde ihr mit Molly helfen. Ich musste sie erst etwas verblüfft angesehen haben, denn ich sah eine Enttäuschung in ihr aufgeregt gerötetes Gesicht rutschen, die ich gerade noch abfangen konnte, mit einer Umarmung und der Versicherung, wie großartig ich die Idee fände, wie fabelhaft das zu ihr passe, und ich hoffte, so überzeugt zu klingen, wie ich es tatsächlich war, und versprach, ihr ebenfalls mit Molly zu helfen.

»Willst du wirklich nicht studieren?«

»Vielleicht in zwei, drei Jahren. Im Moment nicht.«

»Okay, dann ist das mit dem Tischlern eine tolle Idee«, sagte ich, »ein guter Plan.« Vielleicht würde sie, wenn sie fertig war mit der zweijährigen Ausbildung, Bühnenbild studieren, oder sie würde da weitermachen, wo Ludwig aufgehört hatte, in seiner Werkstatt, an seiner Stelle, aber das sagte ich nicht, ich wollte sie nicht mit meinen merkwürdigen Hoffnungen einschüchtern, die nun ihren Platz bekamen bei meinen anderen heimlichen Hoffnungen oder vielleicht auch den Platz einnahmen von heimlichen Hoffnungen, die ich schon aufgegeben hatte. Es war ein guter Plan.

Ich hatte Instagram auf privat gestellt und Simon auf allen Kanälen blockiert, auf denen das möglich war. Ich konnte nicht die Nachrichten blockieren, die in meinen Messenger kamen, weil ich dafür meine Facebook-App hätte löschen müssen, was ich erwog. Ich hätte die Nachrichten, die weiterhin kamen, ungelesen löschen können, aber auch das tat ich nicht, sondern las jede einzelne von ihnen, weil ich nach Beweisen suchte. Ich wartete auf einen Fehler, den er beging, einen Hinweis, der eindeutig war. Ich verbrachte viel Zeit damit, die alten Nachrichten zu untersuchen, die an mich und an andere geschickt worden waren, und erstellte eine Timeline: Wann kamen die Nachrichten, wann wurden sie seltener, wann hatte ich Kontakt mit ihm;

das Muster, das ich schon erahnt hatte, erwies sich als stichhaltig. Die Nachrichten kamen jedes Mal, wenn ich mich zurückgezogen und akzeptiert hatte, dass er nichts mehr von mir wollte, oder nicht so viel, wie ich mir vorstellen hatte können. Sie wurden intensiver, je länger ich mich nicht meldete, sie wurden weniger, wenn ich auf seine Mails und SMS wieder antwortete, mich wieder mit ihm traf. Aber ich fand keinen Beweis, der ihn klar überführt hätte.

Johanna meldete sich wieder jeden Tag, um sich nach mir zu erkundigen, als sei ich krank oder schwer verletzt. Vielleicht war ich es, ich spürte den Schmerz gerade nicht, weil ich beschäftigt war mit Nachdenken. Sie recherchierte mit, aus privatem und auch aus professionellem Interesse, durchforstete die Nachrichten nach Hinweisen auf Narzissmus: Das war ihr als Erstes zu Simon eingefallen. Die aggressive Abwertung einer selbstständigen, emanzipierten Frau, sagte Johanna, die Aggressionsabfuhr, das Kalt-Warm in eurer Beziehung, wie er dich schlechtmacht bei deinen Freunden, weil er an dich nicht mehr rankommt, wie er dich nicht will, aber auch nicht zulassen kann, dass du gehst, weil er dich in seinem Leben behalten, ständigen Zugriff auf dich haben will: ziemlich wie aus dem Lehrbuch, sagte Johanna. Sie war es auch, die mich auf etwas brachte, was mir schon längst hätte auffallen müssen.

*Die Schweizer*, whatsappte Johanna.

*Ja? Was ist mit ihnen?*

*Die Schweizer verwenden doch kein ß.*

Nein. Die Schweizer verwendeten kein ß. Sie schnallte immer alles vor mir, mit ihrer Sachlichkeit, mit ihrem klaren Blick.

*Es gibt keins, in allen Nachrichten, die ich gekriegt habe. Und in denen, die du mir weitergeschickt hast. Ich hab alles zweimal durchgesehen. Kein einziges ß. Null. Niente.*

Es gab keins, ich las alles dreimal durch, ließ die Nachrichten, die ich gespeichert oder kopiert hatte, durch den Suchlauf. Kein ß. Nicht in büssen, nicht in süss, nicht in Spass, nicht in bloss. Später bildete ich mir ein, dass es mich schon länger irritiert hatte, aber die Wahrheit ist, dass es mir nicht aufgefallen war.

Als ich anderen Freunden gegenüber Andeutungen über meinen Verdacht machte, bemerkte ich eine Skepsis. So einen Oje-Blick. Oje, muss das jetzt sein, ist das jetzt wirklich nötig, muss ich da wirklich hineingezogen werden. Ich weiß nicht mehr, bei wem es mir zuerst aufgefallen war. Bei Billy, glaube ich. Ich nahm es nicht so ernst, ich nahm es ihm nicht übel, aus den üblichen Gründen: Billy behandelte alle Menschen, Freundinnen oder nicht, wie Gäste; Kundschaft, die sich meistens gut benahm und manchmal nicht so gut, aber wenn sie nicht gerade ausgewiesene Nazis waren oder übertrieben agressiv wurden, gehörten gewisse Verhaltensoriginalitäten halt zum Geschäft, und sie sollten seine Gäste bleiben, bei ihm essen und trinken, seine Bar mit ihren Freunden füllen, seinen Lebensunterhalt finanzieren. Billy mischte sich nicht in das Privatleben seiner Gäste ein, er kannte ein bisschen was davon, weil er sie mit Freunden, Freundinnen, Familien oder mit ihren beruflichen Kontakten erlebte, sie erzählten ihm von ihren Problemen und ihren Träumen, nachts am Tresen, aber sein Interesse war überwiegend professioneller Natur. Du hast es mit Psychotherapeuten, wie Johanna schon mal gesagt hatte, und irgendwie war Billy auch einer. Die Leute luden ihre Geschichten bei ihm ab, aber er nahm sie nicht mit nach Hause.

Ich bemerkte den Blick bei Iris, die sich so sehr wünschte, dass ich wieder einen Kerl hätte, einen »Partner«, ein Wort, das ich nicht ertrug, weil in amerikanischen Kitschserien Väter ihre

Söhne immer so ansprachen: Partner. Was sollte das? Wieso nannte ein Vater seinen fünfjährigen Sohn »Partner«? Wer schrieb so was in ein Drehbuch, warum? Es regte mich jedes Mal auf. Iris wollte mich wieder als Teil eines Paars sehen, für Paarabende, und damit einer sich um mich kümmerte, und weil sie selber panische Angst davor hatte, allein zu enden. Deswegen beurteilte sie die Geschichte, die ich ihr über Simon erzählte, nur nach amourösen Kriterien, in Kränkungsparametern.

Ich verbrachte einen langen Abend in Faiz' Restaurant damit, es ihr zu erklären, die riesige Vorspeisenplatte hindurch, die wir uns teilten, während wir Bukhari Dajaj und veganes Sheikh Almahshi aßen und die süßen Desserts, die Faiz uns hinstellte, obwohl wir sie gar nicht bestellt hatten. Iris hörte mir zu, sie nickte, aber die Skepsis wich den ganzen Abend nicht aus ihrem Blick. Er ist doch auch Psychiater, sagte sie, er ist doch in diesen Kreisen unterwegs, das hätte doch jemand bemerkt. Er ist Psychologe, sagte ich, und ja, das hätte ich auch gedacht, und in Basel dürften es in der Tat Leute bemerkt haben, deswegen scheint er da weggegangen zu sein. Das hat er mir aber anders erzählt, sagte Iris. Wann, sagte ich. Irgendwann, bei irgendeinem deiner Essen, sagte Iris. Was hat er denn gesagt? Dass er wegen seiner Frau hierhergekommen ist, die von ihm schwanger war, sie war aus Wien und wollte wieder nach Wien zurück, und er ist mit ihr umgezogen, aber dann hat sie das Kind verloren und dann wollte sie die Scheidung, und er blieb da, um sie nicht im Stich zu lassen, nach diesem Schicksalsschlag. Interessant, sagte ich, tolle Geschichte, mir hat er etwas ganz anderes erzählt. Was denn, sagte Iris. Dass er eine Professur an der Uni hier bekommen hatte, ganz einfach, und soweit ich weiß, hat er sich schon in der Schweiz von seiner Frau getrennt, und sie hatten keine Kinder, sie wollte welche, er aber nicht. Vielleicht habe ich was missverstanden, sagte Iris, oder du. Ja, vielleicht, sagte ich, aber ich habe jetzt auch herausgefunden, dass er gar keine Professur hier hatte, sondern nur einen Lehrauftrag. Aber vielleicht habe ich das auch missverstanden. Iris starrte in ihr Glas. Ich sagte, Iris, was ist, irgendwas ist doch? Die Teppiche am Boden und an den Wänden, deren Farben von Kerzenlicht in Gläsern leuchteten, saugten unser Gespräch auf. Leute kamen von draußen herein, holten sich am Tresen ihr Essen ab, bekamen von Faiz einen Tee serviert, gingen wieder. Sie sagte: Okay, ich habe ihn getroffen, vor ein paar Tagen, er hat sich nach dir erkundigt, er macht sich Sorgen um dich.

Ich sagte, was, du triffst dich mit ihm? Nein, sagte Iris, er kam zufällig am Geschäft vorbei, winkte herein, und dann gingen wir auf einen Kaffee. Ich sagte, Iris. Er spannt dich ein, das war doch kein Zufall, er benutzt dich!, er will dich vereinnahmen. Lass das nicht zu, Iris. Das gehört zu seiner Strategie. Was für eine Strategie, wieso sollte er das tun? Weil er es kann und weil er Lust dazu hat, weil es ihm Spaß macht, weil er gestört ist. Sie sagte dazu gar nichts, das war vielleicht das Schlimmste. Sie ließ mich reden, bis ich zu erschöpft war, um weiterzusprechen. Wir hatten an diesem Punkt schon sehr viel Wein getrunken, und das machte es nicht besser. Sie hatte sich zurückgezogen, in ihre Ecke, aus der sie nicht mehr rauskam und nicht mehr rauswollte, und ich wollte heim, in meine Höhle. Keine derben Witze mehr an diesem Abend, kein süffiger Tratsch über die Leute aus unserer Gegend und die Kunden in ihrem Computergeschäft. Ja, sie fand das scheiße, was ich da vermutete, konnte es sich aber, sei mir nicht bös, Ruth, einfach nicht vorstellen, und was sie mich spüren ließ, war ihre Vermutung, dass ich nur gekränkt war, weil Simon kein langfristiges Interesse an mir gezeigt und ich mir deswegen eine Geschichte ausgedacht hatte, um die Kränkung erträglicher zu machen.

Wir hatten viel getrunken, ja, aber ich war auch am nächsten Morgen noch alarmiert. Da stimmte was nicht. Das lief nicht gut. Meine Basis bröckelte. Auf einmal spürte ich: Es gab in meinem Freundeskreis keinen Konsens für meine Position, es gab keine Bereitschaft, meine Sicht zu teilen, auch nicht bei den Leuten, denen ich vertraute. Sie blieben reserviert. Sie behandelten mich wieder wie in dem Jahr nach Ludwigs Tod, wie eine, die nicht ganz bei sich ist, die man nicht ganz für voll nehmen kann, die man ganz vorsichtig anfassen muss, beruhigen, in warme, weiche Decken hüllen, schützen vor sich selber. Schauen, dass sie sich nicht wehtut, nicht noch mehr wehtut. Ich merkte schnell, dass sie nicht mit mir über den Verdacht reden wollten, den ich gegen Simon hegte, sie wollten Simon getrennt von mir sehen, ihn weiterhin toll finden, wollten weiterhin mit dem klugen Kopf, den man aus den Medien kannte, befreundet sein oder wenigstens über ihn als einen guten Bekannten reden können. Sie wollten nichts über die Hinweise hören, und wenn sie es doch taten, gaben sie zu, dass die Indizienlage dicht war. Ja, scheiße, wirklich. Aber andererseits, waren es ja nur Nachrichten, nur Wörter, wurde ja niemand umgebracht. Kam ja niemand zu Schaden. Und wer konnte es schon mit Sicherheit sagen? Gab es schlagende Beweise? Gab es eine Smoking Gun? Gab es nicht, nein, gab es nicht.

**ICH WAR AUF DEM RÜCKWEG** vom Baumarkt, als mir auffiel, dass drüben bei Wanda und Bernhard ein paar Autos standen. Da war Wandas kleiner Fiat, Bernhards Dienstwagen mit der Aufschrift seiner Baufirma und ein weißer Geländewagen, den ich dort noch nie gesehen hatte. Ein weißer Geländewagen mit Schweizer Kennzeichen. Ich hätte beinahe Hartmann gerammt, der mir auf der anderen Straßenseite auf seinem Fahrrad entgegenkam. Ich blieb sofort stehen, um das Fenster runterzulassen und mich erschrocken zu entschuldigen.

Hartmann stieg vom Rad und warf mir einen besorgten Blick durchs offene Fenster zu.

»Ist dir nicht gut, Ruth?«

»Alles okay, es tut mir so leid«, sagte ich.

»Du bist ein bisschen blass um die Nase.«

»Ich hatte mir eingebildet, ich hätte Wandas Katze im Gebüsch gesehen, und hab mich erschreckt. Sorry nochmal.«

Hartmann stieg wieder auf. »Alles gut. Trink einen Schnaps, wenn du daheim bist.«

»Ich denke darüber nach, danke, Herr Doktor. Schönen Abend.«

»Gleichfalls. Habe die Ehre.« Er radelte weiter, und ich war einen Moment lang erleichtert, dass er sein Rad nicht vor Wandas Haus abstellte. Dass da nicht eine Party war, zu der ich nicht eingeladen war. Dass da nur Simon war, auch wenn es keinen Grund gab, warum er dort sein sollte. Warum er hier sein sollte, bei meinem Schwager und meiner Schwägerin, meiner Freundin. Ich fuhr langsam weiter. Das Tor zu ihrem Garten war geschlossen, und es war viel zu kalt, um noch draußen zu sitzen, aber ich bildete mir ein, im Garten Lichterketten blinken und den Schein eines Feuers zu sehen, es war nur ein Blitzen zwischen den Bäumen, aber es reichte, um ein Bild abzurufen, das sich in meiner Erinnerung eingebrannt hatte, von hundert Sommerabenden, die ich auf dieser Terrasse verbracht hatte, mit den kleinen Kindern, mal mit, mal ohne Ludwig. Die edlen Steinfliesen, die LED-Lichterketten in den akkurat geschnittenen Buchsbäumen, die riesige, vom örtlichen Schlosser handgefertigte Feuerschale, mit den vollkommen gleichmäßig geschnittenen Buchenholzscheiten aus dem Baumarkt. Am Rand, wo ein perfekter englischer Rasen an die erhöhte Terrasse anschloss, der große Gasgrill, an dem Bernhard sich so gern wichtigmachte, ein Dutzend Windlichter auf einem langen edlen Teakholztisch mit den rosafarbenen Leinenservietten und den grauen Steinguttellern, die nur für Gartenfeste verwendet wurden. Es war mir alles vertraut, es war alles normal, aber jetzt störte etwas dieses Bild in meinem Kopf. Simon. Er hatte dort nichts zu suchen. Er gehörte dort nicht hin, nicht an diesen Ort, nicht in dieses Haus, nicht in diese Gegend. Er hatte hier nichts verloren, außer mich, und mich gab es für ihn nicht mehr. Das war mein Ort, das war Ludwigs Verwandtschaft, ich hatte sie einander vorgestellt.

Am nächsten Tag kam eine anonyme Nachricht. Ich war nicht überrascht. Ich hatte darauf gewartet, ich hatte beinahe darauf gehofft.

Ich mailte Wanda. *Morgen Tennis?* Wanda, die sportliche Wanda, war immer für ein Match zu haben, und sie spielte wirklich gut. Sie mochte geahnt haben, dass ich danach, in der Vereinskantine, mit ihr reden wollte und worüber, aber sie schrieb trotzdem fast sofort zurück. *Nach dem Mittagessen? Halb zwei? Ich reserviere einen Platz in der Halle.* Sie war von einer Furchtlosigkeit, die auch die Angst vor Konflikten ausschloss, sie war es gewohnt, recht zu haben oder recht zu bekommen oder zumindest trotz allem geliebt zu werden. Sie war es gewesen, die mir zu meinem ersten Geburtstag nach Ludwigs Tod zwanzig Stunden bei einem Tennistrainer des örtlichen Vereins geschenkt hatte, in dessen Vorstand sie und Bernhard saßen, sie war Kassierin, er stellvertretender Obmann. Sie wollte, dass ich eine Aufgabe hatte, etwas, das mir Freude machte, fixe Termine, die mich rausholten aus der Lethargie meiner Trauer. Und etwas, das wir dann zusammen machen konnten. Es war ein überlegtes, ein liebevolles Geschenk. Das regelmäßige Training tat mir gut, und bald schlug Wanda vor, gemeinsam zu spielen. Ich hatte keine Chance gegen sie, aber sie ließ es mich nicht spüren, und manchmal fragte ich mich, ob sie nicht auch deshalb Tennis spielte, weil sie so gut dabei aussah. Effortless, wie bei allem, nur in ihrem Haus steckte viel zu viel Effort, wahrscheinlich, weil Bernhard darauf bestand.

Sie war schon da, als ich in die Halle kam, unterhielt sich mit ein paar Leuten. Wir umarmten uns und fingen sofort an zu spielen. Ich spürte, wie schlecht meine Kondition war, ich rauchte zu viel, ich keuchte und schwitzte, und je länger ich spielte, desto schlechter wurde meine Laune, obwohl Wanda mich einmal sogar gewinnen ließ. Oder vielleicht auch deshalb. Sie keuchte nicht. Sie schwitzte nicht mal. Es war eine Scheißidee gewesen, mich mit ihr in eine Situation zu begeben, in der ich als Verliererin dastehen würde, oder als traurige Dilettantin, die ihren Sieg ihrem großzügigen Gegenüber verdankte.

Danach saßen wir an Glastischen auf den hässlichen, unbequemen Stühlen der Vereinskantine, die Bernhard gebaut hatte und die aussah wie eine Gastronomieversion seines Hauses. Zu viel Beton, zu viele Fliesen, zu viel Glas, alles zu groß. Wanda bestellte Weißwein, ich versuchte, meine Unterlegenheit damit wettzumachen, dass ich Mineralwasser bestellte und einen Espresso. Ich musste gar nicht zur Sache kommen, sie tat es.

»Also, Ruthie, worüber wolltest du reden?«

»Das weißt du doch schon, Wanda.«

»Du hast ihn also gesehen.«

»Ihn nicht. Nur sein Auto. Er hat offenbar seinen Führerschein wieder.«

»Was?«

»Egal. Wieso war er denn bei euch?« Ich spürte immer noch die Hitze in meinem Gesicht, in meinem schweißigen Nacken, ich wünschte mich unter eine warme Dusche.

»Bernhard hat ihn bei einer Veranstaltung getroffen. Sie kamen ins Reden, Simon will wohl etwas in seiner Wohnung umbauen.«

»Da habt ihr ihn gleich zu euch nach Hause eingeladen.«

»Ja, ist das verboten? Muss ich dich jetzt fragen, bevor wir jemanden einladen?« Das kam ganz schön scharf.

»Wanda, ich hab dir doch erzählt, was das für einer ist. Was der macht.«

»Was du glaubst, was er macht.«

»Ach, ich dachte, du denkst das auch.«

»Ganz ehrlich, Ruth, ich bin mir nicht mehr sicher.«

»Hat er dich eingewickelt.«

»Unsinn.« Ihre langen Beine ragten unter dem Tisch hervor, ihre Füße steckten in perfekten Stiefeletten. Ich fand solche Stiefeletten nie. »Er weiß übrigens, dass du glaubst, er schicke diese Nachrichten«, sagte sie. »Er sagt, das macht ihn total fertig, es nimmt ihn wirklich mit, und er versteht überhaupt nicht, wie du auf so eine Idee kommst.«

Ich konnte nichts sagen.

Wanda sagte: »Er hat gemeint, das mache ihn so traurig und er würde so gern mit dir darüber reden, aber dass du jedes

Gespräch verweigerst und jede Art von Kommunikation blockierst.«

Ich sagte: »Wanda. Ich habe gestern wieder so eine Nachricht bekommen. Nach Wochen. Genau gestern, einen Tag nachdem er bei euch war. Es stand drin, dass ich keine Freunde habe. Dass ich mich gern an den schönen Brunner hängen würde, aber er schüttelt mich ab, mich langweilige alte Kuh, er hat lieber Jüngere.« Ich drehte mir eine Zigarette. Meine Hände zitterten.

»Stand denn drin, dass er bei uns war? Und was wir geredet haben? Nein? Eben. Das muss nicht von ihm sein.«

»Von wem dann? Von dieser Valerie? Ja, das habe ich lange gedacht. Aber glaubst du wirklich, dass sie das geschrieben hat, die frisch verheiratete Mutter von zwei kleinen Babys? Welche Motivation hätte sie jetzt noch? Und ich hab dir doch erzählt, dass Sophie genau an dem Tag, als Valerie ihre Zwillinge bekam, so eine Nachricht bekommen hat? Wanda?«

Wanda trank ihren Wein, schaute auf die Menükarte, die am Tisch stand, und sagte nichts.

»Außerdem: Woher sollte sie wissen, dass er bei euch war? Ich glaube nicht, dass sie sich noch für unser Leben interessiert. Falls sie es überhaupt je getan hat. Oder an Ludwig denkt. Sie hat mir das schon vor einiger Zeit sehr deutlich gemacht, dass sie längst ganz woanders ist.«

»Dann war's eben wer anderer.«

»Wer, Wanda, wer?«

»Ich weiß nicht. Ich beschäftige mich nicht mit diesem Dreck.«

»Ich schon. Denn mich betrifft er, und mir schadet er. Und ich habe wirklich sehr wenig Zweifel daran, dass er es ist. Kaum Zweifel.«

Wanda sagte: »Aber sicher bist du dir auch nicht. Sicher

kannst du dir auch nicht sein. Ich meine, es gibt keine Beweise, dass er es war, oder? Oder hast du jetzt welche?« Das hatte ich so ähnlich schon öfter gehört. Von Billy. Von Iris.

»Aber die Indizienlage ist ganz schön dicht, Wanda. Und er hat eine Vorgeschichte.« Ich wühlte in meiner Tasche nach meinem Feuerzeug, doch bevor ich es fand, hatte Wanda schon eins in der Hand und hielt es mir hin.

»Ich glaube, er wurde in eine Falle gelockt.«

»Das hat er euch erzählt?«

»So was in der Art.«

»Es stimmt nicht. Ich weiß, dass es nicht stimmt. Ich kann's dir mal genau ...«

»Es passt einfach überhaupt nicht zu ihm. Ich meine, er steht in der Öffentlichkeit. Er hat was zu verlieren.«

»Du kennst ihn nicht, Wanda. Du glaubst jetzt, du kennst ihn, aber du kennst ihn nicht.«

Sie winkte der Kellnerin und bestellte noch einen Wein. Ich wollte jetzt auch einen.

»Weißt du, Ruth«, sagte sie, »ich versteh dich ja. Das war eine ganz große Kränkung für dich. Deine erste Beziehung nach Ludwig ...«

»Was willst du damit sagen? Dass ich eine rachsüchtige Geliebte bin? Das ist doch Unsinn. Darum geht es nicht.«

»Also weißt du, seine Seite klingt halt ein bisschen anders.« Sie schlug ihre Beine übereinander. Perfekte Knie in perfekten Jeans.

»Seine Seite? Ich finde es so arg, dass du mit ihm über mich sprichst.«

»Wie soll ich sagen, Ruth ... Ich will damit eigentlich nichts zu tun haben. Ich will mich nicht in euren Konflikt einmischen. Kriegt ihr das bitte selbst geregelt.«

»Konflikt? Es geht nicht um einen Konflikt, Wanda, und das

weißt du ganz genau. Das ist kein Konflikt, den man ausdiskutieren und beilegen kann.«

»Es ist jedenfalls euer ... eure Sache. Und ich will in eure Sache einfach nicht hineingezogen werden.«

»Aber du lässt dich von ihm reinziehen.«

Sie sah mich nicht an, als sie sagte: »Ruth, ganz ehrlich, ich würde lieber nicht mehr darüber reden. Jeder soll die Freunde haben, die er möchte, oder nicht? Oder meinetwegen auch die Feinde. Aber lass uns bitte befreundet sein, mit wem wir befreundet sein wollen, du genauso wie ich. Du bist auch mit Leuten befreundet, die ich nicht abkann, und das passt schon so. Es müssen sich nicht immer alle grün sein.«

Ich schwieg. Ihre Worte waren wie eine Schmerzattacke. Wie ein Krampf in der Beinmuskulatur, der einen aus dem Schlaf riss und minutenlang in eine verzerrte Amöbe aus Qual verwandelte.

»Du hast doch auch solche Nachrichten bekommen«, sagte ich schließlich.

Sie nahm die Menükarte jetzt zur Hand und tat, als würde sie sie lesen.

»Ach, du kriegst immer noch welche, Wanda?«

»Manchmal. Schon eine Zeitlang nicht.«

»Wie lange? Und warum erzählst du mir das nicht?«

»Ist das eine Inquisition hier? Ich fühle mich, als würde ich vor Gericht stehen.«

»Tut mir leid, Wanda. Mir geht das nahe.«

»Ja, vielleicht solltest du daran was ändern.«

»Wie?«

Sie war eine furchtlose Frau. Sie sagte: »Vielleicht solltest du mit jemandem darüber reden.«

»Wie: mit jemandem? Wie meinst du das? Willst du damit sagen, ich hätte ein Problem? Oder ich sei das Problem?« Ich war ein bisschen laut. Am Nebentisch drehten sich zwei Kerle zu uns, die kleine Biere vor sich stehen hatten, Wanda strahlte sie an, sie grinsten zurück.

»Nein, Ruth, natürlich nicht. Aber du steigerst dich da schon sehr rein.«

»Ich ...«

»Ich glaube, dass du dir einfach nichts Gutes damit tust und dass du dir selber wehtust, wenn du das so nah an dich herankommen lässt.«

»Was? Was meinst du mit herankommen lassen? Meinst du, ich habe mir das ausgesucht, ob das an mich herankommt oder nicht? Seit über einem Jahr werde ich bei meinen Freunden und meiner Familie, sogar bei meinen Auftraggebern durch den Dreck gezogen, glaubst du, ich will das?« Ich war immer noch zu laut, die Kerle lächelten mitleidig zu Wanda rüber.

»Nein, natürlich nicht.« Klang nicht glaubwürdig.

»Willst du andeuten, dass ich nur Aufmerksamkeit suche? Dass ich mir das alles sogar selber ausgedacht habe?«

»Natürlich nicht, Ruth. So was würde ich nie denken. Aber wenn du nichts dagegen tun kannst, solltest du vielleicht deine Position dazu ändern. Und schauen, dass du dazu ein bisschen Abstand gewinnst. Deinen Fokus auf etwas anderes richtest. Und vielleicht kann dir dabei jemand helfen.«

Ich drückte schon die Tränen zurück, als ich ihr sagte, dass ich genau das versuchte. Abstand gewinnen. Dass ich mich von ihm fernhielt und alle Lokale und Situationen mied, in denen er auftauchen könnte. Dass ich einen Teil meines üblichen Lebens abgeschnitten hatte, genau deswegen. Dass ich ihn höflich gebeten hatte, sich von mir fernzuhalten. Dass er mir trotzdem weiter SMS geschickt hatte. Dass ich ihn daraufhin blockiert hatte, Anrufe, SMS, Twitter, Facebook. Ich sagte: »Wanda, ich tue alles, um Abstand zu gewinnen. Und dann sehe ich sein Auto vor eurem Haus. Vor dem Haus meiner Freundin.«

Ich heulte jetzt. Sie gab mir ein Taschentuch.

»Es tut mir weh, dass dich das so quält, Ruth. Wirklich. Es tut mir leid. Aber er tut mir auch leid: Ich glaube einfach nicht, dass er diese Nachrichten schreibt. Ich glaube einfach nicht, dass er so was macht.«

Ich sagte: »Okay. Du hast recht. Wir sollten nicht mehr darüber reden. Und jeder sollte die Freunde haben, die er haben möchte. Lassen wir das.«

Sie sagte: »Ruth. Mach das nicht, Ruth. Du weißt doch, wie wichtig du mir bist.«

Ich schüttete meinen Wein hinunter, wollte Geld auf den Tisch legen, fand mein Portemonnaie nicht in meiner Tasche, und als Wanda sagte: Lass, ich mach das, schaffte ich es nicht, mich dagegen zu wehren. Ich packte meine Sachen, stapfte aus der Kantine. Ich versuchte, nicht zu heulen, auf dem Weg zum Parkplatz. Ich dachte: Fuck you, Wanda. Du bist doch meine Freundin. Du bist doch eine Frau. Fuck you. Ich liebte sie. Ich fand sie toll. Sie kümmerte sich um mich. Ich war so außer mir, weil ich spürte, dass sie nicht erkennen wollte, was wirklich los war, dass sie nicht an meiner Seite stand. Nicht meine Hand hielt, wie bei Ludwigs Begräbnis; nicht mehr.

**ICH SASS MIT JOHANNA** auf meinem Sofa und heulte und konnte nicht sagen, was mich schlimmer traf: Dass meine Freunde mir nicht glaubten, was ich ihnen über Simon sagte, oder dass sie es glaubten und es war ihnen egal. Ich war allein. Die Verunsicherung übertrug sich auf meinen Alltag. Ich hielt Ausschau nach weißen SUVs, ich fühlte mich unsicher, wenn ich im Dunkeln durch meinen Garten ging. Ich glaubte, Gestalten zu sehen, halbversteckt hinter den Bäumen. Manchmal war ich nicht sicher: Hatte der Gartensessel gestern auch schon da drüben gestanden, war jemand da gewesen und hatte ihn verrückt? Ja, Benni wahrscheinlich. Die Wiese, die hinunter zum Fluss ging, der schwarze Fleck um den Kastanienbaum wurde mir unheimlich. Ich ging nicht mehr im Wald laufen. Einmal brannte mein Briefkasten, und obwohl ich sicher war, dass es nur ein paar Pubertierende gewesen waren, die einen Kracher hineingeworfen hatten, beunruhigte es mich doch.

Man redete wahrscheinlich über mich. Man redete sogar mit Simon über mich. Man misstraute mir und meinem Urteilsvermögen. Ich fühlte mich beobachtet, beurteilt, verfolgt, ausgeschlossen, aussätzig. Mir wurde plötzlich klar, dass meine Freunde vielleicht alle der Meinung waren, dass ich mich hineinsteigerte, dass ich mich in Rachefantasien verlaufen hatte, dass Wanda etwas ausgesprochen hatte, was sie alle dachten, mir aber aus Mitleid ersparten. Mitleid. Was für eine Scheiße.

Was ich spürte: dass ich nicht nur allein war, ich war auf mich gestellt. Die Liste der Leute, auf die ich zählen konnte, war plötzlich viel kürzer geworden, sehr kurz. Ich musste es ab hier allein schaffen. So war ich: allein ab hier.

Ich zog mich zurück. Ich hielt mich raus aus den Whats-

App-Chats, kommunizierte nicht mehr in den Gruppen, ich fand Ausreden, um Einladungen auszuschlagen, meldete mich nicht mehr und hob nur noch sporadisch das Telefon ab. Ich mied die sozialen Medien. Ich fragte niemanden nach Simon, und wenn mich jemand auf ihn ansprach, winkte ich freundlich ab. Alles gut, aber ich will nicht mehr über ihn reden. Ich redete auch nicht mehr über die Nachrichten, außer mit Johanna. Ich verkroch mich in meinen warmen Holzwürfel, zwischen die Sachen, die Ludwig und ich geschaffen hatten, vor meinen Ofen, in meine Familie, in meine Arbeit. Und wenn ich doch einmal in die Stadt fuhr, kümmerte ich mich um Molly und um Wolf, soweit er es zuließ. Ich dachte wieder darüber nach, das Haus zu verkaufen, ich überlegte, mit Benni in die Stadt zu ziehen, aber Benni ging es gerade gut hier, er hatte Emily, er hatte Freunde, er sprach nicht mehr davon, die Schule wechseln zu wollen.

**DANN SCHICKTE MIR JOHANNA** auf WhatsApp eine Nachricht.

*hast du es gesehen?*
*Was gesehen? Worum gehts?*
*auf twitter, hast du es nicht gesehen, du bist doch auf twitter?*
*Kaum derzeit, was ist denn??*
*schau auf fucking twitter. hashtag johnofarc7*
*Da klingelt was bei mir.*
*es wird dir gleich noch viel mehr klingeln*

Ich ahnte etwas. Ich gab den Hashtag ein. Die Jungfeministinnen-Twitteria hatte einen der übleren Trolle enttarnt, einen berüchtigten Drunterkommentierer, der unter dem Namen #johnofarc7 Frauen beschimpfte, sexuell abwertete, ihre Kompetenz in Frage stellte, sich über ihr Aussehen mokierte und ihre Körper bewertete, immer gerade noch im Rahmen des auf Twitter Erlaubten, so dass eine Beschwerde nichts brachte. Zwei Frauen hatten sich wochenlang aus Twitter verabschiedet, weil sie #johnofarc7s Kommentare und Anwürfe und Andeutungen nicht mehr ertragen hatten. Twitter war kein schöner Ort, wenn man an die falschen Menschen geriet oder wenn die falschen Menschen auf einen aufmerksam wurden und sich an einem festbissen. Twitter war überhaupt kein schöner Ort.

Ich hatte auch ein paar Screenshots von #johnofarc7 in meinem Troll-Ordner, aber ich hatte ihn schon längst geblockt. Unter dem Hashtag fand ich eine Reihe von Tweets zu seiner Identität und darüber, wie er enttarnt worden war. Es hatte irgendwann richtig vielen Frauen gereicht, von ihm belästigt und beschimpft zu werden. Aus einer kleinen Gruppe von Frauen, die sich das nicht mehr gefallen lassen wollte, war eine größere geworden, einige bekanntere Frauen hatten sich angeschlossen, Künstlerinnen, Schauspielerinnen, Politikerinnen, Autorinnen. Sie hatten angefangen, nach Hinweisen zu suchen, und sie gefunden, auch mit Hilfe von ein paar Frauen aus der Schweiz. Hackerinnen machten sich an die Arbeit, und schließlich war die wahre Identität von #johnofarc7 geknackt worden. Es war Simon Brunner, und er hatte seinen Klarnamen-Twitter-Account umgehend gelöscht. Wollte sich unsichtbar machen.

Ich sah mir die triumphierenden Tweets zu #johnofarc7 durch, dann suchte ich die Screenshots in meinem Troll-Ordner, sie waren von vor drei Jahren. Er hatte mich offenbar schon länger im Visier.

Ich hätte Triumph über die Enttarnung fühlen müssen, eine große Befriedigung, aber das Gefühl stellte sich nicht ein, nur eine gewisse Erleichterung. Ich überlegte, ob ich den Link zum Hashtag an Iris weiterschicken sollte, an Billy, an Wanda. An Sebastian. Vielleicht hätte ich es tun sollen, aber ich tat es nicht. Ich überlegte, ob ich zu den von #johnofarc7 belästigten Twitter-Frauen Kontakt aufnehmen sollte, ob ich sie fragen sollte, ob sie auch solche Nachrichten bekommen hatten. Ich tat auch das nicht. Ich war raus aus der Sache, endlich war ich raus aus der Sache, ich wollte nicht wieder rein. Und ich wollte nicht mehr in Verbindung gebracht werden mit Simon Brunner oder mit #johnofarc7. Dieser Mann hatte nichts mehr mit mir zu tun, ich wollte nicht, dass sein Dreck an mir klebte und an meinem Namen. Ich wollte die Distanz, die ich zwischen seinen und meinen Namen gebracht hatte, nicht mehr riskieren. Ich wollte die Verletzung heilen lassen, nicht neu spüren. Und vielleicht traute ich dem Sieg über #johnofarc7 auch nicht, gebranntes Kind, gebrannte Frau, zu viel gesehen, zu viel erlebt, kein Vertrauen mehr.

**LOCKDOWN**

**ICH WÜRDE GERNE ERZÄHLEN,** dass mein Misstrauen ungerechtfertigt gewesen war, dass Simon aus dem Verkehr gezogen wurde, dass er seine gerechte Strafe erhielt, gesellschaftliche Ächtung erfuhr: Aber das wurde er nicht, das bekam er nicht, das geschah nicht.

Ich dachte viel über die Sache nach, die Sophie passiert war, und ich war mir sicherer denn je, dass Sophie richtig gehandelt hatte. Ich dachte darüber nach, wie gern ich gewollt hätte, dass es anders wäre, und wie froh ich war, dass so viele Frauen dafür kämpften, dass das Leben besser wurde für die Frauen, einfacher, sicherer, weil mir selbst längst die Kraft dafür fehlte.

Simon kehrte nicht mehr auf Twitter zurück. Aber er sitzt wieder in Fernsehtalkshows, er schreibt monatlich seine Kolumne, er verkauft seine Bücher, ich höre seine Stimme manchmal im Radio, in irgendwelchen Wissenschaftssendungen, in denen er über die Auswirkungen der Corona-Krise auf die Psyche von Kindern spricht. Er wird von Menschen interviewt, die es nicht wissen, und von Menschen, die es wissen und nicht glauben wollen, und von Menschen, die es glauben, aber nicht so wichtig finden. Nicht so wichtig wie seine charismatische Persönlichkeit, wie seine warme Stimme und der charmante Akzent und natürlich seine Expertise, die er so klug formuliert. Was hat er schon getan? Waren doch nur Wörter. Wir haben doch alle mal einen schlechten Tag. Wollen wir wirklich jeden, der mal verbal danebengegriffen hat, vor den Richter zerren? Und er wurde ja auch provoziert, oder nicht? Es ist dieses Social Media, das uns dazu verleitet, und wer sich davon überfordert fühlt, muss da halt raus. Das muss man aushalten können, wenn man da mitmachen will. Das muss man aushalten, wenn man eine Frau ist.

Ich würde gerne erzählen, dass meine Freundinnen und Freunde alle begriffen haben, was passiert ist. Sie sind immer noch meine Freunde, und das sind sie, weil wir aufgehört haben, darüber zu reden. Es ist kein Thema mehr, nicht Simon, nicht die Nachrichten. Sie erwähnen ihn mir gegenüber nie, sie erzählen mir nichts mehr über ihn. Sie denken, es ist meine Geschichte, nicht ihre. Es ist mein Problem, nicht unser Problem. War halt eine vergeigte Liebesgeschichte, kommt vor, erlebt ja auch jeder mal, es gibt Verletzungen auf beiden Seiten, und wer kennt schon die ganze Wahrheit, und vielleicht war da noch was, aber man weiß es nicht so genau und will es nicht so genau wissen. Wir reden nicht darüber, nicht mehr. Ist okay. Jeder soll leben, wie er will. Jeder soll die Freunde und die Bekannten haben, die er haben will. Und man muss doch auch mal vergessen können, vergeben, verzeihen. Die Zeit heilt alle Wunden. Alles vergeht. Verblasst. Rinnt aus dem Bewusstsein in die Erinnerung, ins Vergessen.

Es ist weit weg. Es macht mir keine Angst mehr. Überhaupt macht mir nicht mehr viel Angst. Es ist jetzt egal, ob die Tür vorher offen war oder nicht, ob ich sie abgesperrt habe oder vielleicht nicht oder ob es nachts irgendwo im Haus knackt. Ich höre es gar nicht mehr, weil ich jetzt einen großen Hund habe. Wir haben ihn im Internet gefunden, einen vier Monate alten Welpen, einen tschechischen Straßenmischling, den ich mit Benni und Emily bei einer Tierschutzorganisation an der Grenze abholte, in einem großen Hof mit einem Plumpsklo und vielen alten, niedrigen Gebäuden, zwischen denen kleine Ponys unter Bäumen herumstanden. Der Hund hatte gerade gekotzt, als wir ihn zum ersten Mal sahen, Benni hob ihn hoch und drückte ihn an sich und hielt ihn in seinen Armen, bis wir wieder zu Hause waren. Wir bekamen ihn an einem Dienstag, und wir nannten ihn Ruby, und Wolf hat den Witz verstanden und gelacht und gesagt, dass das Ludwig gefallen hätte.

Es ist nicht der langhaarige, braun-weiß-schwarz gefleckte Hund aus meinem Traum, Ruby sieht ganz anders aus, er ist schwarz-weiß geschimmelt, sein Kopf ist schwarz wie das Vinyl, das mir Wolf hinterlassen wollte, aber nicht hinterlassen hat, denn überraschenderweise lebt er noch. Er sagte, auch wenn das jetzt etwas überinszeniert daherkomme, er könne mich und Sophie und Molly und Benni in dieser Scheißwelt nicht alleinlassen, voller Stalker und Serienkiller, da hätte er noch ein schlechtes Gewissen in dem Jenseits, an das er gar nicht glaubt. Er meldete sich im Hospiz wieder ab und machte diese Scheißchemo und er sagt, er hat vielleicht nicht mehr viele Jahre, aber ein paar gibt er sich noch. Ich habe dafür mit dem Rauchen aufgehört, endgültig. Der Hund hat auch ein schwarzes Hinterteil, das aussieht, als trüge er Shorts. Auf dem Rücken hat er einen kreisrunden schwarzen Fleck, wie eine 45er-Single, und wenn ich abends allein im Haus bin und am Küchentisch schreibe, liegt er unter dem Tisch oder auf dem Sofa und ich sehe keine Gespenster mehr vor den raumhohen, schwarzen Fenstern vorbeihuschen.

Im Moment sind nicht nur Benni und Emily da, sondern auch Sophie und Molly, wie schon im ersten Lockdown, als ich sie überredet habe, die Isolation nicht allein mit dem Baby eingesperrt in der Stadtwohnung zu verbringen, sondern eine Zeitlang bei mir und Benni im Haus zu wohnen. Molly redet den ganzen Tag und fragt viel und kugelt mit dem Hund herum, der sich von ihr alles gefallen lässt.

Der Lockdown brachte mich wieder mit Wanda zusammen,

durch die erzwungene Distanz kamen wir uns näher, wir merkten, dass wir nicht aufeinander verzichten wollten, auch wenn uns einiges trennte. Wir wollten beide nicht, dass diese Sache einen Keil zwischen uns trieb. Wir redeten irgendwann noch einmal darüber, und dann einigten wir uns darauf, nicht mehr darüber zu reden, das Thema Simon ganz zu lassen. Ich weiß nicht, ob sie noch Kontakt zu ihm hat, aber sein Auto sah ich nie wieder vor ihrem Haus, obwohl ich jetzt öfter mal mit dem Hund daran vorbeigehe. Wir sind alle irgendwie angeschlagen von der Situation und wir sind alle irgendwie Familie. Wir haben es überstanden. Oder die meisten von uns.

Iris habe ich lange nicht mehr gesehen, auch im Sommer nach dem ersten Lockdown nicht, nur einmal im Drogeriemarkt, zwischen dem Regal mit den Putzmitteln und dem mit den Babywindeln. Sie wollte reden. Ich sagte, es ist alles in Ordnung, wir sind Freunde, und sie druckste herum, ich sagte, no bad feelings, und ich meinte es so. Danica habe ich ziemlich oft besucht im Sommer, und einmal war sie mit den Zwillingen bei mir, und wir zogen ihnen Schwimmwesten und Fahrradhelme an und banden ihnen Seile um den Bauch und ließen sie ein Stück in den Fluss hineingehen, aber derzeit telefonieren wir nur. Und ich bin nicht mehr so oft in Billys Bar, weil ich nicht sicher bin, ob ich dort zufällig auf Simon treffe, aber jetzt könnte ich ja sowieso nicht hingehen, auch wenn ich wollte.

Ich hatte Wolf eingeladen, auch zu uns zu kommen, ich hatte ihm angeboten, er könne vorübergehend in Manuels Zimmer wohnen, weil Manuel lieber mit Diego in Amsterdam bleiben wollte, und wie gut ihm die Spaziergänge im Wald tun würden, aber Wolf sagte, er ist ja nicht verrückt, sich mit einem Kleinkind und einem Welpen in einem winzigen Haus einzusperren, davon werde er nicht gesünder, danke nein.

Ich sitze am Computer am Küchentisch in unserem kleinen Haus und sehe hinaus in meinen winterlichen Garten, auf meine kahlen Apfelbäume und meine von Maulwurfshügeln verwüstete Wiese. Auf einer Nachrichtenseite sehe ich Bilder von maskentragenden Menschen auf der ganzen Welt, auf Sportplätzen in Baltimore, in Buchhandlungen in Paris, auf Fischmärkten in Hongkong, in einer Gasse in Bethlehem, in einem Fußballstadion in Katar, in einem Zeltkrankenhaus in Indien. Die Bilder geben mir das Gefühl, Teil eines Ganzen zu sein, jeder auf einem anderen Fleck der Welt, jede mit ihrer eigenen Geschichte, und trotzdem befinden wir uns alle in derselben Situation. Das stimmt natürlich nicht, und wenn es einmal vorbei ist, werden wir uns nicht mehr an dieses Gefühl erinnern, aber im Moment kommt es mir vor, als wäre es so.

Ich habe noch eine halbe Packung Xanax, aber ich brauche sie nicht, nicht jetzt jedenfalls, obwohl ich immer noch nicht gut schlafe, aber wenn ich jetzt nachts wach liege, bin ich eben wach und denke über irgendwas nach, bis ich wieder einschlafe, und derzeit sind meine Gedanken sanft, ohne Zorn und ohne Angst.

Wir heilen, jeder auf seine Weise. Der Hund hilft dabei. Und Molly natürlich. Ich wünschte, Molly könnte ihr Leben lang das Gefühl behalten, die Welt sei ein guter Ort, an dem ihr nur Liebe und Wohlwollen entgegengebracht wird, aber sie wird größer werden, sie wird eine Frau werden, und ich glaube nicht, dass die Welt sich schnell genug ändert.

Obwohl wir alle froh sind, dass wir zusammen sein können, ist es mitunter eng im Haus. Ich freue mich darauf, wieder allein zu sein, in meiner eigenen Ruhe abzutauchen, unter der Oberfläche zu schwimmen; unsichtbar in der Stille meiner Gedanken, die Wörter der andern unhörbar, nur ein entferntes, beruhigendes Gemurmel, ein Rauschen, das mir sagt, dass sie noch da sind. Ich freue mich darauf, allein im Garten zu stehen, auf einem der Steine, die Ludwig verlegt hat, an einem Sommertag, verdeckt von Grün, an dieser Stelle, an der man zum ersten Mal den Fluss sieht. Wahrscheinlich wird der Hund mitten durch das Bild jagen, einer Amsel hinterher, die er nicht erwischen wird, und es wird okay sein.

Was mit Simon geschehen ist, ist nicht mehr so wichtig. Es macht mir keine Angst mehr. Ich fühle keinen Schmerz mehr, und keine Wut.

Trauer wird schwächer, Angst verläuft sich, Zorn verebbt. Kränkung verblasst. Manche Freundschaften vergehen, und andere sind stabiler, als man glaubte, vielleicht, weil man sich mehr braucht, als man sich unterscheidet. Zeit vergeht. Wunden heilen, Menschen verschwinden aus dem Leben. Erinnerungen verschwimmen. Die Nachrichten kommen nicht mehr sehr oft, nur noch selten, und es ist nicht mehr wichtig.